花开四季

全国青年作家优秀作品选

汪家弘　主编

天津出版传媒集团
天津人民出版社

图书在版编目（CIP）数据

花开四季 : 全国青年作家优秀作品选 / 汪家弘主编
. -- 天津 : 天津人民出版社, 2021.11（2025.3重印）
ISBN 978-7-201-17775-5

Ⅰ. ①花… Ⅱ. ①汪… Ⅲ. ①中国文学－当代文学－作品综合集 Ⅳ. ①I217.1

中国版本图书馆 CIP 数据核字(2021)第 217837 号

花开四季：全国青年作家优秀作品选
HUAKAI SIJI：QUANGUO QINGNIAN ZUOJIA YOUXIU ZUOPIN XUAN

出　　版　天津人民出版社
出 版 人　刘锦泉
地　　址　天津和平区西康路 35 号康岳大厦
邮政编码　300051
邮购电话　（022）23332469
电子信箱　reader@tjrmcbs.com
责任编辑　霍小青
装帧设计　青年作家网
印　　刷　永清县晔盛亚胶印有限公司
经　　销　新华书店
开　　本　710 毫米×1000 毫米 1/16
印　　张　18.25
字　　数　230 千字
版次印次　2021 年 11 月第 1 版　2025 年 3 月第 2 次印刷
定　　价　79.00 元

目录 / CONTENTS

◆散文家园

◆小说世界

PART 1
诗歌天地

只因有你（组诗）

汪家弘

我用爱给你丈量世界

此时，我在等待
是三月阳春
还是十月金秋
是娇艳的鲜花
还是累累的硕果
或许，都不是
我只是在等待你的出现

我不去思考
花蕾如何盛开
就如，不去思考
红果如何成熟
因为，故事再美的开头
和再美的结局
都不如故事的本身

我终于可以看清楚
今天阳光的颜色
决定，做一只
叼着岁月的鸟儿
飞过万水千山
丈量着你的世界

在四季轮回
……

未来的夜晚，我只有你

我知道自己为什么满心欢喜
在这个季节
阳光正好
花儿正香
在那个人海茫茫的路口
见到你，一个回眸
醉了整个春夏秋冬

我想，在未来的夜晚
我不再孤独
因为，你的微笑
已走进了我的梦乡
余生，相拥

住进心房

没有一条路是孤独的
只要把她放在心上
没有一条道是寂寞的
只要记着她迷人的脸庞
走过的路再远
也没有与她在一起的岁月悠长
因为，再美的风景

也美不过她的模样
所有的时光纵然美好
但还是因为她的出现
让时光变得格外闪亮
如果问，什么是最好的港湾
我想，只有她的心房

思念是大海

思念总是悄悄袭来
像大海一样
无边无际
是思念与你漫步沙滩
是思念与你徒步远行
是思念与你
坐在夕阳下，喝着咖啡
是思念与你
在那片湖边闲坐
相互说着曾经的往事
相互憧憬明天的美好

【作者简介】汪家弘，又名汪鑫，先后在出版社、报社和文学网站从事编辑、策划和运营管理工作；已出版多部作品，有作品《徽州魂》改编成纪录电影在中央电视台播出。

在庐山西海，遇见长水源（组诗）

王胜江

令牌峡

深褐色岩石在水岸
用树的渔竿，抛出岚风的丝线
钓起满潭的碧影
任由时光漾起涟漪

山道随峡谷蜿蜒
峭壁上钢钎凿出的伤口
被蓑衣草缝合
微笑着在风中摇曳

岩涧飞瀑，印证季节更替
变幻丰盈或纤巧的身姿
等候正午太阳悬挂在崖顶那刻
我的心和它一起，幻化成七色彩虹

孙家埠

晨曦在孙家埠怀中醒来
泊船码头不见踪迹
河床裸露，长满相思的蒿草
那块“汉韵吴风”碑石

遗失在满目苍翠的西海

古老埠头，曾停靠吴王子孙的船队
屯粮仓下，有多少商贾云集
遥远记忆归隐泛黄的族谱
沧海桑田，听四野竹林和风吟诵

村口石径匍匐岁月的苔藓
香樟掩映黛瓦
白云深锁山峦
遮掩武陵岩，这深闺少女的羞涩

屋场被青山和碧水环抱
民宿挤满异乡的游子
当圆月从岩顶升起
空山寂静，岚风徐徐
月光之下，这就是仙境

庄屋里

荷叶上水珠晶莹晃动秋的清香
蜻蜓立在粉色花瓣上
为石桥和曲径回廊的倒影梳妆
庄屋里随处都是
田园水墨丹青的画轴

微风轻抚屋后竹叶的琴键
山雀在丛林穿行
窗棂古朴浸透明清典雅的风韵

这山水间的人家
捕获多少来访者流连的步履

十七棵红豆杉古树
见证了屋场的过往和沧桑
看惯了檐下家燕飞了又来
来了又飞的悲欢与离合
庄前禅坐的红豆杉
是留给世人解读的隐喻

七里溪

在白云和蓝天里
鸟儿唤醒黎明
山涧溪水潺潺，氤氲浮动
湿润岩石裸露的肌肤
野溪的脉络在此汇集，转身奔流成河

潭面光影斑驳了
“悦山居”客栈临水的屋檐
鱼群游进游出
散漫，自由

林中枯藤攀缠着老树
红枫挂起深山秋日寂寥的灯笼
林荫幽静四溢草木的醇香
结队的游人成了山民眼中的风景

面对青山叠嶂的七里溪

请原谅我词语贫瘠
她的美，无法用一首诗道尽

武陵岩

站在岩顶，向苍鹰借双眼睛
眺望这辽阔的山峦
寻找远处，记忆中秋天的金黄稻浪
和炊烟缭绕的村落

我看见“望山居”民宿的白墙
隐没在松涛竹海之间
千年红豆杉的树荫下
青砖小径，流淌古国的遗风

目光在苍茫的群峰中缓行
青山之外还是青山
绿水之中还是绿水
中国“林改第一村”的荣光
在武陵岩下生辉
而我的脚步，依旧行走世间

作者简介：王胜江，笔名青铜，祖籍湖南永州，出生于江西九江，现移居广东东莞。现为广东省东莞市作家协会会员，青年作家网签约作家。

写诗是切炒米糖（外三首）

吕观德

写诗其实是母亲冬天切炒米糖
浸米、炒米、熬糖、搅拌……
每道工序，都需要反复掂量
风俗里，切糖要关起门窗
一粒粒炒米多像一个个词语
加入糖油是对炒米的串联和构想
用词紧凑是切前压实的样板
不用华丽的辞藻，只需普通的米胖
古朴的陶罐是最华丽的包装
村东头切糖，村西头飘香
孩子流下涎水是对母亲的最好夸奖
写诗是对母亲切炒米糖的模仿

我成了孤儿

以前，想念父母和姐姐
我总是仰面号啕着
摇落路旁的树叶
我想让自己的心听到
我从此变为成年的孤儿

现在，思念父母和姐姐
我静静地抽泣着

不去惊动地上的落叶
更不想让自己的心听见
我的心已越过警戒线
我不能让它溃堤
冲走有亲人陪伴的岁月
此时此刻，我想哭，不知
遥远的天堂是否装着扩音器

感谢你

在你的面前，我经历良心的炙烤
那通往父母墓前的小路
只有荆棘杂草，难以寻觅我穿越的脚步
那片在田野上徜徉几十年的白云
和我似曾相识，行如路人，仅打招呼

而你总是守候在我父母的墓前
春天，你摇曳着春天的故事
吹走漫长冬日留下的孤独
夏天，你头顶托着星光璀璨
告诉我父母，它们像田野上的萤火虫
秋天，你招来田野上的瓜果菜蔬
簇拥在我父母的周围
冬天，你在我父母墓上飘满雪花
祝福他们过个快乐的年

我站在父母墓前的时候
我的良心是那田野上枯荣的小草
即使它直立，也永远没有你的身高

想与做的距离

每天早晨，我推开家门
总看到高山毕恭毕敬站着报到
我蔑视着，伸出尊贵的双手
腆着肚子，发出虚情假意的邀请

我来到山脚下
傲慢的眼睛成为高山的镜框
它不偏不倚站在中间
山顶到框边还有拳头的距离
于是，我把镜框当作废品
丢弃在满是枯草杂树的山脚

我爬到山上
虽然我是全副武装
山越变越高，一粒石子将我绊倒
我的脚印甚至没有留在山腰
更不可能将山顶的白云揽在怀抱

躺着时，心如鸟飞翔
张开翅膀，瞬间到达山顶的鸟巢
爬行时，我才知道自己仅是只蜗牛
永远有到不了的“山高水长”

【作者简介】吕观德，资深媒体人，法学专家，党校兼职教师，青年作家网签约作家。

梅（外一首）

韩湘生

三九寒梅
醉卧寒冬
我独爱这丛暗香疏影
梅是冬的灵魂
她用素雅的清香
默默芬芳着冬的心房
她用不屈的性格
傲然屹立在天地之间
她用那抹娇羞的嫣然
将生命之灯点燃

路在心上
在不屈的灵魂里
在充满芬芳的生命中
天寒地冻了
天地一色了
一点娇羞怎就顶破这片白茫茫
一点娇羞怎就忍住冬雪刀割
不与百花争春色
只因
卧雪催春
带雪迎春
伴雪领春
我花开后才是春

有一种遇见在踏雪寻梅中
有一种懂得在梅笑风雪中
不需任何语言
更不需任何预约
自然而然地在最深处重逢

雪舞柔情
梅绽思念
雪吻梅蕾
一抹羞
暖在心海
醉在眉间
打开心灵的窗
让灵魂在沁着馨香的空气中
尽情呼吸
让生命在纯净的世界里
接受冬的洗礼
循着暗香的足迹
踏雪寻梅
让生命在圣洁中开出一树无畏无悔的花
“不要人夸好颜色，
只留清气满乾坤。”

北国雪

呼啸的寒风携卷着凄鸣肆虐的号子
吹遍了故乡
也吹落了小兴安岭山脉白桦树的枝叶

冷飕飕的空气
让我仅存一丝暖意的双手不敢伸出
狂风将满地的黄叶携卷又丢下
风过之处
路面没有一粒杂物
一股沁人心脾的寒气让人无法呼吸
转瞬之间、天昏地暗
如飞絮又似鹅毛般的雪花从天而下
在半空中摆弄着自己舞美轻盈的身姿袅袅落地
举目远眺
天地浑然一色
河流山川皆披上了银色的外衣
房屋、村舍、田野、树木
犹如点缀在一幅静美的油画之中……

不管从何种角度望去
都是那么晶莹剔透、银装素裹
不管远观还是近赏
都是那么撼人魂魄、雄浑豪迈
小小洁白如玉的雪花
犹如天地之间优美的小精灵
汲取日月之精华
彰显天地之神韵
无不令文人骚客、才子佳人叹为观止、泼墨抒怀
尤其是你那洁白无瑕的身影
轻如鸿毛又似蚕丝
纷纷扬扬用感恩之心亲吻着广袤的东北大地
如诗如画般的雪花
装点了整个天地的美丽
把自己独有的甘露奉献给最忠实的那片黑土地

唯美如花的雪花
美醉了世界
美醉了北大荒
也美醉了五十年游子的一颗思念的心……

【作者简介】韩湘生，中国小说学会会员、《荒土文学》副总编、《文学月报》杂志社编委、青年作家网签约作家、《文学与艺术》签约作家、《知青文学》《乌苏里江・绿色风》特邀撰稿人。

西湖，你是装进寒冬里的绝恋（组诗）

范化续

（一）

下了一夜的沉寂，还未下满
你浓墨重彩的庭院
我躺在浅色晨曦中
只凭风雪
就可以把你唤醒
冷霜
扶着衣袖，从北方赶来
阳光并没有退却
它选择把仅剩的薄软
扎入光影和蓝天

（二）

远处的船儿，只闻到你的香味
就扑向北岸
午后
我把南面波纹中钓起的绝色
趁机投放心底
谁在隔望寒烟
饮下一壶碧绿
孤云暂且让它离去吧

请允许我这样牵着你
直到手心的温度热烈
直到断桥的风雪消融
你还是你

（三）

红尘难咽
今夜宛若无人入眠
于是索性临摹
脚印内苏堤的长度却始终无法测量
你混合泪水的浓情
千年一梦里突然惊醒
怎吐出灯火下你全部的美郁
黑暗中从南宋寄来一支笔
早就写下了你我前世今生
从此，你便是彼岸的蓝莲花
凄美动听

【作者简介】范化续，安徽淮南人，研究生学历，毕业于杭州电子科技大学，湖南省网络作家协会会员，青年作家网签约作家，诗青年公益发展中心志愿者讲师，现居杭州。曾获2020·全国青年作家文学大赛诗歌组一等奖，作品入选《岁月之歌：全国青年作家优秀作品选》。

江山

李银磊

我打开历史文献
那中原黄土之上慌乱马蹄向前
谁在人们心中埋下不安
葬送女子最天真无邪的期盼
月下泪颜　临行之时送别留下牵绊
思念琴弦波澜　前世姻缘红线惹人怜

我眺望远方战乱
那京都城池之上升起滚滚狼烟
谁把无情杀戮火焰点燃
焚毁了将士护身符上的平安
人性野蛮　利刃之下无数生灵飘散
无畏拉开弓箭　前方强劲之敌被射穿

浪漫　将士出征之前饮下热血一碗
江山　鲜血染红花瓣写下永恒誓言

我不畏刀光剑影之险　站在烽火连天深渊
两极兵刃在腥风血雨中呐喊
谁为王者　谁霸人间
我熟读兵家乱世文言　解开宿命轮回锁链
尔虞我诈在南征北战中流传
谁是英雄　谁辨忠奸

昔日君王傲慢　呼风唤雨皇权

后人眼中也不过是昙花一现

【作者简介】李银磊，一个喜欢写诗词的老男孩，青年作家网签约作家，诗歌《南飞的雁》获得青年作家网举办的“让爱永恒·七夕情人节征文大赛”最美诗歌奖。

凝望：拱宸桥（外二首）

夏露

谁都
说不清
哪几个朝代
多少佳黛丽人
撑着色彩斑驳的油纸伞
在天青色烟雨中的拱桥上
左顾右盼

她们在等谁呢
走走停停
顾盼左右
有回眸一望
有凝眉无语
有多少淡出了游客的视线

伫立于桥头两岸的
一排排垂杨柳
正不停地梳理婆娑长发
似乎一群江南美女
在迎接圣驾光临

一条玉带
飞跨运河两岸
默默注视着

古往今来的舟船
在如歌岁月
与来来往往的
文人雅士、名流、贩夫、走卒
频频举杯　拱手致意
用平常人都懂的语言
交谈　诉说
几百年的故事

而桥洞里
又深藏多少
旧人往事
只听见
桥下流淌的运河水
仍在娓娓道来

百合花开

花，一朵一朵地盛开
花朵上每天都有晶莹的水珠
人们以为那是昨夜的露水
只有百合自己知道
那是欢喜的泪滴
我要开花
不管有没有人来欣赏
我都要开

浩瀚星辰

星海苍苍
无尽的征途
浩瀚的神秘太空
承载众多的向往
来吧，给梦想插上翅膀
向无聊透顶的现实
Say　no
茫茫人海中
你就是焦点
引领时尚潮流

【作者简介】夏露，笔名西湖名片、西湖礼赞，江苏无锡人，青年作家网签约作家，杭州市江干区作协会员，浙江省创意设计协会会员，现在杭州从事品牌内容设计、文化创意、营销传播工作。

四季切片

穆青青

春分时种下三颗樱桃核
两粒发芽
剩下那颗，在对话框
长成你姓氏的偏旁

樱花落在未发的短信
似你耳后的淡褐痣
睫毛扫开花瓣，窗台多肉
胀破陶盆，根系写十四行诗

蝉鸣扭夏成麻花辫
汽水气泡在起义
数到第七个，我放弃
如你挂断前，把晚安
说成液态月光

西瓜最甜那勺悬半空
冰棍沿手腕流成“密西西比”
防晒霜在锁骨成新大陆
你的影子，是正午彗星
拖尾焰划过我脊椎

毛衣在秋雨里发酵成云
拆袖口线头，风翻出
旧电影票根，褪色座位号
编织经纬交错的渔网

羽绒服绒毛飘向南方
在咖啡杯沿结成冰晶星座
你的呼吸，是唯一导航
冬至饺子排摩斯密码
醋瓶虹光中，见你
去年围巾流苏，解构
暴风雪语法，汤勺吞天文台

四季在洗衣机褪色
收集节气晒成书签
你的名字在晾衣绳跳房子
从惊蛰跳到白露
露水中，藏银河系未读思念

【作者简介】**穆青青**，文学编辑，青年作家网签约作家，在**各刊物发表诗歌百余首**。

青花瓷（外四首）

叶联华

历经千百端详
追求锤炼完美
浴火重生的窑变　始得
千年不被湮灭

白底素胚，丹青妙笔
勾勒淡雅素洁　如
温婉侍女梦回王朝
化为锦鲤，转眼千年

绘出山河飘逸诠释传奇
用绵绵情缘
贯穿几代王朝兴衰

莹润条纹的釉层
在岁月里缠绕与纠结
感叹三生三世的沉浮

微笑成你的模样

心事化进尘缘里
一路寻觅
哀伤过后　刻画红尘

多少往事　我在
水墨丹青里
微笑成你的模样

春来花溅泪 伫立
茫茫尘世中
沉浸笔尖，蹉跎纸上
画出你的样子
凝不成你梦中白马
却微笑成你的模样

雨点敲打心窗
琴弦拉长思念
落在记忆里，如梦如烟
迂迂　回回
微笑成你的模样

文明

从刀耕火种中脱离
在历史长河中沉浮
交汇融合
集成文字思想信仰的组合

炎黄子孙长期积淀
从部落莽荒史中来
以一种野蛮收割
“见龙在田，天下文明”

期待　生活中那些真善美
涤尽假丑恶
纯净不受丝缕沾染
以文明
践行人类命运共同体

冬至

开启九九寒天
倒转天地阴阳时空
拉长了白昼的身影

嫩芽在积雪下蕴藏力量
冒着风雪
挺着绿头，穿云裂石
温润出新的生命
洁白大地描绘出一抹绿色

只等　九尽桃花开
诱出春天百花芳馨

情浓如茶

您总爱独坐堂前
把盏清茶　看儿孙嬉闹
满脸慈祥

您常说人生如茶

清茗一杯　忘忧愁
是对岁月的了悟
人心素简，心胸宽
方能包容众生

您不在了　游子无归处
身如浮萍逐水飘
却总难忘
您倚门不舍的凝眸

忆往昔　情浓如茶
千万般的情愫
融汇萦绕　在这茶香里
把所有思念带到远方

伤痛后　方明白
淡去喧嚣后的平静质朴
这正是母亲　您给我的
最好生活态度

【作者简介】叶联华，笔名叶子，江西吉安人，青年作家网签约作家。爱文学，喜爱随笔、散文、诗歌，二十余年来一直坚持耕耘，守住一份平常心。

眺望远方，心若止水

阿洁

清的空间里
静寂
只有你澄澈的声响
给予万物祥和
空灵明净的相逢
有了离别的清醒
叮咚的旋律
无须温暖的感动
因你一生都匆匆行色
因了短暂的重逢
从此
义无反顾
是谁
手握初见
重合你的脚步
是谁
高擎明净的霜天
满怀华年的流逝
留存永恒的传说
风景中人
又落入谁人之梦
你，荡涤他人一身烟尘
一路捡拾光阴的故事
能寻觅到什么呢

多情应是望月人
凉寒的季节
谁遗忘了诺言
谁选择了沉默

【作者简介】阿洁，原名潘洁，青年作家网签约作家，喜欢用诗词歌赋谛听心音，感触中华文字的韵律，用文字触摸灵魂深处，用诗的声音拥抱明天……

倾城（外一首）

爱海儿

夜渐深
我站在凌晨两点的窗口看雪
听风穿过长街
有人来过　有人离去

叶子在更深的雪下安卧
舟楫缄默　怀念着波涛
枝头摇曳的高度
似乎就要刺破天穹

惊诧一刻　你在哪里
我的心头已铺开澄明的蓝
月光是另外的传说　无人知晓
你心存疑虑 落雪就像答案

在夜里　白色的雪还原了简单
把黑色的忧伤逼退
心存的柔软时光正在兑现
我把梦想轻放
随风吹入有你的南方……

光影

光与影
没有孰是孰非谁对谁错
几乎是不约而同
是灵魂层面的契合
没有遇见　也没有离别
有的　只是彼此的惺惺相惜

黑白如此简单
有光　才有了缤纷色彩
我们如此平凡
有心　才有了相互牵挂

有时候真的分不清是光的青睐还是影的眷顾
闭上眼睛
世界是一幅画一本书
青山绿水小桥人家
风霜雪雨冷暖交替
这一切不过是他们说起的纸上江湖

若不是眼中有欢喜心里有快乐
又怎会生出绚烂的梦想
跋山涉水历尽千辛万苦也要抵达

有光 生命自会挺拔
有影 明天不再遥远
你虚设的远方
本是毫无感知的一个名字

而一旦启程　便充满了力量

那是为验证层峦叠嶂而去奔赴的生动诠释
是错落有致的迷人魅力
是闪耀的光芒
是诗　是灵魂的皈依……

【作者简介】爱海儿，原名于宝丽，又笔名叶小雪，青年作家网签约作家，大爱文学社华南分社主编，东方诗歌现代诗创作室主编。

大地回声（组诗）

仇多轩

支点

霜满地　雪无声
心事重重的小径
在执着的梦境扩展希望
无法顺从的季节
于久远的记忆提炼总结
大地的支点巍然屹立
寻常往往铺陈神来之笔

遇见

湖水清粼　故事沉淀
浪花依旧　涛声重叠
颤抖的声音震浊了清澈与沉静
而湖的肺活量一直拒绝着沧桑
把梦想纳入正式编制　梦想无敌
把生命融入大地动脉　生命无敌
把岁月嵌入永恒时空　岁月无敌
大地丰饶　感谢相遇

夜色

春天揽夜色入梦
桃花流水一般氤氲的季节
令人心驰神往　策马追逐光阴
磕磕绊绊的岁月　无法完美
春天与夜色一起奔波
期冀与芬芳一路相伴

天空

岁月漂泊　人生无恙
天空不再抽象
婴儿在怀抱睡得香甜
记忆于梦中睁开双眼
缤纷萦绕　铭记温暖
手中的笔与锄产生碰撞
田野的风和雨激情缠绵
乡愁有致　温馨如画

蛐蛐

此起彼伏的鸣叫打破了静夜
蛐蛐于封闭的世界集体抗议
岁月恍惚　虫鸣醒耳
在祖居的家园流浪
蛐蛐亦如人生百味

扯不断的乡愁总是这样
口耳相传　生生不息

鸽子

在小区高楼间飞檐走壁
岁月之影杂乱无章
笑靥背面波谲云诡
鸽子有意无意偷窥人们努力遮掩的世界
然后津津乐道
忙碌的人们竟然没有察觉

【作者简介】仇多轩，先后从事乡村教师和县报编辑等工作，青年作家网签约作家，安徽省作家协会会员。出版有散文集《大地欢歌》。

老院

何彦军

在水中
投下一颗青盐
化作童年
墙上的故事
看了又看
谁在解连环
老屋
藏进了针线
将菱形的地砖
织成心结
一把岁月
装进口袋
只有筷子长短

啊　老院
一襟晚照
方寸之间
袅袅炊烟
散了
又满

当泥瓦匠的父亲
骄阳　烈日
烈日　骄阳

如火如荼的某片工地
砖块飞舞
我那当泥瓦匠的父亲
半蹲着身子在脚手架的前沿
用粗壮的手指
忠诚写意
塔吊的坐标
被砌成了厚厚的坚实
血与汗搅拌的泼墨
蜇痛了城市文明的铅华

父亲撑得起高楼大厦
却背不动他流过的汗水

固执的脸谱
和着一嗓子秦腔一嗓子秧歌
成了父亲最美的风景

【作者简介】何彦军，甘肃陇西人，青年作家网签约作家。曾获 2020・全国青年作家文学大赛一等奖。

雨中，去寻一抹嫣红（外一首）

缪东荣

（一）

雨中，在一片枫叶下徘徊
不全是为欣赏美色
就想陪着你
像陪着心里的人一样
我打着伞
可从伞下窥望
隔着伞
你看不清我的脸庞
记忆里
你的容颜比现在青春红靓
同样的冬雨淅淅沥沥地下
那一年挥别
豪情胜过悲怆
随后就是天各一方的凄凉

（二）

那时的雨比今雨缠绵
别时，还在纷纷扬扬
你说，很快就会相见
再相见，已是这般苍老模样
喜欢你现在的颜色
叶黄素沉淀出岁月的从容
像画，嫣红里呈一片焦黄的暮色

如诗，浪漫得依旧让人动容
微风轻掠，你微微颤动
叶脉有法令纹延伸的印痕
那一刻，又拨动了我的心弦
生活中有许多故事
都源自最初的心灵
是可以吟唱的诗

（三）
我在雨中寻那一抹嫣红
这条红黄相间迷幻般的路
像缓缓远去的时光
只留下一个身影在脑海里遐想
一切怀念都是美好的
经过岁月洗礼、人生历练
最初的爱恋
仍会于心里郁郁葱葱地生长
我知道
每一叶光鲜亮丽的背后
都隐藏着不为人知的孤寂与寒凉
你落地无声的淡然
恰是精神丰盈的一种显现
我在心底为你歌唱

雷峰塔

（一）
曾是一座残塔
被爱情的传说浸透

破败不堪地颓立在那
好让风雅之士去弄才情
雷峰夕照，西湖十景之一
听起来很富有诗意
但谁会在乎
塔底下白娘子痛苦地呻吟
世间一切力量
都敌不过爱情的力量
天意难违，终究坍塌
是爱情战胜了时间
还是时间延续了爱情
反正，镇与被镇都获得了新生

（二）

重建的塔，晨曦中很美
但人们还是争相去拍
夕阳下的塔
原意，被简单地重现
映入塔影的水域
也曾是爱情的坟场
这条曲径悠长的双投桥
就是少男靓女殉情的产物
巧了，梁山伯与祝英台
十八相送的缠绵不舍
也在这里上演过
俨然，这是爱情的圣地
常有拍婚纱的情侣
在此许诺，最初的爱心

（三）

天色有点阴沉
塔披上了神秘的薄纱
晨曦躲在云幕后
不经意地透出些微亮
塔在山丘上
桥在水中央
互映互辉，或许还互问
为何人迹稀，寂寞得有点发慌
习惯了被聚焦
忽然没了关注的目光
这个早晨有点寒凉
野鸭拍浮知水寒
桨橹轻轻归棹来
岸上客，高声唤渡船

【作者简介】缪东荣，笔名妙瓜，杭州人，曾任浙江省某编辑部主编，现为自由撰稿人，青年作家网签约作家。

时间去哪儿了

张卫明

时间去哪儿了
我问连绵的群山
群山四季变换着妆束
绿了黄，黄了绿
默不作答

时间去哪儿了
我问奔腾的江水
江水咆哮着，汹涌着
一浪逐着一浪
无暇回答

时间去哪儿了
我仰头问深邃的夜空
夜空中遥远的闪烁群星
默默地倾洒银灰
无心作答

时间去哪儿了
我问浩瀚的大海
海鸥在飞翔
浪花在追逐戏耍
喧哗掩盖了我的问话

时间去哪儿了
我问春风
我问夏雨
我问秋霜
我问冬雪
无一应答

我对镜自问
时间去哪儿了
镜中人
额上布满年轮的沟壑
青丝间杂着白发
岁月的风尘布满脸颊

【作者简介】张卫明，湖北省天门市人，现居北京，青年作家网签约作家。本科就读于大连水产学院（现为大连海洋大学），后考入西北农林科技大学经管学院，攻读区域经济学硕士学位。2010 年创办北京百泰富水产科技有限公司，2015 年创办北京美丽星球环保科技有限公司，2018 年当选中国渔业协会水产动保分会副会长。

星辰大海

陈祥细

在我无限的梦想里
有无限的可能
历史　总是寄托未来
未来　无法割断时光
翻开泛黄的史册
触摸冰冷掩藏的温暖

诗从海飞向岸
歌自天落入海
波澜壮阔　沐浴着流金岁月
风轻云淡　呼吸着春暖花开
与其在地平线眺望或者倾听
不如怀着睿智和勇气乘风破浪

你有液晶般的眼睛
我有鼠标似的心脏
心怀大爱　落笔有魂
海是倒过来的天
天是粘贴成的海

不是孤礁不羡慕群山
不是高峰不爱慕柔波
不是冷寂之湖
不会向往澎湃大海

该是天溢出眼泪
汇成这片海，绽开的莲花
不忘仰慕天空
我也看着你，看不穿浩瀚
曾经我是浪花，被你举过头顶
领悟你那咆哮怒焰
激动我这星辰大海

【作者简介】陈祥细，笔名阿细，中国诗歌网注册诗人、青年作家网签约作家、泉州市作家协会会员，2019 年获《诗刊》举办“飞翔杯”秋季同题诗大赛一等奖。

愿你是人间四月天

李晋

默默地背上了沉重的行囊
带着追梦赤子心行走在坎坷道路
热爱生命里装下遥远的梦想
孤独与你行走在远方的路上
你可安好，亲爱的朋友们
命运的行囊里装进了炽热的青春
走进了漆黑的魅影夜晚中
迷失了正在远方行走梦想的声音
仰望着被漆黑遮密的星空
星星点亮执着永恒的信念
走到远方归来的黎明
当孤独与你行走在路上
伴随寂寞与泪水恐惧了一切
在雨中淋湿奔跑向远方的朋友
哭泣的玫瑰呐喊出坚定自信
在风雨中漫步成就远方的自己
那清晰的背影留下了一路痕迹
在一路上披荆斩棘逆行的飞翔
雏鹰展翅高飞在碧蓝天空中
划过了一道道与众不同的风景
正如同：
“燕雀安知鸿鹄之志”
这便是走在四方潇洒的你啊，亲爱的朋友们
走过了人来人往的世界

跨过了迷茫的人生坎坷的道路
星星与你同走在前方
岁月中的脚印磨灭了青春记忆
我们也变成星星记忆中的答案

啊，亲爱的朋友们
黎明的曙光终将会到来
我们在这里相遇，相知，相离
此将碰到
我们便各自努力，顶峰相见

【作者简介】李晋，笔名晋闲，青年作家网签约作家，出生在内蒙古乌兰察布市兴和县农村，爱好写作，在网络平台发表过诗歌。

六月的诗（组诗）

常风华

峨眉行

风一程
雨一程
风雨兼程峨眉行
峨眉梦初成
云同行
雾同行
云雾同行拜金顶
金顶洗心清

梦

千里千寻路长长
云也缈缈，雾也缈缈
云雾缈缈东君岛
东君彼岸劝归早
千言千语诉别离
风也飘摇，雨也飘摇
风雨飘摇奈何桥
奈何忘川不明晓

夏至

阴晴不定夏至天
夏雨堪比秋雨寒
酉时风起亥时劲
骤雨惊雷夜难安

期待

何来小忧
何来又清愁
假期未至难行舟
何解江湖执念
唯有江湖畅游
江湖畅游
与落霞共舞
水天一色如梦幻
惹得遐思无限
忘小忧忘清愁

【作者简介】常风华，北京人，青年作家网签约作家，文学爱好者。

雪，落在我的心上
——悼尹成忠先生

张峰

我不相信这是真的
噩耗总是这么悲伤
让人透不过气
但愿这是谎言
现实，又是这么冰冷
三九的雨水已凝结成
飘落的雪花
挂在你抚摸过的树上
平铺你走过的路上
我祈祷雪花冻住你的脚步
让我再陪陪你

雪花无情　不理解我
匆匆地裹挟着你远去了
洁白的场景如你的一生
洁白的空间似我的脑海
我空荡荡的心田上
只有雪花　没有泪花
摆着两只酒杯
我的这杯装着泪
你的那杯装着雪
酒，已淡得没了味道
我空洞洞的双目

噙着你没有落下的心思
塞满我无奈又苍白的祈祷
恨我不是张仲景　留不住你
恨苍天疏漏　天妒好人

心中念着你的总总
是的，你是平平凡凡的一位好人　好的不能再好
你的憨厚的笑意　醉我过去
更醉我余生
你的点点滴滴　没有惊天动地的壮举
也没有轰轰烈烈的事迹
可是，你曾经的六十一个365天又是那么的精彩
记在认识你的家人、同事、亲戚心上
亲友的言传中你那么的传奇，又是那么的平常
要想摆一摆你的故事
只有细节　没有惊艳
可就是你平平常常的人生
注定是我终生抹不掉的记忆

你的音容笑貌　饱含着善待他人
唯有忽略了自我
你，走了
摧残了活着的人

你的亲人　你的街坊
还没有念叨够你为人处世的平和
还没有分享够你尊老爱幼的品行
我还没有一张与你的合影
你也不是子期　我也不是伯牙
可是，我心中的牌位竖起你

我受不了，真的受不了
我已没有放自己牌位的地方

耳畔还留着你病床前的话语
你说：多年前就查出了病
上有老下有小
没有时间去治疗
舍不得花钱去治疗
去年，你退休了
你有时间了
你却匆匆地走了
你告诉我：最重要的是爱护好自己身边的人
不要什么惊天动地
但求平平安安

你把苦痛留给了我们
你留下的遗憾怎么消解
略数一二
白发人送黑发人
我们的老人将泪伴终生
你给我的西洋参种子
还没有教给我怎么种
你没有守诺

——庚子年缺了春天
庚子年的冬天这么冷
西洋参，我还播种吗
种，一定要种
种在我的心上
我用对你的思念做营养

我用为你流的泪水浇灌
我盼着西洋参开出漫天飞舞的雪花
我踏着雪花，想你
想你，陪我喝用雪水
泡的西洋参茶
或许用我的泪水来煮
你，不要怕咸
我，不会怕苦

我知道，你累了
天堂没有辛苦了吧
天堂没有病痛了吧
你，走了
一路走好
有洁白的雪花轻盈地伴着你
有冰冷的雪片在为我镇痛
这个冬天的雪花，开得这么凄美
这个冬天的雪，下得没完没了
我泪眼蒙眬　已看不清
素笺上是雪花还是我的泪花

（2021 年 1 月 14 日夜泣书）

【作者简介】张峰，男，山东济南人，青年作家网签约作家。

后来

余方亚

后来，黄原上听风的少女，做了新娘
三月的舟山，渔夫继续将心事晒晾
布达拉宫，依旧是大家的梦
那个叫方亚的孩子，在继续生长

像秋天的稻城，阳光照进海螺沟
像婺源油菜，准备一年的金黄
像月光睡进香格里拉，阳朔的渔灯
照着发呆的鱼鹰和静静依偎的船桨

新的一年，杏花村里的酒和指路的牧童
已经长大
春城的故事，路过大理的人
会给你讲几句红嘴鸥的梦
防城港的海边，晚风裹着诗人缓缓离岸
走过东兴口岸的越南商人，腰里别着
竹山的鱼腥和大榕树的潮湿
嘴里的屈头蛋夹着阵阵海风……

青秀山见血封喉的树，总能温暖
长不大的武侠梦
怀抱里，长河落日，抵不过
风陵渡口，那个叫郭襄、爱着杨过的女子
菜园坝大桥，红日染遍江水

一个人，山城的早上，风静，雾薄
就像穿过王府井和回民街一样
人群和山，总是那么陌生又那么亲近

夕阳下的爱晚亭旁，一株朴树下
听一首《平凡之路》，怀想橘子洲头淡淡云月
在绿茵茵之间，想想那个时代，那些热血和真挚
不叩门贾谊，湘江的桥上，望着游轮远去就好
汨罗江的清晨，浓浓的雾中，看老牛吃草
坐上摆渡船，忘记屈原的忧愁

马鞍山上，置身柳州夜色之外
回味螺蛳粉中，暗自庆幸河东的贬谪
花溪河畔，看群鹭飞过，歇在碧天里
犹如洞庭烟波……

后来，黄原上的风继续吹着
黄鹤楼和岳阳楼，已经没有多少骚人墨客
渭河和汾水上存下了好多残诗
没有人知道是我，就像关山和马伦的野草
风轻轻吹着，我希望坐在蒙古包里看尽落日
风轻轻吹着，我希望纵马踏过游牧之歌

如今，三月的舟山，渔夫继续将心事晒晾
布达拉宫，依旧是大家的梦
那个叫方亚的孩子，在继续生长……

【作者简介】余方亚，90后，陕西商洛人，陕西青年文学协会会员，青年作家网签约作家，已出版诗集《世界无马，方亚无翅》。

PART 2
散文家园

一朵自在的云

李永海

午后阳光温柔地洒向南山乡武庙集镇余楼村，那是固始县的一个定点帮扶贫困村，同时也是县文联的驻村帮扶村。我们突然而至，不知那一刻是否惊扰到你的清静。

那个时候，你是县文联副主席，充满浓郁的青春气息，青春在岁月深处尽情绽放。你主动请缨去驻村扶贫，来到这里担任驻村第一书记。那是个春天，余楼村山大沟深，村民居住较分散，自然条件也相对落后。在一个繁星满天的夜晚，清凉的山风刮过沟底，偶尔传来狗叫声和几声蛙叫，山村就迅速归于寂静。想着乡亲们的脱贫任务艰巨，你怎么也睡不着。

仲春早晨的雾霭很快从山头散去，脆生生的斑鸠叫声在山谷回荡。这期间的几个月，风里来雨里去，你抛去年轻女性的娇羞，带领扶贫工作队，开展贫困户精准识别工作，进村入户、实地走访、摸清村情、摸清贫困人口分布、调查致贫原因、制定帮扶措施……你很快与淳朴的村民打成一片，扣好脱贫攻坚工作的“第一颗扣子”，把党的温暖送进千家万户。那一天，雨滴飘落下来，乡亲们欢喜地望着干涸已久的山村，仿佛山村已开始生机盎然……

时间煮雨，被乡亲们誉为“爱心妈妈”的你有太多的故事，《河南日报》《信阳日报》等主流媒体都曾经报道过你的感人事迹。我想，新任县文联主席曹本国这次把固始作家“不忘初心，牢记使命”座谈会选在余楼村一定有深意。座谈会简朴而热烈，大伙儿纷纷畅所欲言。

时代的大舞台给我们提供了取之不尽的书写题材，只有不断地深入生活、扎根人民、汲取丰富的精神生活营养，感受老百姓的酸甜苦辣和喜怒哀乐，沉下心来，下苦功夫酿蜜，才能创造出接地气、传得开、留得下的精品力作，才能不辜负新时代人民对美好生活的期望。讴歌在脱贫攻坚战中涌现出的先进典型，把扶心扶智的精髓融入文艺扶贫的始终，用真诚去点亮贫困群众的心灯，这也是我们共同的心声。

余楼秋色美，木叶生金花多姿。

精准扶贫是你生命中最快乐的事，用心用力用情。你美丽大方，充满爱意，对乡亲们倾注了太多的感情。驻村以来，你扑下身子，撸起袖子，心中装着村民，两脚沾满泥土，带领村民奔小康。几年来，你用心灌溉着余楼村的土地，令土地上绽放出最美的花蕾。

我也是附近方集镇牌坊村的一名帮扶责任人，切身体会到扶贫工作的不容易。我在四月的春风里，一遍又一遍，去寻找花开花谢的讯息。因有共同的志趣和爱好，平日里我和你也有过多次交流，与大伙儿一样，常常称呼你“莲主席”。如果说生命是四季，那你扶贫的日子，就是春天里几枝欣悦的桃花，就是炎炎夏日里的绿树成荫，就是硕美秋天的累累果实，就是凛冽冬日的映日白雪。然而，在大多数时候，我在想，如果能把你驻村的故事写出来，那一定会很动人。

在余楼，沁人肺腑的花香飘散在空气中，同行的人纷纷拿出手机记录下美丽瞬间。徜徉其间，望一眼乡间道路两旁泛黄的树木，浮躁的心会缓缓归于平静，让人感受到乡村如此宁静安详，渐渐地，情绪似乎渲染了整个山谷……花儿绽放在山坡上，到处花团锦簇，色彩斑斓，幸福洋溢在村民们的脸上。

秋天的余楼，借着温阳，让我们去感受山村醉人的情怀。人生最美是青春，青春最美是奉献。“事业高于青春，奉献重于生命”的无悔誓言从参加驻村扶贫工作的那一天起，就已深深刻在了你的心上。

暑往寒来几度。在余楼，无数个精准扶贫的日子，汗水不仅浸透了衣衫，更浇筑出你那颗炽烈的心。无悔青春，无悔生命。扶贫攻坚，你始终在路上。既有生活的平实，又有青春的活力；既有真诚的感动，又有厚重的思考。脚下踩着的热土，抬头仰望的星空，鸡犬相闻的村庄，山中岁月长。忆往昔峥嵘岁月，有欢笑、有泪水、有喜悦、有困惑……在你的额头刻下了一串串印痕，让流金的扶贫岁月在生命中绽放芬芳。

汩汩流淌的岁月里，你把对脱贫攻坚工作的全部热情都倾注于此，你的生命有了山中的记忆。青春告诉你什么是忠诚和美丽；风霜雪雨，让你经历了岁月的洗礼……做最真实最朴实的自己，依心而行，无憾今生。你是一位有温度有情怀的女子，必定会用眼睛和心灵触摸生活。繁华落尽，浮躁渐去，都成烟雨。一些看似简单的“人生公理”，可能寻常，或许遥远，但当时过境迁，才能品出味道、有所体悟。如果你把心放平，就是一泓平静的水；如果你把心放轻，就是一朵自在的如诗如画的云。你有太多的真诚，也有着一颗单纯而明亮的心。

风过田野，空灵悠远的声音不绝于耳，仿佛从岁月深处“走”来，又向岁月深处“走”去。站在村口朝南望，远处群山静默，偶尔见村庄炊烟袅袅升起，那时心中就升腾起一种感觉在这里仿佛时光倒流，历史与现实离得很近。那一间间早已无人居住的、透风的房舍，一棵棵古树和斑驳的砖瓦、古井，都在默默地向我们讲述曾经发生的故事。

尘世间喧嚣，爱一个地方很难，但放弃更难。余楼，让我们在这里，读你的气息，赏你的风雅。似水年华，如水的时光，漫过青春的堤岸。不久前，因为工作需要，你调动岗位，又被提拔了。余楼，在你心里，是大地的馈赠，是你的期盼，也是你生命里最美的风景线——层林尽染，万山红遍。

你曾在朋友圈发文：“四年多的时光，很长亦很短，似乎漫漫悠长，却又觉得转瞬即逝。原以为离开会很开心，不曾想却也心酸，专门挑个周六，想见又怕见，回忆起排队洗澡、上厕所的岁月，笑着笑着便笑出了眼泪。曾经抱怨觉得很苦，如今想来，却觉得很甜。路过贫困户的家门，送几床被子给她，一声声感谢，一句句挽留，再多的付出都值得。”你的脚步从未停歇，捡拾着一朵朵纯洁的浪花，插在自由飞翔的心上，让青春的云彩飘过天空……翩然的思绪里让今朝与往事缠绕共舞，缠绵在如花芬芳的往事里，暗香盈袖。

作为一名年轻女干部，你也爱美，更爱时尚，只见你一张圆圆的娃娃脸，顾盼神飞，粉面红唇，加上得体的衣着，容光照人。青春无问西东，岁月自成芳华。笑迎生机盎然的人生，你只愿一生做个平凡人，不为繁华易初心。一切终将过去，未来总会到来，只愿曾遇见的人，在以后的岁月里，阳光万里，一路笑语欢歌，一路鲜花怒放……

时光流逝如花飘零，岁月辗转成歌行吟，初心不改砥砺前行。走在溢满花香的林荫小道，你会发现，眼前所有一切都呈现出绵绵诗意。终于明白，你为何总喜欢看着田野，目之所及，皆是回忆，心之所想，皆是过往。曾记得，那天离开余楼时，蓝蓝的天上白云飘。你来送别，静静伫立在村口。我回眸，你的甜美微笑，温暖了我的归程。

【作者简介】李永海，河南固始人，中国作家协会会员，中国散文学会会员，青年作家网签约作家。现任国家税务总局固始县税务局秀水税务分局局长。

父亲，我最想念的人

李楚明

父亲瘦弱、平和、慷慨、豁达，平生最高的职位就是行政科事务长。父亲在人群中是一个再普通不过的人，可是于我就像黑夜中始终照亮我的那颗星星。

记得小学四年级第一次数学考试不及格，我不敢进家门，躲在后窗子下蹲着。只听见母亲像往常一样指责父亲："都怪你的无能，导致孩子们不争气。"并对他大声斥责："快找你闺女去，我今天倒要问问，她还想读书吗？"父亲在屋后窗子下面找到我并小声地说："你妈发火了，赶紧回屋吧。"我站起来靠在墙边流着眼泪说："妈妈会打我的。"父亲伸手给我擦干泪水，把我身上的泥土拍干净说："你妈打你们的棍子我都藏起来了，你挨打时要会躲啊！"我历来是宁愿流干眼泪也决不求饶的，不像弟弟一边跳一边喊："不敢了！"

于是我跟在父亲身后磨磨蹭蹭地进了家门，但是竹棍还是落在了屁股上。父亲在家里是从来没有发言权的，那天却勇敢地一边从母亲手中抢夺棍子一边说："不要这样打，打了不起作用的。"见逆来顺受的父亲居然敢来阻拦，母亲狂怒地转身推开他并吼道："他们变成这样都是你惯的！"父亲被推开后头撞到了门框上，脑门顿时起了个青紫的大包，我赶紧拿毛巾给他捂住。这时弟弟放学回来看见父亲脑门上的伤口，悄声跟他说："离婚了，我跟您。"父亲一边痛得吸冷气一边说："莫乱说，离了你们就没有家了。"我和弟弟手忙脚乱地帮父亲擦头上渗出的血时，父亲又说："你妈年轻时候有多漂亮，你们是不知道的。"我和弟弟从此有些藐视父亲。可是多年以后我们长大，经历了世事沧桑，才明白父亲有多爱母亲，多爱我们，多爱这个家！

记得20世纪70年代，一个月供应一次猪肉，到买猪肉的那天，天还未亮，就听见公路上人们去屠宰场排队买肉的匆匆脚步声。屠宰场人山人海，卖肉的叫喊声传过来："新鲜的猪肉啰，快来看看啦！"按人头每人只能购买两千克，当人们把猪肉提在手里时，心里被荡漾的幸福感充斥着。小孩子们不管是在上学路上，还是在课间，只要一想到吃饭的时候有千张肉或酥肉就咽口水。

为了让我们吃上肉，父亲自己学着养猪。在天寒地冻的早上，他要去菜地拔落满雪且结满冰的白菜，然后在冷水管下洗，手常常冻得通红，清鼻涕不停地往下滴。我每次想帮父亲洗时，他都急忙推开我说：“水很冰，莫沾手了。”

父亲从来不让家人进厨房，几十年如一日，做好饭端到桌子上，一边擦手一边欢快地高声喊：“吃饭了！”那洪亮的声音像大的号角发出的一般，这也是全家人最快乐的时刻。

我们所在的厂矿属于20世纪70年代初建设的“三线厂”，父亲在行政科工作，那时候的食堂是全厂人的幸福守望，也是最难管理的部门，记得厂里好些人都不愿意去管理，父亲却自告奋勇担任事务长。

从此父亲每天早上五点多，在漆黑的公路上，总是风雨无阻地走三千米多的路程，才能到达食堂，然后开始与其他厨师一起做早点：包子、馒头、花卷等。等到早点做得差不多的时候，其他员工才陆续来上班。几千名职工的大厂，全依赖着食堂改善伙食。

虽然食堂的工作并不光鲜亮丽，但父亲深知肩上的担子有多沉重。特别是逢年过节，因为要给几千人改善伙食，父亲常常几天回不了家。食堂的所有工作，父亲都亲力亲为，以至于他每次回到家都腰酸背痛地躺在床上。有时候我和弟弟央求父亲周末不要加班了，但他总是说：“不去做好准备，明天就没有好菜卖给大家了。”

记得一次下大雨，晚上十点多了父亲还没有回家。上小学的我和弟弟，艰难地举着一把大伞，在黑暗的道路上前行，去食堂找父亲。远远就看见昏黄灯光下食堂门口停的卡车，一卡车蒜苗、白菜正在父亲的指挥下被卸下来。突然父亲一转身发现我和弟弟在身后，一把将弟弟抱起来举过头顶惊喜地问道：“你们怎么来了？”旁边的蔡阿姨说：“李师傅，你没白辛苦啊，都这么晚了，两个娃娃还走这么远来接你啊！”父亲自豪地大声说：“一辈子为了什么，不就为儿为女嘛！”见到父亲这么开心，我们的内心就像游入海洋的小鱼一样幸福。那一幕也永远定格在我的脑海里。

有了父亲的加入，食堂红火了起来。每天中午十二点、晚上六点，厂里的广播一响，家家户户拿上碗到食堂打菜改善伙食。在物质贫乏的日子里大家有了期盼，有了些许快乐和幸福的感觉。

长大后我们都离开了家，逢年过节才能和父亲团聚。每次带着孩子们回家，父亲就早早做好我们爱吃的菜，然后坐在楼下花台边上一动不动地等着。有时我们深夜回到家，他老人家二话不说，开心地翻身下床给我们做好吃的。父亲常常像变戏法一样，拿出给孩子们做的小凳子、小火车、小衣服、小抱被……若不合适又一遍遍修改。每次我们要走了，父亲都要追下楼来，问："不走了行吗？"但我们总是一成不变地回答："明天要上班的。"父亲只好看着我们的背影越来越远。每次我们偷偷转身却发现父亲还在目送着，就像小时候在幼儿园等待父亲来接我们回家一样。

任劳任怨的父亲却没有逃过病魔的黑手，2001年父亲查出直肠癌，动完手术，本应该好好休养的他，仍然一如既往地不要家人进厨房，做好饭开心地大声喊："吃饭啦！"

渐渐地，我发现父亲明显地衰老了，每次回家都看见他坐在厂门口呆呆地盯着我们回家的路，手里捧着我给他买的保温杯，眼神一次比一次黯淡，一次比一次寂寞。我心如刀割，意识到父亲陪伴我们的日子不多了。一次在医院病房里，我一边给父亲擦洗一边问他："您这辈子最幸福的是什么？"父亲毫不犹豫地答道："有你们三个儿女呀，有你们我就满足了。"我继续问："您最难熬的是什么呢？"父亲陷入了沉思，然后缓缓地说："1970年刚刚建厂的时候，开车到山区拉木料，经常几天吃不上饭，土路很难走，随时有塌方和翻车的危险！"我以为父亲会说是我们小时候不好好学习，引得母亲苛责他；或是整天忙着种菜，冰天雪地里洗菜，喂猪做家务；或者是工作累得直不起腰来。哪知我们看见的苦难对父亲来说却是幸福的承受。爱是什么？爱是恒久忍耐。

父亲给了我人生最初的温暖和爱，每当承受生活中的不公平、经历磨难时，父亲的爱就像温暖的火炉静静地在心中燃烧，支撑着我，给我朝前走的力量，以平静、踏实的心态面对这个世界。

父亲走了，在我还没有来得及报答他的时候，我永远失去了世上最爱我的人。虽然每个人总是在不断失去的过程中走完一生，然而失去父母是我们最大的痛，我们从此没有了这份无私无畏的爱。

【作者简介】李楚明，大专学历，全国经济师职称，青年作家网签约作家。2020年参加青年作家网七夕征文大赛，作品《如果有来生》获得散文优秀奖。

无名之辈

申依灵

质疑、否定、谩骂、谣言、冷漠，似一块块巨石从高山上滑落，重重地砸在躺在泥土地上的我的身上。

我无力挣扎，开始回想起从前。自己也是爸爸妈妈最心爱的孩子，蹦蹦跳跳，努力地长大，幻想着多姿多彩的未来，不知从哪天起，有了热爱，有了梦想，有了想为此拼搏的激情与斗志，想着：即便注定艰难，也要“会当凌绝顶，一览众山小”。透过窗户，看见太阳出来了，将光芒铺洒大地，地面泛着金色的光，路边的花娇艳地开着，不知名的鸟儿也在激情高歌中振翅远飞。我大声呼喊：“这条路一定能行!”

出了门，才发现屋外的阳光是这么毒辣，每走一步，都感觉自己要被烤化；泛着金光的路面，原来是扎满了破碎的刀剑；路边的花是在笑吗？脸上明明都是泥土和露水，这才想起来，咧开嘴，也有可能是在哭；原来那只鸟叫荆棘鸟，把自己扎入最锋利的荆棘，换来一声令人世间其他所有声音都黯然失色的带血绝响。

我不禁犹豫了，停住了脚步，回头看了看，突然看到，家人正满脸欢笑，充满期待地透过窗户朝这边看着。我却感到震惊，因为通过这扇窗户看到的自己的家人，他们都赤着脚，每个人脚下的地板都不同，母亲踩着光滑的冰面，每一步都为不滑倒而尽力稳住；父亲踩着铺满碎玻璃的地面，每一步都留下淡淡的血印；而且，他们的双脚需要用力地踏稳地基，双手需要顶住随时可能坍塌的屋顶；原来自己的家是这样被支撑起来的。我于是无奈地冲着父母笑了笑，招了招手，继续前行。

路上，遇到了一些同行者，怀揣着共同的梦想，一起前行，一起风餐露宿，一起跋山涉水。遇到难以攀登的峭壁时，“加油”声四起；遇到一片花海时，欢呼雀跃，享受醉人的满眼繁花和空灵的鸟语。经过大海时，原本宁静平和的海面突然卷起张牙舞爪的海浪，它张开血盆大口，肆无忌惮地吞噬了几个伙伴；走过森林时，燃烧着的火焰在放声大笑，那笑声震耳欲聋，震得人头痛无比，疼晕倒下的几个伙伴随即被火焰燃成灰烬；穿过沙漠时，流沙荼毒，贪婪地将伙伴们一个接一个地吸食咀嚼，全然不见尸骨；进入峡谷时，风叫嚣谩骂，裹挟着山石倾泻而下。同行者中，有的开始放声大哭，太累了，想放弃；有的挣扎着躲避，却还是被巨石无情地砸中，无奈地结束旅途；还有的，即使被砸中，也使出浑身解数推动身上的巨石，拼死也要从巨石下逃出……最后，四处眺望，一群伙伴中只剩下了三个。

继续前行。前方还有什么？远处，一束阳光刺破密布的乌云，金色的光芒驱散黑暗。原来那里，就是要去的地方！继续上路。突然，一个身影向这边赶来："别再拿未来当儿戏了，你玩够了吧，该回去安家落户了！"他是其中一个伙伴的家人，一直都不看好孩子选的这条路。"就快到终点了！您再让我坚持一下吧！""我已经给了你足够长的时间了，这条路不适合你，你跟我回去吧。"那人不再说什么了，看了看远处那束阳光，又看了看剩下的两个人，道："走下去吧，带着我的那份一起。"没有号啕，没有眼泪，就这样平静地消失在了这条路上，只留下一个墓碑，上面写满遗憾。

继续前行。那是一片草原，猛兽盘踞。狮子正垂涎三尺，泰然地走着，一副"尽在掌握之中"的神情；毒蛇吐着信子，分泌毒液；灌木丛中闪烁着无数双眼睛，再仔细一看，连草地上都布满着食肉蚁群。终于，看到一个可以逃脱的口子，最后的这两个伙伴决定一鼓作气冲出去。然而，猛兽的反应也极其迅速，只逃出去了一个；另一个，被猛兽带回了家。到了家，猛兽们突然褪去了皮，皮里分明是人的模样！

逃出去的那一个，现在怎么样了呢？是不是已经实现梦想了呢？没逃掉的那一个，又如何了呢？

我正躺在地上，回想一路的坎坷，突然意识到：太阳拼尽全力释放光热是它急于彰显自己存在的意义；路上插满破碎的刀剑，是因为即便粉身碎骨它们也有挺直腰杆不屈的信念；花儿虽然沾着泥土满脸泪水，但这是它曾拼命绽放的最好证明；荆棘鸟虽然必须用生命换取歌喉，但它也曾在人世间留下过最绚烂的一笔。母亲虽然脚踏冰面每一步都在为不滑倒而努力，但是她曾经都无法在上面站立；父亲虽然每一步都留下淡淡的血印，但是他曾经用血洗过满地玻璃。一路走来，没有被海浪吞噬，没有被烈火燃尽，没有被流沙吸食，也没有被巨石碾碎，家人支持着自己，也曾被给予了无数鲜花和掌声。我又想起那一阵阵"加油"声，那句“走下去吧，带着我的那份一起”，不能再躺着了，该起来了！

把破碎的自己黏合，抖掉身上的碎玻璃和尘泥。怎么能就此倒下？还能继续前行！

继续前行的道路上，遇到了当时那个成功逃脱的伙伴，他竟然还没有到达终点。“那束光，永远都在前方，无论怎么走，都无法到达。”所以他就在那里停下了，结果竟然等来了那个本以为已经被猛兽吞噬的伙伴。他这一语，不禁使人惆怅。难道真的无法到达吗？突然，看到四处的石头上刻满了黑色的字：“你已经站在光下了，不信你回头看。”回望，发现自己身后的确黑烟重重，无法看清。“但是，前方的光更加闪耀！”署名：过来人。仔细看，每块石头上都写着同样的内容，但是字体不同，都出自不同人的手。两个伙伴对视一眼后，分别找了一块石头，刻下自己的字迹。“继续走吧。”同伴这样说。“走吧，继续前行！”

千磨万击还坚劲，任尔东西南北风！

【作者简介】申依灵，出生在美丽的江城武汉，在校大学生，青年作家网签约作家。

走过自己

宋瑞芳

踏进雪舞的世界，我只记得说过与寒冷无关的话，那句淡淡的喜欢便温暖了整个冬季，雪一样透明却情意绵绵带给大地幸福的颤动。幸福里没有期待的季节，每一天丰富多彩而又意味深长，正如这冬季冰封的大地，一层一层的雪花掩藏一层又一层的美丽。

站在漫天飞舞的雪地里，无须鸿爪雪泥，你的影子像雪花飘舞呈现眼前。树上挂满了比絮重、比盐轻的雪片，我在想，那些雪片的灵光是诗歌的颜色吗？无声的节奏绵延着不可避免的思绪。一缕一缕地伸展更深的情！雪花抚摸着面颊，扑打着我的脚步，却也阻止不了我踏进春天的步伐。我的脚步与雪无关，但是有一种踏雪寻梅的感觉，有雪无梅无滋味，有梅无雪不精神。正如这个季节没你不丰富一样。

回想站在浅秋清晨的薄雾中，看落花积满庭院，想起了那句：“谁念西风独自凉！”心中便有些寂寂然，终是有些凉意的季节，盛夏遗留下的热情也逐渐沉了下来。有时候，有些东西，由热转凉，又直抵人心，这种感觉仿佛一直盘踞心头。任凭时光荏苒，流年逝去。

我又想起一些繁盛，从夏的那一片绿色中滑落，走进了秋的诗行，就像走过的中年，悲秋在微风中漫过了小草上的清露，在林间流动着漫无边际的思绪，又一次直抵心灵，它戳痛了周身的神经末梢，一下子让我学会沉稳，学会在黑暗里仰望星空。

我时常想，生活的意义是什么？是月亮？还是六便士？这种自问自答，就像一面镜子里的碎片，只见部分不见整体。无疑，答案是挣扎的，一半诗意，一半苦痛。

尼采有一句名言：成为你自己！其实，一直在困顿中挣扎的我，就是真正的我自己。再一次直抵心灵的时候，我的情绪是混沌的，一会儿好，一会儿坏。生活总是让人悲喜交加，永不满足导致情绪低落。还好，我接纳了自己，深谙时间喑哑，它不动声色的温存，盘活了人的记忆。在记忆里，千种枫树千种美，千种人面千种风情，我只是握住风情的一种，把往事幻化成文字，停留在心底，慢慢地见证着生命的另一种奇迹——经历。

经历是一笔财富。我二十年前做小商小贩出摊的时候，那时候确实为碎银几两起早贪黑，为每天能多挣一块钱而喜悦，至今一回想，还喜在眉梢。其实，人在经历苦难的时候压根儿不觉得是苦，就觉得当时我就应该这样做。我不小瞧一块钱，一块钱还能买五个馒头吃呢！后来，有人说我“了不起”，从小到大没吃过苦的人，能风雨无阻地坚持出摊十五年。别人这么一说，我居然也觉得自己了不起！那个时候，是和时间赛跑。黎明前我就得起床烙饼、煮肉，把“肉夹馍”做好了出去卖，然后买些米，添补家用。那个时候，我觉得自己是森林外的一棵树，因为不和其他树挤在一起，也就自成风景。我出摊时，摊位上总会放一本书，正是这本书，支撑了一片更高的天空，它放飞了我的灵魂。

时光走笔，在笔尖上一次次触摸一棵树的繁华与枯萎，直抵心灵！我愿意揭开伤疤，看那疤痕上冒出的新芽。

不管咋说，苦了，就苦了，爱了，就爱了，痛了，就痛了，走过就好！

【作者简介】宋瑞芳，笔名春上村妇，曾笔名孟姜女，胜利油田人，现住临盘石油小镇，德州作协会员，胜利油田文联会员，青年作家网签约作家，并获得“青年作家网优秀诗人”称号。

爱悟札记（三则）

陈继承

天马行空的梦

早早地醒来，想起那些天马行空的梦，忍不住笑。

梦里，自己与伙伴们在山坡上扯大棵大棵的青菜，准备做一顿丰盛的大餐，盘算着如何荤素搭配，多么美味可口。

梦里，自己不知道是怎样的青春年少，穿上了青花旗袍，袅袅婷婷。

梦的穿越何其荒唐，又何其美妙。

都说是日有所思，夜有所梦，但这绝对不是我现在的所思所想。

以前我一直困惑，因为自己做过的很多很多梦都不是自己的所思所想，也没有生活基础，完全是天马行空。只不过慢慢地发现，自己不少的梦都会与以后的生活或多或少有些关联。是不是智者点拨，我还不清楚。

网上说，梦是睡眠时局部大脑皮质还没有完全停止活动而引起的脑中的表象活动。梦是一种独特的思维，一种浅睡眠状态下大脑丰富的活动。

该如何解释梦与现实的关联，我从奥地利著名心理学家弗洛伊德的著作《梦的解析》里得到了启示。《梦的解析》是弗洛伊德毕生最卓越的一部著作，也是弗洛伊德建立精神分析理论体系的一个重要标志。他总结大量前人的研究成果，结合自己对病人的梦的临床研究和对自己的梦的分析，深入地探讨了有关梦的实质、梦的解析方法、梦的伪装、梦的材料和来源、梦的工作，以及梦的过程、心理等理论问题。他认为梦是对愿望的满足，梦是一种潜意识的体现。换句话说，梦是你的生活状态的折射，是你生活态度的彰显。生活状态不佳，就会噩梦不断；生活状态良好，就会好梦连连。我特别记得在这本书里，弗洛伊德用了很多的名画和文学现象来分析、佐证自己的看法，让人对那些抽象的画作、离奇的情节突然有了顿悟。

善良的祝愿总会有好梦成真、好梦连连，但好梦终究只能是自己来创造。如何让自己好梦成真，好梦连连？让自己拥有积极健康、奋发向上的心态，尽己所能，改善自己的生存环境，改善自己的生活状态。

（2020 年 12 月 29 日晨）

爱与懂得

昨晚午夜，看到迎春妹妹还在某文学平台上读我的文章，关心我的生活状况。今天下午没事，随意翻看朋友圈，又看到迎春妹妹在她的朋友圈里，分享了我的两篇文章。

记不清楚这是她第几次分享我的文章，但一次又一次地，被她的真诚关心和厚爱所感动，于是给妹妹发了两条致谢的信息。很快收到妹妹的回复，于是有了一场痛痛快快的交流。我说："谢谢妹妹一直以来对我的关心和厚爱。看你的笑容，姐姐很温暖；看你的留言，姐姐很感动！好妹妹，以后姐姐到深圳，一定去拜访你！如果妹妹回湖北老家，欢迎来我家玩。"妹妹说："一定会！姐，是你的文字，你的人格魅力打动了我。好喜欢姐姐的智慧与豁达。""我就希望看到姐姐的《爱悟札记》，希望姐姐不要停歇，把她创作好。你的这本书我觉得以后会大卖，它传输的不仅仅是文字而是一种力量。"很高兴妹妹对我《爱悟札记》的真爱之情，更欣慰妹妹对我《爱悟札记》的懂得，而且寄予如此厚望，让我有了更强坚持下去的信心，有了把创作完善的力量，真的感恩不尽。

这个世界上，爱我们的人很多，但真正能懂我们的人又有几个呢？唯其如此，才有了"人生难得一知己，千古知音最难觅"的惆怅，才有了"相爱容易相守难"的遗憾。难怪志摩先生会对他的恩师梁启超先生说出那样饱含哲理又让人觉得悲壮无比的话："我将于茫茫人海中访我唯一灵魂之伴侣，得之，我幸；不得，我命。如此而已。"

这也能很好地解释生活之中常有的一种困惑：相敬如宾的小两口，为什么突然悄无声息地分道扬镳了；老实本分的先生或贤妻良母的女士，为什么突然就出轨了。记得有人说过：每一个出轨男人（女人）的背后，都有一个思想不同步的女人（男人）。我很认可这句话，但认可的不是出轨本身的行为，更不是给出轨的人找借口，鼓励出轨。我是觉得，相爱的两个人，没有精神上的默契、灵魂的相依，是难以走得长远的。即使长久地在一起，也只是身体的麻木相伴，终究会同床异梦，备受煎熬。所以，从某种意义上来说，有些离婚是真解脱，不算大逆不道。当然，这同样不是肯定离婚行为本身，更不是给那些道德败坏、不负责任的人寻花问柳、见异思迁以冠冕堂皇的理由。我只是想说明，爱一个人，就要爱她如花的美丽，爱她苍老的皱纹，更要爱她虔诚的灵魂。

爱，很多时候只是一时的冲动，而懂得却需要彼此全心全意地投入，要用一辈子来经营。愿有缘的你有人爱，也有人懂。

（2021 年 1 月 10 日下午）

雪中送炭

课后去洗了个头，一身轻松。精神抖擞地走出来，又到校门口的福建小吃店，配上一碗猪肚汤，吃上一碗炒米粉。准备下午和同组的小伙伴们再去抚慰一下遭受不幸的小同事芳芳。教师这个职业很清贫，人也很单纯。每每同事家里发生什么大事，都会相互帮助，特别是同事家中遭受不幸的时候。这份来自朝夕相处的同事之间的慰藉，很暖心。

从昨晚到今天，很多同事都结伴去安慰小芳。同事们还帮忙端茶倒水，真像教研组长霞霞说的，我们就是芳芳的娘家人。虽然现在进入了商业社会，虽然现在有不少人感慨人情冷漠，世态炎凉，但我依然执着相信，人间有大爱，世界有真情。

想起前两天从简友文章里看到的一个发生在意大利的圣诞节故事。一个 94 岁的老人，深感一个人过节的孤独，于是报警求助。之后果真来了两个人，陪老人吃饭、喝酒、聊天，让老人过了一个快乐的圣诞节。这样一种微小的帮助，它给予老人的、给予我们所有人的，都会是一辈子的温暖和感动。

在困难无助的时候，有人帮你撑上一把伞，那是一种怎样的幸福。即使给不了你支撑的力量，能够给你一个微笑，给你一个懂得的眼神，给你一点点时间陪伴，那也是求之不得的温暖。雪中送炭就是绝处逢生者的那根救命稻草，有它，就有生的希望和力量。

当别人万事顺心、春风得意的时候，你可以不必去锦上添花；但当别人四面楚歌、举步维艰时，请务必记得给他送去雪中之炭。

（2020年12月28日午）

【作者简介】陈继承，笔名爱悟者，湖南岳阳人，中学语文高级教师，青年作家网签约作家。

你在等雨，我在等你

沐然

当你读到这篇文章的时候，或许已经白发苍苍，甚至老态龙钟了。但是，我想对你说，这是我送给你的最后一个礼物。

——题记

跟你谈了半年的恋爱，却从来没有拉过你的手，到最后分别的时候，我向你提出了唯一的要求：能握一下你的手吗？你粉红色的脸颊立马涨得通红，像含苞待放的芍药一样，纯净、柔美、羞涩，四处躲避我的目光。车站里太冷了，你对着自己那双满是伤口的手哈了一口热气。顿时，薄雾滋润着你那双水汪汪的大眼睛，你害羞地低下了头。然而，你那无法掩饰的泪花告诉我，你的内心在挣扎，在逃避，在颤抖。你心里想说，一个女孩子怎么能当着众人的面和一个男孩子握手呢？

第一次见你，是在我家门前那条小路上，我们不期而遇。你哥挑一担锅碗瓢盆在前面走，你和你嫂各背一个大行李包跟在后面。看见我，你竟然央求你哥说："累了，想休息一下。"你嫂调皮地望着你调侃道："不会是醉翁之意不在酒吧？"木讷的我，竟然毫无领悟。

彼此的目光像扫描仪一样，在对方稚气未脱的脸上停留了片刻，却也在彼此的心里烙下了永恒的印记。你问我几岁。我伸出右手的两根手指，左手拇指与食指弯了一个 0 的形状。我也问你几岁。你两只手比画了老半天，我却没看懂。你哥笑着说："你们两个不会都是哑巴吧？"你一边跑一边发出银铃般的笑声，从你的笑声中，我隐约听到一句话："你站着别动，等我两年就与你同岁了！"我在心里默默地祈祷："别说两年，就算等你十年我也愿意。然后，生一大群孩子，等到他们长大成人后，我们手牵着手白头偕老。"不过，这些话我只是在心里默默地对自己说，要是被你听见，你一定会笑掉大牙的。

第二次见面是在一个月后的那个漆黑的夜晚。我以一个民兵干部的身份，对外来人口进行每半个月一次的例行登记检查。那年头，你们绍兴来我们安吉山区扎扫帚的外来人口特别多，当查到你们租住的那个低矮的小窝棚时，已经是晚上十点多钟了。你们兄妹三人各端一碗红薯丝掺少量大米煮制的杂粮晚饭，桌子上只有一碗梅干菜加白开水冲泡的菜汤，汤里却没有一滴油。看到我们进来，你连忙放下手中的碗筷，礼貌地站起来给我们泡茶。你把茶杯轻轻放到我面前的那一瞬间，我看到了你那双伤痕累累的手，十根指头上都缠满了医用胶布，右手食指上有鲜红的血顺着胶布往外渗。你脸上虽然挂着灿烂的笑容，可是我的心里却明显地感觉到一阵阵钻心的疼痛。

第二天吃过晚饭，我特地跑去看你，你一边用无钩小刀（扎扫帚专用）麻利地削砍竹梢，一边和我聊天。我问你为什么要千里迢迢跑到安吉来扎扫帚，你回答得很简单："没有为什么，只为能吃饱肚子。"我这个人脑子笨，少言寡语，从来不会先主动问人家什么。可是每次见到你的时候，却总能打破常规，主动发出一连串颇有点使你招架不住的问号："你家几口人？你爸妈为什么不出来挣钱？让你这么小的女孩子出来挣钱，他们放心吗？"你告诉我说："生产队里每个男劳力一个工值五毛钱，我做一天 6 分工，才三毛钱，日子实在过不下去，所以我和哥嫂必须出门赚钱养家。"

那天晚上临别的时候，我问你喜欢什么？你毫不犹豫地告诉我："喜欢下雨！"我以为你喜欢雨天的朦胧诗意，你哥冷笑道："哪有什么诗意哟！只有下雨天才能休息罢了。"

那是一个特别漫长的寒冬，天气干冷干冷的。我几乎天天盼望着老天爷下雨，可村里的老人们都说："重阳不下看十三，十三无雨一冬干。"我心里绝望极了，这老天爷为什么偏偏不随人愿呢？直到腊月二十八早晨起来，天空飘起了蒙蒙细雨，我急忙撑起雨伞向门外走去，也就在那一刻，我才明白，为什么你喜欢下雨，我盼望下雨，原来是：你在等雨，我在等你！

那是一条长满荆棘的小路，我们就像两块有生命的磁铁，借着雨后的生机，带着神圣的使命，去点燃爱情的火焰。可当我们距离越来越近，即将向对方发出问候的时候，却又发现你哥在向你招手。说是家里托老乡捎信来，你奶奶病重，让你们赶快回去。你哥说，原打算不回去过年的，可是现在必须马上走。

腊月二十九凌晨，我为你们送行，步行三四十里山路去县城汽车站。立春已过，小鸟在树枝上跳来跳去，互相传递春的信息，沿途小径两旁开满黄色迎春花，河沟里的小草已开始萌发新芽。可是，它们哪里知道，我们好不容易盼来的一场雨，却是一场凄凉凋敝的冷雨，它正在残忍地浇灭一朵尚未盛开的爱情之花。

当你乘坐的长途汽车发出一声长叹的时候，我踏上了回家的路。山雾笼罩着归途，我在小路上独自行走。迎春花已黯然失色，小鸟也不再发出悦耳的鸣叫，唯有小河化冰时，潺潺流淌的泉水声像失败者的眼泪，陪伴我孤独的身影，在小径上独行。

从此我用一支灌满了相思的笔在一张张崭新的白纸上宣泄心中的思念，八分钱一张的邮票充当了你我的鸿雁信使。三个月后，你在一封来信中兴奋地告诉我，你父母双双恢复了教授职称。又过半年，你来信说，你们一家人都要随父母一起去国外生活。

四十年过去了，岁月的长河里已经落下了无数场雨，可是我们却从未在一场雨中相遇。我只好将寂寥装进行囊，踏遍北方的每一座城市，走过江南的每一条小巷，只为寻找你无意间的一个回眸。可是时光却无情地告诉我，你走了！我们再也无法在同一个时间段仰望同一个太阳，唱响同一首歌谣。清晨露水染白我的两鬓时，你却在晚霞绮丽的黄昏下独自垂泪 。

再次见到你，是在梦里。你静立在春天的船尾，晚风拂动你的衣襟，两眼露出抑制不住的兴奋，还是那么美丽，那么楚楚动人。我站立在人来人往的十字路口，脸上挂着少年的羞涩，稍稍迟疑了片刻，尚未向你伸出双手，你已淌过了夏的渡口，站立在秋的岸头。我多想握住你的双手，真实地感受一下爱的温度，可你却胆怯地畏缩在夕阳西下的彼岸，告诉我说，你已经习惯了孤独；习惯了一个人在寒冷的夜晚泪眼婆娑。我多想用心接住你那酸楚的泪水，充盈我手中的拙笔，写下人世间最动人的故事。

余晖穿过竹林，一只孤独的山鹰怀抱翠竹，在永恒的时光里吟唱那渐行渐远的歌谣，悠扬的旋律充满整个山坳。仰望星空，似乎有一个声音对我说：没有缘分的人注定不能生活在同一个屋檐下。真正值得爱的应该是那些有缘与你风雨同舟、不离不弃、相守相伴一辈子的人。

但愿我们隔着太平洋，互相接受彼此的祝福！

【作者简介】沐然，原名李志斌。浙江省湖州市人，湖州市作协会员，青年作家网签约作家。

晚晴雀咏忆沧桑

黄长征

晚晴，秋凉。

蜗居读书，见一写麻雀的诗文小品，题为《诗咏麻雀》。说的是清代戏曲理论家、诗人李调元，在朝中为官时，一次公差去江西做主考，公毕回京前，州官在十里长亭设宴为他送行。席间，州官受举子们的请托，站起来说道："久闻主考大人才高盖世，诗追李杜，今日请即席赋诗一首以壮行色，如何？"

李调元请州官命题。这时，正有麻雀在屋檐间跳跃鸣叫，州官便指着说道："请咏麻雀。"

李调元略一思索，便慢慢念出第一句："一窝一窝又一窝。"

众人一听，无不掩口。

李调元又慢慢念道："三窝四窝五六窝。"

有人再也忍不住，笑着问："主考大人，这也是诗吗？"

李调元毫不理睬，接着吟道："食尽皇王千钟粟，凤凰何少尔何多！"

这两句一出，众人无不惊讶，都觉得如异峰突起，有起死回生之妙，同时又觉得辛辣讽刺，因此个个都是难堪不已。

如此颜面斯文却又暗含讥诮的诗作，读后，不禁为李调元的学养与机智拍案叫绝。

麻雀诗咏，让我想起了那些年关于麻雀的事。

二十世纪六七十年代，一种短密灰褐毛羽、叉状尾翼、矫健机灵的小鸟，可谓是农村数量最多的鸟类，这种鸟就是人们通常所说的麻雀，在我老家的方言里，大家叫它"麻贼（zei 读第四声）"。麻雀在当时人们的印象里，可谓声名狼藉。这种鸟不光相貌平平，没有野鸡那样亮丽可人的外表，其叫声也是嘈杂纷乱，给人以烦躁的感觉，丝毫没有布谷鸟那样悦耳动听的韵律感。最遭人恨的是，像我们方言里叫有"贼"字那样，它们有偷吃农民庄稼的坏习性，这一陋习直接导致它们与“老鼠、苍蝇、蚊子”一起，被冠以“四害”之名，差点儿在全国人民发起的“除四害”运动中被消灭干净。

在社会生产力低下的农耕时代，农民种植的粮食产量不高，他们播下的种子和即将成熟的稻谷、玉米等庄稼，被成群结队的麻雀偷吃、抢吃，造成比较大的粮食损失，这对尚处在贫穷饥饿状态的农民来说，对麻雀产生仇恨情绪，也就不足为奇了。

因此人们想尽各种办法来驱赶它、捕捉它、消灭它。

最常见的驱赶方式是做稻草人。找两根一长一短的木棍，用干稻草扎成人形，戴上一个破斗笠，套上一件旧衣衫。把它竖在田间地头，经风历雨，衣袂飘飘，俨然是一位仙风道骨、身怀绝技的得道高人。只要乡亲需要，稻田、麦地、玉米地，哪里都可以有稻草人的身影，且不受时空限制，无论春夏秋冬，稻草人始终忠心耿耿地为农人站岗放哨、驱鸟赶鸟，可谓是功不可没的粮食卫士。

第二种驱赶方法是，谷子撒播后，怕麻雀啄食种子（当时农村还未出现遮盖、保温用的塑料薄膜），就在秧田四周田埂的上方呈井字形拉上一些绳子，在绳子各处系上一些薄铁片、小瓶罐、红布条之类的小物件。

“布谷飞飞劝早耕，春锄扑扑趁春晴。千层石树遥行路，一带山田放水声。”每到春耕育秧时节，村里各生产队会抽出一位社员，专门负责赶鸟看护。那时的我还是一个孩子，不能像大人一样出活挣工分，每天放学后只会拎着一只竹篮子，到野外给家养的七八只兔子拔草吃。每次路过秧田，我都对这个赶鸟活心生羡慕。在我眼里，这活简直是个美差，轻松自在不说，还可以坐在田边树下看小说，只要时不时地拿起挂于胸前的哨子，吹几声，或拽几下身边的拉绳。好奇的我曾向赶鸟乡亲要来哨子，用力吹起，“嘘嘘嘘”，尖锐刺耳的哨声响彻田野，把一群刚落田里准备偷食的麻雀，惊吓得四散飞逃。顽皮的我，也曾隔着陇亩向坐在树下看书入神的赶鸟人喊话：“有麻雀！”赶鸟人慌慌忙忙扔掉书本，急忙拉动绳子，田里一阵“叮叮当当”，响声过后，发觉没有一只麻雀惊起，方知我谎报军情，捡一块泥巴扔向我，算作被我戏弄的报复，回应他的则是我的开怀大笑。

立稻草人、吹哨子、拉绳子，这些都是为保护农田作物不受麻雀抢食的驱赶方式。驱赶，算是对付麻雀比较仁慈的手段了，有时人们为了快速消灭麻雀，会把拌了农药的粮食撒在野外，这就造成了大量麻雀陈尸荒野。

在那个食不果腹“三月不知肉味”的清贫岁月，人们也把猎捕麻雀当作改善伙食的手段。

农闲之时，人们用枪铳、弹弓来猎杀麻雀。看到村里猎农背着一支土铳，或村中一霸肩扛一管气枪，枪管上挂着一串麻雀，得意扬扬从街上招摇走过，除了无比崇拜之外，还羡慕他家那顿让人垂涎三尺、齿颊留香的雀肉美食。

土铳、气枪因属危险枪械，在当时少有人持有，而巴掌大的弹弓，则不受管控，其制作简单，使用方便，深受人们喜爱。

在我少时的玩伴里，几乎人人都有一两个取用树木枝丫自做的弹弓。课余时间或者假期里，约上三五好友，带上弹弓，到村头学堂外那片浓荫蔽日的古樟树林里，用一颗颗小碎石，弹射站在枝杈间的麻雀，结果通常是打下一片树叶，惊飞一群麻雀。或者是一群毛孩子每人装了一口袋的碎石“弹药”，大街小巷地寻找立于墙头、屋檐的麻雀，战果却是几家欢乐几家愁：有人打到了几只麻雀，家人欢欣，可以共享雀肉美食；有人雀毛没打下一根，却被坑洼路石绊伤了脚趾，一瘸一拐地回家，再被家长痛骂一顿，简直倒霉透顶。

还有一种诱捕麻雀的方法比较有趣。拿家里的大谷筛到院子中央，将筛子反扣在地，找一细短棍子，在棍子末端系上一条长绳，用棍子支起筛子，系绳的一端立于地上，然后在筛子底下及旁边撒上一些饭粒、谷粒等饵料，把绳子引向院子走廊上的水缸或其他遮挡物后，人躲在隐蔽处暗中观察。

冬季，田野里的稻谷、玉米等庄稼都已被乡亲收获归仓，土地荒芜，衰草寒烟，野外少有鸟雀们能吃上的食物。这个时节的麻雀，多寄身于农家屋檐下和泥墙破洞里，它们知道，只有接近人类，才有食能果腹、平安过冬的机会。

冬日暖阳下，幽静庭院里，当毛孩子支起谷筛、撒下饵料诱捕雀鸟时，或多或少，每次都会有所收获。屋檐上一排“叽喳”鸣叫的麻雀，看到地上的食物，会派一只“先锋探子”前去打探。这只“探子”飞临离谷筛稍远处落地，先是机警地左右转头瞅瞅，发现周围无异常，就一边弹跳着小碎步，一边警惕地转动着灵巧的身子观察，在边跳边看的过程中，慢慢靠近食物。屋檐上的麻雀，也没闲着，“叽叽喳喳”声不绝于耳，似乎给底下的这只“探子”打掩护。

躲在暗处观察麻雀动静的我们，看它这副机灵聪敏又贼头贼脑的模样，真有些忍俊不禁，但我们必须敛声屏气千万忍住，此时哪怕我们其中一人或院内其他地方生发一丁点儿声响，这只“探子”就会迅疾飞离。

抵近饵料的“探子”，先是试探性地啄食一粒，跳跃观察，无异常，再啄取，如此反复几次，再扭头“叽叽喳喳”叫唤几声，好似向其他伙伴通报“平安无事”。高居檐角的伙伴听到呼唤，“叽喳叽喳”地回应几声，旋即有三四只直接飞落饵料区，也是小心谨慎地边观察边啄食。等又一批麻雀飞下且几乎都在谷筛下毫无戒备地啄食时，躲藏着的我们瞄准时机，快速地把绳子一拉，支棍被抽，原来斜倚的谷筛“啪”的一声瞬时盖下落地，筛内麻雀有如《西游记》里误入小雷音寺的悟空，被妖怪扔出的金钹子罩住一般，在里面扑腾乱窜，却始终无法逃脱。冲向谷筛的我们，看着筛下一只只惊慌失措的麻雀，欢呼雀跃。

把抓到的麻雀拔毛、去内脏、清洗，取一青箬叶包裹紧实，等烧饭时放在灶口下方火热的灶灰里煨烤。一餐饭烧好，灶灰里的雀肉也可以食用了。取出包裹，未等拍落灶灰，一股奇香早已扑入鼻中，馋虫迅速被勾起。打开箬叶，香气四溢，焦酥嫩滑，诱人的烤肉，顾不得发烫，一口咬下，哇，真香！美味的感觉从舌尖直达深喉。雀肉太少，几口就吃得所剩无几，雀骨细小，但也鲜香酥脆，细嚼慢咽，舍不得儿一点儿浪费。大快朵颐之后，幸福感无以言表。在那个缺衣少食的年代，还有什么能比吃上一块肉更幸福的事呢？

惊风飘白日，光景西驰流。时至今日，麻雀已从昔日人人喊打的害敌，摇身一变，成了现今的国家“三有”保护动物，如若对它再有捕杀，就要受到法律的严惩，真可谓世易时移，时事易矣。

天高云阔，风语如歌，人类、动物与自然的和谐共生，成为当今人们构建美好生活的共同愿景。山清水秀，鸟语花香，愿自然多美好，人间多良善。

【作者简介】黄长征，笔名九九，浙江永康人。青年作家网签约作家，永康市乡土文化研究会会长，《龙山文苑》期刊主编，金华市作家协会会员。

最美的相遇

陈圣

每个人的生命中，或多或少都会有那么几段经历，有欢愉的相聚，有幸福的相恋，更有最美的相遇。

站在时间的巅峰，俯瞰人生长河，每段的过程，都是那么精彩。平凡的瞬间，带着春日的清新，夏天的灼热，秋日的芬芳，冬季的空旷。

翻开走过的日子，里面有许许多多的故事，感动的人、记忆深刻的事，还有最难以忘怀的场景。

最美·娇妻

缘分的天空，我一直在寻找。时光如梭，城市的霓虹，悄悄捎来了远方的关心和祝福。

席慕蓉那唯美的诗句：“如何让你遇见我，在我最美丽的时刻。为这，我已在佛前求了五百年，求它让我们结一段尘缘。”结缘早在心里，爱在柔美的阳光下，释放它的明媚。笔墨下的情和爱，化作思念的帆，为缘分起航！

我们的相遇，谈不上轰轰烈烈，也谈不上罗曼蒂克。相遇总在相识的基础上，萌生爱情的种子。平凡的日子里，我们以好友身份相识多年。说是缘分，在爱的字典里，确实有这么一段诠释。

我们在 2014 年 5 月 8 日领的结婚证，不是马拉松式的长跑恋情，也不是突如其来的闪婚。冥冥之中，在对的时间遇见对的人，那就是幸福的开始。

前天，我爱人下班后提着一个蛋糕回来，原来今天是我的生日啊，怪不得有惊喜，瞬间暖意涌上心头。我爱人的生日只差我两天，能找到同月出生的生命伴侣，怎么一个缘字了得？

最美·兄弟

今生的相遇，也许是前世的注定。

静坐微风山谷，遥望轻轻摇曳的枫树，在月色下，我们兄弟把酒言欢。

岁月的沉淀，烧出来的家酿，纯香甘甜。曾经的过去，已成为美丽的回忆。生活还在继续，我们几个兄弟，不管什么时候，一句话，一个电话，都可以相聚在一起。

九月深圳之约，我们不见不散，开怀畅饮。三东兄弟跨行业的转型，新的高度，生活的艰辛，历练你的意志。谈吐中，小平兄弟最让我记忆深刻，你和谷哥都是品牌企业的 IT 高管，每天的数据修复，系统升级，硬件的研发等等付出了你们全部的心血。小兵兄弟，依然在电子行业坚守你的初衷，把执着和热情全盘投入。四海为家的页瑞，是我们几个兄弟的骄傲，更是我们的光。不仅年轻有为，且才华横溢，风趣幽默，我们喜欢听你分享精彩的故事和人生经历。靠自己的双手，努力勤奋地经营属于自己的小家庭。一次次精彩的蜕变，让我在人生中读懂了自我。在结华兄弟身上，我看到了这些，难能可贵。兢兢业业的艳军和建军，成家以后，幸福美满，工作还算稳定。纵横交错的人生，你们两个人心肠好，在我人生不如意的时候，帮助我，给我勇气，给我力量。活着就是希望，相信自己可以迈过这些坎。

这辈子，在我最艰难的时候，还可以遇见你们。无法用言语来表达，我只能用最美的相遇，来道出我的肺腑之言。

最美·可园下的美景

去岭南园林“可园”采风拍摄，是我人生中的一场相遇。

爱美爱拍照的勋勋，拉着我去园林的前院和后院，在每座古庭院，他都要我拍几张照片，留作纪念。一踏进可园，我的眼睛，就已被如诗如画的岭南园林所吸引。一不留神，我的思绪，跟着岭南的节奏，置身于博溪渔隐。

绿绮楼是一座传奇的阁楼，传闻清代张敬修惜才，府上才女如云。娴静才女，缓缓掀开门帘，莲步轻移，在古琴前坐下，纤纤十指，奏响秋吟之思、人生之感。

湖中有钓鱼台、可亭、拱桥、可舟、水榭，杨柳依依，鸟语花香，是吟诗作赋的好去处，又是饱读诗书的绝佳之地。

陶醉于这景色中，感慨万千！

人生中，有无数的风景，相遇才是最好，也是最美的！

【作者简介】陈圣，笔名木彦，籍贯江西省吉安市，现居广东省东莞市。青年作家网签约作家，文学及摄影爱好者。

追忆母亲

何林英

村尾小山坡上有母亲的坟。母亲的坟就在离我家老屋不太远的油茶林里。站在门前河畔，向远方眺望，隐隐约约能见到那片绿意盎然的油茶林。每当清明节前，油茶树还没有开花，漫坡的绿，迎风起舞，淡淡的烟雾裹着淅淅沥沥的春雨，湿湿的、凉凉的，有些寒意，有些清新的气息。

苍天垂青泪，送母离人间。几年前，母亲停止了在人间艰难的跋涉，合上了慈爱的双眼，舍下所有至爱亲朋，驾鹤西去。其实，我们知道，母亲不想走，因为她对我们还有太多的牵挂、希望和期盼，可是病魔却无情地把她带走，我们肝肠寸断，以泪洗面，留下了无尽的悲哀和思念。

去年清明节，我们兄妹四人约齐了，一起回老家给母亲扫墓。我们沿着村边那条弯弯曲曲的小河，一路肃穆无言，来到那片油茶林。在茶林的尽头，我们跪在一个高高的、圆圆的土堆前。那，便是母亲的坟。按老家习俗，我们摆放贡品，烧纸、培新土，折几枝嫩绿的新枝插上坟头。我环顾四周，母亲长眠的这片沃野，环境还算清幽，流水潺潺、鸟语花香，她应该住得习惯，但是她一定希望儿女们多来看看她、陪她说说话。而她的这几个子女，都在离她几百公里外的地方谋生，在她有生之年，陪伴她的时日甚少，现在阴阳两隔，想弥补未尽孝之憾已是枉然。

上完坟回来，大家唏嘘感叹了一阵，就散了，各自开车返城。想到一转身已经寻不到母亲的身影，想到许久没有机会再叫出那声“妈妈”，我就泪盈于眶，杯圈之思益发萦绕于心。我调转车头，朝母亲生活了大半辈子的老屋驶去。

还没有踏进老屋门槛，我就仿佛看到母亲颤巍巍地倚在门檐边，脸上阳光般地绚烂，露出两个标致的梨涡，笑意盈盈道：“林儿回来啦？”林儿，这个称呼随着母亲离世，从这个世界永远消失了。最后一次听到我的乳名，是在她弥留之际。

听闻母亲病入膏肓，时日不多，我心急火燎地收拾行李，风尘仆仆地从深圳赶了回去。那天，老屋里有很多人，循着母亲呼唤我的声音，我穿过人群，看见母亲坐在一张藤椅上，满脸的褶子像干枯的树皮，一双粗糙的手爬满了一条条蚯蚓似的血管，由于多年饱受病痛之苦，母亲才过花甲之年，一头短发已是像铺了一层霜。尽管气若游丝，母亲见到朝思暮想的女儿回来，硬是铆足了劲儿从藤椅上起身，摇摇晃晃地向我走来。我把母亲揽入怀里，就像小时候她把我揽入怀里一样。看到母亲被病痛折磨得不成人样，我心如刀绞，泣不成声。母亲不知哪来的力气，伸手为我拭干泪水，嗔怪道：傻孩子，都是做娘的人了，还改不了小时候爱哭鼻子的毛病！母亲柔声细语，还是她年轻时期对子女说话的模样，那一刻，我愣是觉得母亲不会这么快离开人世，她舍不得离开我们。

那几日，母亲含饴弄孙，尽享天伦之乐，精神状态愈发好了起来，每餐能吃下半碗饭，还时不时地聊起我们兄妹四人小时候的糗事、趣事。讲到一些好笑的事情，大伙都捧腹大笑。母亲见我们笑得欢，脸上也渐渐绽开一丛笑，从前额到眼睛，再到嘴角，逐步展开。打满褶皱的前额下一双失神的眼睛慢慢放出光来，浑浊却温润，透着一股祥和淡定，仿佛在无声地告诉我们，她此刻的满足与幸福。

一家人聚在一起，团团圆圆，是母亲一直期盼的，只是母亲体谅她的儿女，不肯轻易透露自己的心愿。现在看着孩子们整整齐齐地陪伴在自己身边，想必母亲心里一定乐开了花，情至深处，身体虚弱的她竟然哼起了平时最爱的京剧。那几日，母亲和我们谈笑风生，以至于我们都觉得母亲已无恙，也便丝毫没有生离死别的悲恸。

我一边沉浸在一家人和睦可亲的温馨之中，一边思忖着要不要尽快返回单位，眼看请假的期限已到。就连女儿这样一个小心思，母亲都能明察秋毫，她嘱咐我道：“林儿，你赶紧返回去罢，不要耽误了工作！”母女连心，我岂能不知母亲哪舍得女儿这么快就离开她！她就是这样一次次地为子女着想，一次次地默默忍受各种锥心之痛。母亲卧病在床八个春秋，其间，因病情严重住过好几次院，甚至被送进重症监护室。她一直叮嘱父亲不要把她的病情告诉我们，免得我们分心。每次她独自承受病痛的折磨，等病情稍微好转些，便逐一打电话给我们兄妹四人，和我们拉拉家常，聊聊天，声音圆润饱满，语气欢快，语调激昂，让远在他乡的我们丝毫觉察不出她刚刚经历过痛楚。

我心里明白，这次母亲病得可不轻，但我终究还是与她道了别，踏上了返回深圳的列车。因为，我打心里接受不了母亲将不久于人世的事实，我心存幻想，也许，下一次回来，母亲仍能亲切地喊着我的乳名迎接我。我盘算着下次回来看望母亲的日子……

岂料，此次一别竟成永诀！我还很清晰地记得，那天，我和母亲道别，她沉静地坐在那张藤椅上，竖起大拇指，笑容可掬地目送我走出了家门。哪知，我刚在深圳着地，母亲就撒手人寰。天意弄人，母亲平生最疼爱的林儿，连她最后一面都没见着了。我最后看到的母亲，是安详地坐在藤椅上的母亲，是微笑着向我竖起大拇指的母亲。我真想问问母亲这个赞的含义，只可惜，母亲再也不可能回复我了。我揣测着这个赞，或许是母亲对我的希冀，希望她的孩子做个顶呱呱的人；或许是她如愿后的一种满足；又或许是她回顾自己的一生，觉得自己配得上这个赞……

有位作家说过：每个活过的人，都能给后人的路途上添些光亮，也许是一颗巨星，也许是一把火炬，也许只是一支含泪的蜡烛。母亲给我的是一颗巨星，每当我遇到困难、束手无策时，我总会抬头仰望天空，在天空的某一处，我能感觉到母亲在眨巴着眼睛注视着我，她在保佑我、帮助我，让我化险为夷。

“月明闻杜宇，南北总关心。”我们不在母亲身边的日子，无数个夜晚，她一定是望着那轮圆月，思念着她的儿女。今夜，她的女儿站在昔日她望月的地方，思念着她。如霜的月光照射在母亲伴我躺过的床上，母亲伴我入梦的每个夜晚，都历历在目。在我的记忆中，母亲就没有睡过安稳觉。小时候，我特别闹腾，睡觉前总喜欢哭鼻子，母亲总是不厌其烦地来到我的床头，一只手让我枕着，另一只手挥舞着蒲扇，为我送来一阵阵凉风。我还是不肯睡，母亲就会慢慢地给我讲故事，有时还会轻轻地哼唱歌曲。记得她最喜欢哼唱《我爱北京天安门》，正因为有母亲的启蒙，我打小就对北京、对天安门无比的向往，这也许就是我钟情于北京师范大学的缘由吧。

隆冬的夜晚特别长，母亲先是给我们铺床、捂热被子，安置我们兄妹四个睡觉，而后不是在我床边织毛衣就是在那台缝纫机上缝制衣裳。我们兄妹几个的衣服都是母亲连夜赶出来的，母亲白天很忙，不但要做饭喂猪洗衣服，还要在自留地里种上一些自给自足的菜蔬，一刻也没闲着，只有在夜深人静时，母亲才能坐定下来，拿出针线，给她的几个孩子缝制衣衫。好几次，我半夜醒来，看见母亲守着昏黄的油灯，弓着背，专注地织着毛衣。我看见她右手拿着针，不停地向前推、向左拨，把左手针上的线全调到右手的针上，动作快得无法形容，线在母亲的手中跳着舞。

至今我还留着一件母亲亲手织的毛衣。它不是珍稀文物，也没有奇特的花纹、精致的做工，可它却比我精心收藏的任何一件宝贝都更金贵，因为毛衣上的每一针每一线，都饱含了母亲的爱。

母亲是一个要强的女人，她没有让子女吃山珍海味、穿绫罗绸缎的能力，却不想让我们蓬头垢面、破衣烂衫，母亲宁愿苦着自己，也不愿被乡亲邻里说三道四。其实，那年月，村里也没几家富裕的。我们兄妹四个，加上奶奶，一家七口人，全靠父母亲每月挣取几十块钱支撑生活，一年里还得给我们交两次学费。那段日子确实难挨，但从母亲的嘴里却从来没说出半个难字。为了补贴家用，从来没有做过生意的她，竟然做起了豆芽菜生意。母亲每日挑着两箩筐豆芽菜，穿街走巷，顾不上面子，吆喝着："卖豆芽菜喽，新鲜的豆芽菜……"母亲以前从未抛头露面过，更别提扯着嗓子叫卖了。为了不让她的孩子冻着饿着，愣是顾不上这些了。

母亲嫁给父亲时，父亲的家底很薄，可谓家徒四壁，但她毫无怨言，恪守本分，始终如一，上敬公婆，下教子女。母亲对父亲更是体贴入微，关怀备至。那年旱灾，村里闹饥荒，家家揭不开锅，眼见家里的米缸早就见了底，母亲愁得几宿没能合上眼。那段时日，父亲刚好在外地演出，对家里的不济毫不知情，一大家子的生计，只能依赖母亲想办法维持。幸好母亲有一双巧手，种瓜点豆、织网捕鱼、养鸡喂鸭，上山采蘑菇、下河摸田螺，样样在行。在母亲的操持下，总算度过了危机。

母亲不但勤劳节俭持家，更是宽厚仁慈待人。母亲在有生之年，从未要赖撒泼使性子，凡事她都是礼让在先，助人为乐，从来没用重话说任何一个人。记得我刚从师范院校毕业，父亲、母亲很想让我留在家乡工作，但我执意要到南方闯荡。母亲除了眼睛里显示出对远行女儿的担忧外，没有说一句阻止我的话。那年母亲的身体已经很不好，她已隐隐觉察出体内病魔在作祟，但仍忍着、撑着，竭力显出一如既往的精神、利索。

在我背起行囊远走他乡那一天，天还没亮，母亲就给我煮了一锅鸡蛋，把家里仅有的几百元积蓄一起塞进我的背包，随后送我去坐大巴车，送到公路边。短短几百米的路，我们母女相依，竟走了几十分钟。这一路，母亲眼眶泛红，但始终没让眼泪掉下来，因为她觉得送别时掉眼泪不吉利。母亲用她那长满硬茧的右手，紧紧拽住我微微发凉的左手，一直到我的左手也如她的右手一样暖暖的，一直到大巴车司机都不耐烦了，一连按了几回喇叭，母亲才松开了手。上车后，我回首向她道别，就在回头望她的瞬间，透过满是尘土的玻璃，我默默地发现，独自留在站台上的母亲，竟是那样瘦弱不堪。

岁月不居，时节如流。此后经年，我们兄妹四人陆续离开家乡，来到南方城市定居，家里只剩下父亲和母亲。母亲身子弱，我们担心她受不住家乡寒冷的气候，屡次劝她随我们在南方生活，她都婉言相拒。我们知道，母亲是不想给子女添麻烦。儿行千里母担忧，虽然母亲不再和她的几个子女同住，但我们兄妹几个的人生大事，没有哪一样她不上心的。记得我怀孕生子那一年，母亲早早就买好了土鸡在家乡养着，在我坐月子时，全部带了过来给我做月子餐。我嫌鸡皮肥腻，她就把鸡皮全部剥了去。时值盛夏，天气热得每喘一口气就像吞一团火，母亲顶着酷热，除了给我做好几顿精品月子餐外，还要给宝宝洗澡、换洗尿布，哄宝宝睡觉……一天下来，母亲的衣服时常被汗水浸得湿漉漉的。

母兮鞠我，抚我畜我，长我育我，顾我复我，出入腹我。欲报之德，昊天罔极！母亲一生都在扶持她的子女，就是这样一位慈母，老天爷竟给了她一身的病痛，早早地把她从我们身边夺走!

此时此刻，夜已深，春风吹进窗内，皎洁的月光像是给老屋镀了一层银。我没有一丝丝睡意，思绪难以收回。今夜我用笨拙的笔，在滴满泪水的纸上写下我对母亲无尽的思念与追忆。

人们都说，天堂很美，但愿天堂里的母亲没有病痛，没有悲伤，一切安好！如果有来生，我还要牵着母亲的手，走进这个屋，骄傲地说：她是我母亲，世界上最好的母亲。

【作者简介】何林英，笔名爱玲，深圳人，祖籍湖南永州。深圳教育工作者，宝安区骨干教师，青年作家网签约作家，湖南省网络作家协会会员。热爱阅读，2020 年 12 月，被深圳宝安图书馆评为“优秀读者”，被青年作家网授予“爱心大使”“爱心作家”“年度优秀签约作家”等称号。

腹有墨香，气自华

何林英

夜晚，清风飘飘，窗外星火璀璨。点上一炷香，摆上一瓶插花，摊上几许美食，伴着悠扬的音乐，手捧一本书，或坐或躺，在书海里尽情地驰骋，让思想穿越时间和空间，飞到神秘的太空、美丽的海底世界，来到双脚丈量不到的地方，见不同的人、赏不同的景、尝不同的美食，好不惬意！

生而为人，我们不能增加生命的长度，但可以拓宽生命的广度。在有限的人生中读书写字，并把它视为一种加持的乐趣，这是我一直崇尚的境界。

很小的时候，虽然没有在抓周礼上抓书笔的奇特经历，但我从小就是长辈们眼中那个最爱读书的孩子。

父母曾不止一次拿我和兄长、姐妹们做对比，说我从小就是一个既爱读书又让人省心的娃，而兄长淘气，姐姐贪玩，妹妹娇气，他们时常找各种理由不好好读书，甚至不交作业。而我，只要家中有书，无须玩具、零食，便可以有滋有味地待上一整天。

有一个常常被父母用来证明我小时候是多么爱读书的例子。夏日的一个傍晚，倦鸟皆已归巢，家家户户摆开八仙桌，端碗、盛饭，准备吃晚餐。等一家人整整齐齐坐下来，父母却发现我不在饭桌旁。母亲扯着嗓子大喊我的名字，依然不见我人影；父亲楼上楼下找了个遍，也毫无所获。他们急得直冒冷汗，全家总动员到村子里的角角落落找了个遍，还是没有我的一点踪迹。后来，母亲急得大哭，边哭边和父亲来到村口的那条河边，准备打捞我的尸体。夏日孩子们喜欢到这条河里游泳，河长且深，曾经淹死过几个孩子。父母见找不到我，愣是认定我已淹死在河里了。正在他们一片哀号时，我从河边田野的稻草垛中跑了出来。众人先惊后喜，母亲紧紧搂着我，生怕我再次“消失”；父亲抡起拳头，准备揍我一顿，好让我长记性，以后不要再乱跑。最终他的拳头没有落下来，因为他看到我手中拿着一本《少年文艺》。原来，我从同学那借到这本书后，就爱不释手地读了起来，以致没发现天已黑，妈妈在叫我回家吃饭了。

20 世纪 90 年代，我的阅读只局限于学校下发的几本教科书。文山书海、书盈四壁对我来说简直就是奢望，如谁家藏有一本《故事会》或《少年文艺》，那得令人眼馋得不能自已。能借到这么珍贵的书籍，我就像口渴难耐的鸭子见了水，一头栽了进去，岂能不一口气把它读完？

此后，因读书而忘了回家的事依旧时有发生。父母早已习以为常，不再责骂我，而是默默地为我留好饭，随我何时吃。于是，我便自由自在地读起书来。倘若在别家找得一本书来，一定要躲到一个僻静的去处茶坡上、竹园里、稻草垛旁，直到看完为止。哪怕肚子饿得咕咕大叫、小伙伴们盛情邀约玩游戏，我都不为所动，沉醉于书海之中；手捧书籍，腹有墨香，有滋有味，乐在其中。应该说，从年少时期靠借书阅读开始，我的心灵便打开了，梦想便放飞了，我爱上了阅读，迷上了文字，读着也快乐着，自然而然。

步入大学校园时，我刚满十八岁，正是如花般爱做梦的年纪。那年改编自琼瑶小说的电视剧火遍大江南北，但我喜欢的不是电视剧里的俊男靓女，而是能编出如此跌宕起伏的剧情、塑造这么多性格迥异的人物的作家琼瑶。当时，我就在想，这是要怎样的知识积累和人生阅历，才能写出如此独具匠心的作品来啊!于是，我不仅把琼瑶所写的作品读了个遍，还想方设法地找关于琼瑶的各种传记来读。

我在青春时代遇到了琼瑶小说，它让我对生活充满了希冀。琼瑶小说吸引我的地方在于，它向我展示了一种我闻所未闻的生活方式。化装舞会、海滩漫步、烟火派对，听上去是多么梦幻！我后来还看过《梦的衣裳》，女主的父亲从欧洲回来，带了一箱子漂亮衣服。欧洲，再加上“一箱子”这个量词，成为小说最大的亮点。要知道，那个时候的我们，只有过年过节才能拥有一件新衣裳。

除了生活方式，我更着迷于琼瑶小说里的那种情致。直到现在，我对于台北，都有因琼瑶而起的向往，虽然知道也有摩天大楼，但我仍然想象，在某个巷子里，会隐匿着一个爬满蔷薇花的庭院，优雅的女人在里面或写作，或画画，或弹琴，生活得丰盈而纯粹。

走出校园，直面生活中的柴米油盐酱醋茶、工作中的五味杂陈，梦自然是不再瞎做了，对琼瑶也不再那么痴迷。不过，我还是那个爱读书的我，只是看书的口味大变，对文字的审美认知变得越发多元化起来。于是，我开始读张爱玲、三毛、贾平凹、路遥、莫言、余华等人的作品。那段时间，我尤其钟情于张爱玲。她的文字冷艳沧桑，语言犀利精准。她描写爱情、婚姻、亲情，让你在看透生活的本相后变得睿智冷静。

比如《金锁记》中，曹七巧的女儿慢慢变成了妈妈的样子，在现实生活中，多少女孩子曾经在心里埋怨过妈妈的庸俗，可是，最终自己却变得越来越像妈妈。这原生态的疤，揭开实在太痛，却也是确确实实的真。

还有《第一炉香》里面的薇龙，我们嘲笑她为了一个渣男成为交际花不值得，可现实生活中在爱情里吃亏上当的人还少吗？薇龙好歹还知道自己的处境，还有很多人自欺欺人地自我毁灭着。

我始终觉得，在这个现实而又物欲横流的时代，我们需要读张爱玲，需要通过她的作品来警醒那些无邪幼稚的心灵，同样我们也需要一双慧眼去识破人世的虚假和功利。

斗转星移，如白驹过隙，今年刚刚不惑。这是个精神和身体容易处于一种无知无觉疲惫状态的年纪。所幸的是，我除了脸上多了几道并不明显的褶子，浑身上下都是灵动的、丰润的，特别是我的心灵，充盈、强大。我知道，这是长期坚持阅读带给我的力量和能量。

前两年，恰遇孩子叛逆期。如何引导孩子顺利度过这个特殊时期，这是为人母一生中最难的功课。我如天下所有父母一样，面对孩子的焦躁与忤逆，痛心疾首但不知无措。那段时光，简直是暗无天日，精神随时都可能土崩瓦解。在束手无策、郁闷无比之际，我尝试翻阅各种亲子沟通的书籍。例如简·尼尔森的《正面管教》，阿尔黛·法伯、伊莱恩·玛兹丽施的《如何说孩子才会听，怎么听孩子才肯说》……

在一次次阅读中，我逐渐掌握了一些沟通技巧，也学会了用包容的心态去理解孩子、接纳孩子，亲子关系逐渐破冰，孩子顺利度过青春期，我的家庭氛围愈来愈融洽，生活品质愈来愈高。

曾经看到这样一段话，我深表赞同：锻炼与不锻炼的人，隔一天看，没有任何区别；隔一个月看，差异甚微；但是隔五年十年看，身体和精神状态上就有了巨大差别。读书，其实也是一样的道理，读书与不读书的人，日积月累，终成天壤之别。

我的出身非富非贵，甚至经受过贫穷的苦。小时候，吃穿用度、拥有的藏书量都不及别人，但我从未自卑过，因为我一直在努力，努力读书，努力奋斗。我相信“今天多学一点儿知识，就多一项解决问题的本领，明天就少一句求人的话”。

我曾经面对过这样的质疑：你上那么久的学、读那么多的书，最终还不是做一份平常的工作，嫁作人妇，洗衣煮饭，相夫教子，何苦折腾?

我笑笑，没有过多的解释，其实我心里早有答案。

读书，让我即使没有富庶的生活，仍有富庶的生命；让我清贫至今也朴素至今，平凡至今也善良至今，渺小至今也强大至今。嫁为人妻，此生智慧和善念就是我的嫁妆。我未入过繁华之境，未听过喧嚣之声，未见过太多生灵，未有过滚烫的心灵，但书本给了我所有的智慧和情感。

读书，做个腹有墨香的人，让我此生保持着乘风破浪的力量，在人生的路上遇见最美的自己!

【作者简介】何林英，笔名爱玲，深圳人，祖籍湖南永州。深圳教育工作者，宝安区骨干教师，青年作家网签约作家，湖南省网络作家协会会员。热爱阅读，2020 年 12 月，被深圳宝安图书馆评为“优秀读者”，被青年作家网授予“爱心大使”“爱心作家”“年度优秀签约作家”等称号。

寒衣

陈思瑶

写这篇文章的初衷，是看了大学老师薛志霞女士公众号上的一篇文章——《我姥姥》。薛老师是山西人，和我生长的环境不一样。而我的姥姥与薛老师的姥姥，也自然不是生活在同一个时代的人，更不要说生活的环境了。可是我看着看着，就哭了。原来，不管是什么地域、什么时代，我们的情怀都是一样的。

我姥姥是一个普通到不能再普通、传统到不能再传统的中国女性。她生于吉林四平，不到二十岁的时候来到了齐齐哈尔，一生大部分的时光都在东北度过。她文化程度并不高，仅仅小学毕业，一辈子生育了三个女儿，我母亲是老幺。这样一个女人在别人的眼中或许乏善可陈，然而对我来说，她是我的寒衣。

“寒衣”在字典中有许多解释，最寻常的解释便是，冬天御寒的衣服，棉衣或棉裤。

姥姥是个手巧的人。

我童年时代穿的棉裤棉袄，都是姥姥一针一线缝出来的。姥姥给我做的棉裤，棉花都用最好的，面子去集市上买最花哨的，说是小姑娘穿着俊俏，里子则不惜高价也要买最细腻最软和的那一种——她唯恐我穿着她亲手做的冬衣有一丝一毫的不舒服，完全没想过冬衣里面还隔着秋衣秋裤哩！

刚上小学的时候，姥姥缝制的色彩鲜亮又保暖厚实的棉裤，实在是让我在一大堆小屁孩里面赚足了面子。冬天结冰，路上滑，摔跤是常有的事，可是穿着那样的寒衣，却是怎么摔都摔不痛的。

大概是到了三年级，老家穿羽绒服的人越来越多了。羽绒服上有漂亮的卡通图案，也有那种粉粉的小女孩喜欢的心形图案，我开始嫌弃姥姥一针一线缝出来的东北大花棉衣了，因为在小女孩的世界里，这样大红大绿的颜色，穿在同学中真丢脸。姥姥也不恼，一边带着我去选我最喜欢的羽绒服样式，一边叹息：“这玩意儿这么轻，咋能保暖呢！”回到家后，又拿起针线笸，用上她一辈子的武器，手指上下翻飞起来。几日后我回到家，家里又多了一件寒衣，没袖子的，我们老家叫坎肩儿。还没来得及细想，我已经听到姥姥的召唤："甜甜，来试试这个，穿在你那个羽绒服里，暖和得很！"那坎肩儿，还是如过往的每一件寒衣一样，极其鲜艳的面儿，极其柔软的里子，并没有因为它完全没有机会"抛头露面"而有一丝一毫改变。

后来姥姥的眼神儿不如从前了，线也穿不进针眼儿了，但每到冬日，还总是张罗着为我做寒衣。母亲劝她不要做了，一来伤眼睛，二来她做的我也未必爱穿。负责穿针引线的我，也时时因那"俗气"的寒衣闹罢工。姥姥最初依旧固执，坚持在灯下一次次地穿针引线，到了临终前两年，到底是不做了，眼神却也黯淡了许多。

现在想想，我已经快十年没有穿过姥姥做的寒衣了。

现在物质丰富，各种购买渠道也都便捷，冬日里的棉裤早就被电商手中形形色色的加绒打底裤取代了。可是我不知道天国有没有物流，能够给我快递来姥姥一针一线缝制的寒衣。

除却姥姥亲手做出来的那些冬衣不谈，她本人就是寒衣。

我小时候，姥爷曾有几年在苏州工作。虽然苏州是姥爷的故乡，但是姥爷在东北生活了大半辈子，那会儿也只能把故乡作他乡。我们在三元桥下赁屋而居。那是一间逼仄、陈旧的屋子，墙不厚，苏州的冬天没有暖气。空调亦是稀罕物，是有钱人家才可能会有的宝贝，赁居的屋子自然没有。江南水乡冬日的湿冷，让我一个四岁多的孩子彻夜啼哭不肯安睡，姥姥就会把裤子稍稍拉低些，露出她的肚腩——那生养过三个女儿的肚腩，就在那些湿冷的夜晚，成为我进入梦乡的温床。姥姥怕我闷着，御寒的被褥自然不能盖在我的头上。时至今日我都无法想象，那样冷的晚上，只能让被褥遮挡住肚子的姥姥，是如何挨过去的。

那是温床，更是她用血肉之躯为我保暖的寒衣！

姥姥的寒衣，带给我的暖意，却远远不只是温度上的慰藉。

姥姥是个没文化的人。她仅在那个教育水平极其落后的年代读过小学，站在清华大学毕业的姥爷身边，似乎显得有些不般配。我小时候不懂事，总是喜欢学了什么新知识就拿来向姥姥炫耀，然后嘲笑她不会。后来我开始写文章，她喜欢一点一点把我每一次发表的文字收集起来，或是报纸上对我的报道，她会带上她的老花镜一个字一个字地读，遇到不会的字会喊她的"甜甜"，让她的甜甜来教她——尽管她的甜甜当时不知道在做什么，对她时不时会不耐烦，她却乐此不疲。

而她的甜甜，每次像泥鳅般溜走的时候，却从来没有注意到她目光中的留恋，还有那不易察觉的无奈。

现在想想，如果没有对文学“一窍不通”的姥姥的鼓励，我又如何能一直在文学的道路上走下去呢！她确实一窍不通，可她晓得如何保护我稚嫩的梦想，稚嫩的心。我现在不敢言功成名就，却也不负初心，总能写出些零星散碎的文字，但无论哪篇文章发表了，抑或是什么比赛获奖了，却再没有那个戴着老花眼镜盘腿坐在床上一个字一个字琢磨的姥姥了。

她真的是一个没有文化的人啊！但是在我很小的时候，都是她抱着我、背着我，给我讲那些完全不是来源于学校的东西。有许多零零碎碎的生活经验，现在未必一一记得，但是我始终记得她那句——无论做什么事情，都不可以迟到，赶早不赶晚。自小在姥姥身边长大，时至今日，我都不是一个喜欢睡懒觉的人，做什么事情，也永远冲在最前面，待人接物更是不愿意迟到。慢慢走上社会，走上工作岗位，才知道这最简单的守时，却也不是每个人都能做到的，甚至说尤为不易，而我能做到这些，都是我那普通的没有文化的姥姥教给我的。

犹记得姥姥去世的那年，我上初三。追悼会上，姥姥生前的同事、邻居来了许多人——甚至有很多是不请自来。他们都哭了，说郭师傅这样好的人，为什么老天爷不让好人长寿啊！姥姥这一生不长，距离古稀还差半年，但是这一生却从无人言她是非。她待人宽厚，从不为难人。那时在工厂的车间里，传着“师傅带徒弟，总要留一手”，可她永远都是那个倾囊相授的人。大家都说她好，她也确实是好。曾经我是锋芒毕露的，所以人缘不好，直到她去世了两三年后，渐渐回想往事，凡有所行，必念及她当年所为，渐渐发现，路愈宽，人愈达。

她是我精神上的寒衣。

“寒衣”在词典中的第二个解释是冥衣。

人这一生都会有数不清的遗憾，而我这一生最大且最不可弥补的遗憾，就是没能见到姥姥最后一面。那时我还有半年便要大考，正月十五一过，学校便早早结束了寒假。而2010年的元宵节，也是我此生与姥姥一起度过的最后一个元宵节了，是在医院度过的。那时姥姥住院九天，状态还不错，我与姥姥约定，我努力备战考试，她努力抗击病魔，等她好了，全家人一起搬到刚刚装修好的新屋中去，我们甚至为了美好的明天击掌相约。我不知道那时候姥姥对自己的生命即将终结有没有预感，我猜是有的，只是她不愿她正在面临大考的甜甜为了自己有一点半点的分心，所以什么都没有表现出来。

那日我同她喜悦欢欣地说出“再见”二字，未料再不能相见。再见，已是天人永隔。

正月十八的下午，窗外飘洒着鹅毛大雪，天色也因为下雪而极为暗沉。正在上课的我不知为何，胃钻心蚀骨的疼。班主任正想打电话给家长，我却在猛地抬头时看到了教室窗外的母亲和表舅妈。她们带来的消息，远远比胃痛更锥心蚀骨——姥姥不行了，而她们打车来接我，是想带我去医院见姥姥最后一面，却也没来得及。仔细推敲姥姥走的时间，正是我胃痛的时候。也许亲人之间的血脉相连，有时就是这样微妙。

听家人讲，姥姥去世前曾经清醒过半个小时，断断续续地交代了一些身后事。对家中其余诸人，她几乎什么都没有说；气若游丝时，她反复念叨的，只有甜甜，只有她的甜甜！

姥爷在年轻的时候曾有过调离东北、举家回到苏州的机会，因为姥姥难离故土，遂作罢。但此事却成为姥姥心中的执念，她总觉得是她那时的错误决定耽误了儿孙日后的前途，所以弥留之际，她反复叮嘱已经在苏州安家的二女儿要多多帮助甜甜，让她以后能够留在那个极好的城市。二姨哭着应下了，在后来的日子里，也确实助我良多。

我虽未能亲眼见到此景，但多少年后，每每想到，都会泪眼滂沱。

我的姥姥啊！

家乡有个传统，叫作“十月一儿，烧寒衣儿”，是在农历十月初一，给逝去的亲人烧纸衣，是怕他们在另一个世界感到寒冷。后来慢慢演变成烧纸钱。我们坚信，我的姥姥会拿着我给她烧的“寒衣”，在另外一个世界生活得无忧无虑——或许打打麻将，或许同人炫耀她的甜甜是多么地让她骄傲。

是的，世事轮回，我们已经转了一个圈儿，曾经她为我一针一线缝制寒衣，用血肉之躯为我带来温暖，以不博学却丰盈的心灵世界融化我精神上的严霜，如今却换我为她送寒衣了！

不知远在另一个世界的姥姥，如今，可安好？

（此文写于姥姥去世七年之际）

【作者简介】陈思瑶，笔名千丝飘絮，苏州高新区实验初级中学语文老师。

人生的意义

龙姵岑

我们可以赋予人生以意义，人生的意义可以通过我们自己动手去创造出来。

木心说："生命好在无意义，才容得下各自赋予意义。假如生命是有意义的，这个意义却不合我的志趣，那才尴尬狼狈。"

《西西弗的神话》中，有这么一句话，我的人生意义不存在于虚无缥缈的山顶，而是存在于当下，坚定踏实的每一步。

当我们意识到自己的人生需要被赋予意义时，说明我们的命运还可以逆袭。

那我们普通人该如何去创造属于我们自己的人生意义呢？

（一）在电影和阅读中创造人生意义

杨德昌借电影《一一》讲过，电影的发明使我们的人生延长了三倍，因为我们在里面获得了至少两倍不同的人生经验。

我看《阿甘正传》时，阿甘那种直冲目标的精神感动着我。我自己是看到目标，都是拐三百六十个弯去实现，总以为是捷径，殊不知捷径就是踏踏实实去奔向目标。从《阿甘正传》中我体验了阿甘的平凡又传奇的人生。平凡的阿甘，低智的阿甘（智商低至七十五），残疾的阿甘（后来腿疾好了），却活出了传奇的一生。

如果说电影可以让人生延长三倍，书籍亦如是。当你看完一本小说时，实际上是跟着主人公过完了她 / 他的一生；当你看了一百本小说时，你的人生体验不就是一百次了吗？阅读可以让你的人生体验感延长百倍、千倍甚至是万倍。

我在阅读《红楼梦》时，就穿越到了林黛玉身上，跟着林黛玉喜欢贾宝玉，跟着她哭哭啼啼，跟着她吃醋，跟着她去葬花，最后林黛玉泪尽人亡了，我也心痛不已。

我在阅读《百年孤独》时，看到了不一样的世界。我惊讶于布恩迪亚家族七代人的传奇故事以及加勒比海沿岸小镇马孔多的百年兴衰，了解了拉丁美洲一个世纪以来风云变幻的历史。那荒诞、魔幻现实主义、天马行空、怪诞不经、脑洞大开的描写，让我的思维升级。

在阅读《瓦尔登湖》时，我穿越到了梭罗身上，好像我也在瓦尔登湖湖畔生活过，在那里看花开花落，冬天看湖水结成冰。在那里和小松鼠嬉闹，听夜莺唱歌。远离喧嚣的城市，让躁动不安的灵魂在静谧的湖畔边禅定，沉淀。

让我们在电影和阅读中体验人生意义吧。

（二）在旅行中创造人生的意义

如果说读万卷书不如行万里路，那你就去用脚步丈量世界。看过世界之后，才能有自己的世界观。

我先生跟着大邮轮去过三十多个国家，他说大风大浪见多了，反而更加安于一隅，只想找个温暖的港湾靠岸休息。直到他找到了温暖港湾靠了岸，是的，他找到了我。

知乎上有人提问，去过了一百来个国家是什么体验？网友 Chong 说，这些年旅程中抵达了不少会让人感慨历史沧桑或是人类渺小的地方。经历了有惊无险，也接触到了贫穷、蒙昧、痛苦和死亡 ，以及更多的先天偏见和认知局限。而这些体会积蓄到了一定程度时，总难免会在一些情境下不自觉地开始了对存在和意义的重新思考。而思考的结果，让我现在更能按照自己想要的方式真诚地生活，并且逐渐收获了内心的平静。

Chong 还说道，懂得了这世界上没有绝对正确的三观，也能够接受别人与自己三观不同。因为在这世界上不是所有人都以大米、麦子为主食，也不是所有的国家都是一夫一妻制。

因此，去看过了世界，我们才能知道自己的无知，知道人生的意义在于远行，在于体验，在于观看世界。

让身体在旅行的路上，去体验生命的意义。

去不同的地方，品尝当地不同的美食，领略不同地区的习俗文化，体验当地人们的生活方式。

去不同的地方，见见不同的人，去学习他们的语言，感受他们的善意。

去不同的地方，去看那些很少见到过的动物。

每逢假期，我都带着孩子去旅游。寒假时，我带着孩子去了珠海长隆海洋世界。孩子见到了来自太平洋的鲸鲨，见到了来自大西洋的虎鲸，见到了来自印度洋的鲨鱼，见到了色彩斑斓的热带鱼，见到了来自北极圈的北极熊，见到了来自南极圈的企鹅，见到了聪明伶俐的海豚，见到了会唱歌跳舞的白鲸，见到了通体透明的水母，见到了像风筝似的蝠鲼……巨型亚克力玻璃水族馆把精彩绝伦的海底世界展现在我们面前。

虽然旅游相关的细节，孩子都忘记了，但在他的童年记忆中，一定会有关于这段旅程的记忆，体验着生命的意义。孩子在玻璃隧道，抬头就可以看到大型鱼类在头顶游来游去，他是什么样的心情？那一定是一个非常奇妙的体验。让他明白世界如此精彩，有更多精彩有待他去发现。

世界正是因为有了许许多多的动植物，才能如此精彩绝伦。我们在观看这世界时，也要观察我们自己。世界上的动物如此可爱，是我们需要它们，它们并不需要我们。它们害怕人类的贪婪，害怕人类乱丢弃白色垃圾，害怕人类的捕捉，害怕人类的无知……

带孩子去旅游，我们也会正确引导孩子爱护环境，保护动物。让爱护环境、保护动物的理念，一点一滴深入孩子们的内心，让我们在旅游中去体验生命的意义吧。

（三）在工作和创造中体验人生的意义

茨威格在《断头皇后》里写道：她那时候还太年轻，不知道所有命运赠送的礼物，早已在暗中标好了价格。

当我们在社会上屡战屡败时，当我们在社会上遭遇不公时，当我们殚精竭虑还只能果腹时，我们是否后悔当年放纵自己、荒废时光、不努力读书，才造成今天在社会上吃大亏的现状呢？

你当年没有用功读书，进入社会工作时又不努力，那么你就只能自食其果，被社会抛弃。如果说你还在纠结人生是否有意义，那一定是闲得慌。你看那些拼了命去赚钱、有事业心的人，谁不是折腾来折腾去，并乐在其中？微博有个话题上了热搜：你在朋友圈晒得最多的是什么？有网友调侃：“是抑郁、拖延、强迫症、失眠……”众多留言中有人犀利指出：“实际上，你的抑郁是矫情，你的拖延是懒，你的强迫症是闲的，你的失眠是根本不困。”知乎上一位网友的高赞回答令人振聋发聩：“人懒惰久了，稍微努力一下子，就以为是在拼命。”

拿我自己来说，2020年初，那时疫情不明朗，就待在家里照顾小孩。那时的我非常焦虑。但焦虑的事情多了之后，就变成彷徨，迷茫，找不到方向，最后变成了懒惰。为什么？因为没有了动力，做什么事情都提不起精神，干脆能坐着就“葛优躺”，能“葛优躺”就睡觉。怎么让身体舒服就怎么做，精神世界却一片荒芜。这种状态，身体马上会长肥肉、赘肉，大脑就会产生垃圾思想，垃圾思想就产生负能量，负能量就会影响你整个状态，让你处于低频、消极、负能量的磁场。

你想象一下，你自己处于这种低频磁场，那一定会影响到你周围的人。你教育孩子用消极的语言和负能量思想，那你的孩子是不是也是负能量的？你与爱人相处，展现在爱人面前的是负能量、消极的状态，你认为对方会感觉幸福吗？你与父母相处，也用这种消极和负能量的状态，你认为这种行为是孝顺吗？你与同事相处，也是拉着老脸，谁会买你的账？你与朋友相处，也是酸言醋语，还有人愿意和你交朋友吗？懒惰带给自己负能量和消极的状态，会让你丧失所有的机会。

英国作家塞缪尔·约翰逊曾说：“懒惰和贫穷永远是丢脸的，所以每个人都会尽最大的努力去对别人隐瞒财产，对自己隐瞒懒惰。”我后面通过创作，充实了自己的大脑，在创作中体验人生的意义。因此，让我们在工作和创造中去体验人生意义吧。

（四）人生的意义在于能够体会到幸福

我们经常会把让自己幸福的事情搞复杂了，你自己对照一下是不是如此。如果我们追求的终极目标是让自己长命百岁，那么长命百岁所必备的条件，只是生活基本所需，如新鲜的空气、干净的泉水、绿色果蔬，等等，并不需要你富甲一方就能实现。是的，不需要花很多金钱。

长寿者人数居全世界第一的广西巴马瑶族自治县，那里有六十九位百岁以上的寿星，最长寿者为一百三十五岁（数据来自1990年第四次人口普查）。

远离城市的繁华、喧嚣，在山区生活，可以让你呼吸新鲜空气，喝到纯净的山泉水，吃到真正的有机蔬果。你愿意放下城市的繁华和热闹，来到朴实、幽静的山区生活吗？如果你的人生终极目标是长命百岁、无病无痛，那么你还在城市庸庸碌碌、拼了命去上班，这是为了什么？

《瓦尔登湖》中，梭罗认为人们应该用更多的时间去从事自己所喜欢的事业，而不是为了高需求的物质生活出卖自己的初心。他用自己在瓦尔登湖的实践结果向世人证明了这样一个现实：人们的确将生命的意义搞颠倒了。

人们原本可以用更多的时间享受高质量的生活，而不是为了获得更多的物质去花更多的时间工作赚钱。早晨地铁上人山人海，人们匆匆忙忙赶往工作地点上班，晚上又面无表情地拥挤着赶回家。人们厌烦着眼前一潭死水的生活，但不得不为了下个月的房租或者按揭奔波忙碌，日复一日，循环往复。

其实只要大家降低物质欲望，生活就不会如此奔波。一方面大家花了太多精力和时间去供养自己的肉身，而忽略了自身的灵魂；另一方面灵魂如饥似渴地想汲取精神食粮，但精神食粮匮乏的我们，只能转向娱乐获取精神上的垃圾食品，却也只能短暂地得到安慰。如此循环往复，灵魂越匮乏，心里越是焦虑。

信息大爆炸的时代，不管是物质垃圾还是精神垃圾，无一不填充着我们的生活。即使再多的物质也满足不了我们的欲望。这样的我们不是戴着枷锁的飞鸟吗？还能自由飞翔吗？赋予人生以幸福和意义，一是照顾好自己的身体，二是滋养好自己的心灵，三是关照好自己的灵魂。

当我们对人生意义还有探讨的时候，说明你有意识让自己的人生更有意义。加缪曾用两句诗为《西西弗神话》题词：吾魂兮无求乎永生，竭尽兮人事之所能。人生的意义需要我们去赋予，人生的意义也需要我们去主动创造出来。

【作者简介】龙姵岑，笔名滤滤，祖籍湖南衡阳，现定居广州。小学语文老师，青年作家网签约作家，《清风文学》第五期特约编辑，湖南省网络作家协会会员。文章《蓝色的狮子》入选《岁月之歌：全国青年作家优秀作品选》。

从阅读《月亮与六便士》想到的

龙姵岑

重读经典文学《月亮与六便士》，我再一次扪心自问，目前的选择真的是自己所追求的吗？是自己所热爱的吗？自己能在这一条道路上坚持多久？自己能够一辈子只做一件事、一件事坚持一辈子吗？自己的理想究竟是什么？直到整本书再一次阅读完，我才又一次确定好自己的人生方向，并且矢志不渝。

小说中，四十岁的主人公、伦敦证券经纪人思特里克兰德家庭美满、生活安逸，突然有一天，他毅然放弃这份世人眼中的幸福生活，不辞而别独自踏上了追寻艺术的旅程。他的妻子面对丈夫的不辞而别，满是担忧，一度以为他和别的女人私奔了，但依照斯思特里克兰德的讲法是为了画画——“我必须画画，就像溺水的人必须挣扎”。

在巴黎待了几年的思特里克兰德，由于又穷又病得极其严重，被崇拜他的德克收留在家，好心让自己的妻子布兰奇照顾他。他居然病好之后把德克的妻子也带走了。两人同居才三个月的时间，思特里克兰德就打算抛弃布兰奇并导致布兰奇自杀身亡。

后来，思特里克兰德也许是为了生计，也许是为了挖掘灵感。一路流浪，靠着救济到了法属大溪地，和一位土著女人同居生子，持续大量画作，直到死亡。他死时画了一幅惊天之作，不过很可惜的是临死前交代土著女人给烧毁了。思特里克兰德死时，已经瞎了一年，且已患麻风病许久，身形如残骸，恶气熏天。但就是这样一个人，死后的画作却价值连城。

小说终归是小说，如果现实生活中，也有这样一个人，和《月亮与六便士》主人公的经历高度吻合，你会不会感到不可思议？《月亮与六便士》故事主角的原型，就是法国后印象派画家保罗·高更。

高更也曾在证券交易所做经纪人。工作稳定，收入颇丰，家庭美满。高更在三十五岁时，毅然辞去工作，决心做一名职业画家。此后离妻别子，生活陷入穷困，但他仍钟情于绘画。他在巴黎和一位模特同居过。几年后，高更孤身一人来到法属塔希提岛，并和一位土著女人同居。观察原始社会风情，形成原始狂野的画作特点，大量创作，后面也是被贫穷、疾病、孤独折磨。1903 年高更客死异乡，终年五十五岁。高更死后声名鹊起，画作价值不菲。

提到高更不得不提同为印象派的梵高。梵高对高更有某种深情，当他在法国南方安置好了自己的小屋后，便盛情邀请高更一起居住。但是高更来后住了不久就要分手，梵高因此精神失控，用刀割掉自己的左耳送给高更。到第二年，梵高开枪自杀。

小说终究是小说，现实生活中的高更并不是一开始就抛妻弃子，是妻儿实在受不了高更的疯狂才离开他的。离开妻儿的高更，想尝试着寻找生命的答案，高更离开文明城市，来到原始社会，创作了《我们从哪里来？我们是谁？我们到哪里去？》，寻找心中种种疑问的答案。画面透露出这样的讯息：夏娃采摘文明之果，导致社会堕落，人类只有返回原始，才有被救赎的希望。

那么有没有人为了理想，既能够不离经叛道，又能够长命九十四岁，还能够生活得安稳？有呀，那人就是金庸先生！金庸用笔寄托自己的心灵体验，映射自己的现实人生。他大笔一挥，画出每个人心中的快意江湖。既实现了自己的武侠梦，又收获名与利，还不用脱离安稳的文明城市。

再举一个在我身边的例子，我的偶像——我的奶奶与姥姥。

人们最初的梦想不正是能够拥有自己的信仰，并坚持到底吗？还有从古到今都想办法延年益寿。

我的姥姥与奶奶不正是现代人所乞求的无病安康到老？如果硬要说我自己有什么梦想，大概也是安康到老，如果还能够给世界留下一些回忆和文字的话，就是希望能够去世界各地旅游，然后窝在一个花香满满的房间，伏案写作，留下一部部佳作罢了。

如果让我像高更、思特里克兰德一样，抛妻弃子，去到原始社会，过自己的理想生活，然后创作出惊世之作，我可能一辈子都不会做到。可能是我欲念未了，我仍旧会为世俗的眼光而烦恼，仍旧要为了物质基础而奋斗。

在满地都是六便士的街上，高更与思特里克兰德抬起头看到了月亮。巴黎或者说伦敦对高更与思特里克兰德而言如同沙漠，乏味且枯燥，高更与思特里克兰德望着遥不可及的高空明月，最想做的事是“逃离”。他们都想摆脱文明的影响和干扰，寻找最简单的生活，“大溪地”正是心目中理想的桃花源。于是他们决定远走他乡，回归到未受污染的大自然中。高更与思特里克兰德，脱掉西装革履，穿上“帕瑞欧”，释放人性最初的冲动，投入大自然的怀抱。

晚安时，记得抬头仰望星空，仰望月亮。我想高更的选择对于他自己来说，无疑是正确且无悔的。而你选择的并非当下，而是未来。未来是永远无法确定的，最好的预测就是此刻你的选择。那么我们普通人该如何去选择自己的人生方向呢？

依照自己的初心做出选择。不忘初衷，选择好自己的终极目标，再一步步努力，才不会偏航。

少即是多。很多时候选择多，会让你迷失方向。每个人的时间和精力都是有限的，如果什么都想抓住，反而什么都做不好。只有精简到一两件最想要成功的事，才能获得世俗的成功。同样只有精简目标，才能选择自己最想要的人生方向。

无悔选择。相信这样一句话，一切都是最好的安排。一旦认定一件事，我们就要心无旁骛，勇往直前。如果我们选择了当下，又瞻前顾后，那么我们都将一事无成。我们要有为自己做选择的勇气，更要有承担后果的责任心。让我们都能够选择最适合自己的人生方向，活出精彩的自我。

【作者简介】龙姵岑，笔名滮滮，祖籍湖南衡阳，现定居广州。小学语文老师，青年作家网签约作家，《清风文学》第五期特约编辑，湖南省网络作家协会会员。文章《蓝色的狮子》入选《岁月之歌：全国青年作家优秀作品选》。

大梦追回，如痴如醉

廖永高

小的时候，日子过得十分凄惶，我却奢侈地花掉阿婆给的压岁钱，在两年的时间里凑齐了四十八本连环画《三国演义》，小人书就这样成为开启我认知的钥匙，书中的英雄故事，让我沉迷得难以自拔。

从桃园结义到三国归晋，无一有漏，统统收入囊中，我如获珍宝。这也让我的小玩伴惊诧嗟叹，羡慕不已，我受到他们的尊重，还有“春风十里不如君”的崇拜感。为此我自恋自狂，感到英雄如我，小河清浅，毛孩在变。

追英雄，我浑身灼热，当然少不了身边小伙伴的追捧跟随以及热爱拥护。做“大事”需要友谊的协助、运作方可得心应手。挖陷阱，填污泥；藏竹林，弄鬼影，火烧泥草堂。这些都是我与死党的绝作，臭名昭著离我更近了。

我在模仿中醉心出离，连做梦都被自己的惊叫唤醒——“我乃常山赵子龙”，村庄让我弄个乌烟瘴气，鸡犬不宁，连田埂地头的花草都萎靡不振；小丫头看着我躲，大人追着我骂。父亲没扛住村邻的投诉，把我逮住让我痛改前非，要我学点儿有用的光耀门庭。偏偏我又不喜欢儒雅孱弱的曹植“愿为西南风，长逝入君怀”；我流俗于张飞的莽撞，仰慕关羽的胸怀大义，拜服常胜不败的赵子龙。

父亲不知疲惫地要炸翻我的任性，结果反倒妥协了，由我放荡江湖。

英雄离我不远，岂能独自放逐？偏执中，我行我素。我席地而坐，学青梅煮酒，迈着枭雄的斜步，豪迈清唱“对酒当歌，人生几何……”

饮下月光，且问对座“天下英雄谁敌手？曹刘。生子当如孙仲谋。”童年一晌，我浅斟低唱，遥远的海浪，沙滩，阳光。我扶着油灯，赶着牛车，骑上木马，守着老屋等枯树开花。从前的昏鸦已长风天下，当年的小儿郎，也在野蛮放纵中长大。本真趣味的英雄穿越，华彩大梦一场。它像彩蝶一样来到身边，我用手指轻轻触碰一下，就化成了一座花园，让颠簸无依的少年进入踽踽独行的青年。

人生好比一场征途，每个人都带着经历上路，一半在演义，一半是回忆。那段空洞时光的企盼，也是一个简单的愿望，就像当初一样。我坐在门前，看太阳落山，将《三国》上演，期许未来给我留下许多空间。做一件事，追一个梦，爱一个英雄，走一回童真。这过不足的孩子瘾，加乘了快乐的总合力。一切没让我枉费，没让我徒世。等一个漫长的轮回，是万念俱灰，还是欢欣沉醉？

一遭一世，我且今生无悔。

【作者简介】廖永高，笔名焦赛月光，安徽安庆人，青年作家网签约作家。

童年时光

赵辉

我爸有四个兄弟，他是老幺。自我记事起，我爸和大伯、三伯住在一排窑洞，各家分两三个窑洞，只有二伯住得远。后来爷爷奶奶年纪大了，我爸他们商量了一下，奶奶由我爸赡养，爷爷由三伯照顾。

爸爸是名教师，但是脾气不太好。每天我放学回家，家里太沉闷了，就去爷爷家玩，爷爷对我很好。春节过后，天气渐暖，开始播种，爷爷带我去地里除草；春天带我去山边看槐花开，摘槐花回来拌饭吃；去山里放牛，我在山上跑，他在旁边割草，做个花环戴在我头上。麦子黄了，就去山下田地里用镰刀割麦子，我背着小捆一点点地往路边走，回到家垒起来防止雨淋。太阳出来了，将麦子摊在场上晒一上午，中午或者下午叫堂哥开着拖拉机过来碾场。碾完后摊得多的话，几个叔伯过来帮忙翻一遍。翻过之后就一遍遍地清扬，乘着风扬出杂质，直到清理出干净的麦子，打包拉回家。

我最开心的就是躺在麦草堆上睡觉。爷爷会拧麦草绳，有时候在山上割了艾草回来，拧成草绳晚上点燃驱赶蚊虫。如果那几天天气好，就会把打包的麦子放在草垛旁，用板车插到草垛里撑一个棚子，晚上睡在场地上，叫作看场。因为第二天又会将麦子倒在地上，摊开来直到晒干为止。我周末经常和爷爷躺在板车上，听他讲年轻时候的故事。看着满天繁星，感觉整个银河系都在头顶似的，我在不知不觉中就这样睡着了。

爸爸有点儿工资收入，每次买东西回来，多的会给三伯、大伯他们家一些。他对爷爷情深，只是不善于说出来而已，这就是北方人的一种根深蒂固的观念吧，默默地付出，默默地表达着一切。

除了平时放牛割草，我们还管理自家种的一点儿蔬菜。收麦子这段时节，杏黄了，核桃熟了，苹果也可以吃了，西瓜也开始上市了。这个时候我跟着爷爷去山上摘果子吃，拿一根长长的杆子，敲下几颗杏，咬一口，真好吃。核桃还是青涩的皮，砸破了用手拨开，手被染成了绿色，白色的核桃仁，吃着有点儿无味。

苹果有点儿涩，西瓜最好吃，还可以用粮食换西瓜。

一转眼快过年了，学校放假了，可以到处去玩，那是我最开心的时节。小的时候在田间地头穿梭，和小伙伴上蹿下跳、摘野果子吃，回去晚了免不了被爸爸一顿责骂。我那时候调皮，总是看着爸爸笑起来，他也就气消了一半。

过年前几天去采购糖果、花生、饮料、肉、水果、蔬菜等各种吃食，这也是我们姐弟几个最开心的时候。在外地工作的堂哥也回来了，总是会带点儿东西给我们吃。不管工作干得怎么样，大家也都是开开心心聚在一起，站在路边或蹲在垄上，可以说到天黑。大年三十这天将买回来的红纸裁剪成对联的大小，爸爸泼墨挥毫，给大家写对联，村里的乡亲都过来看，除了门框，粮仓上贴“粮食满仓”，鸡窝上贴“鸡肥蛋多”，牛棚上贴“六畜兴旺”，等到贴好对联，放一挂鞭炮，预示着过年了。

妈妈这时候在家忙着揉面蒸馒头，哥哥姐姐在家烧火，大锅蒸好馒头、包子、花卷等，小锅熬稀饭，再准备点儿菜，午饭就好了。一家人围坐在一起吃饭，爸爸这时候会喝点儿酒，也算是迎合新年的喜庆气氛。

吃完饭，姐弟几个打扫房屋和院子，爸妈在厨房炸油饼、面疙瘩之类的特色小吃，做凉粉，蒸甄糕，煮好肉切片做菜，拿出四方四正大木盘子，配好一道菜，就放上去，一个木盘可以放六七道菜。紧张忙碌一下午，到四五点全部做好了。五点多，天还亮的时候，几个堂哥和叔伯约着去上坟，祭拜祖先，插香、撒黄纸、烧冥币，希望祖先保佑一家人健康和睦，生意兴隆。

晚上七点多的时候，二伯家离得远就早早端着一木盘的菜肴过来，看今年在谁家“过夜”，也就是吃年夜饭。定好在三伯家之后，爸爸和大伯家也开始将自家准备的菜肴、果品一起端过来，父辈的一桌，妇女小孩一桌。大家坐在炕上、桌子边，围着火炉吃饭，聊着家常，吃着各家准备的菜。三妈家的酸汤面好吃，我每次能吃两碗。堂哥汇报给叔伯今年外出的成绩，大家听着、聊着今年粮食的收成。爷爷奶奶在炕上坐着，听着他们说话，时不时说几句鼓励的话。等到夜深了，爷爷奶奶困了就先送回去，叔伯们知道年轻人在，也借机去了其他屋。这个时候堂哥们开始热闹起来。我是老幺，上面有七个堂哥，长辈们走后，就开始划拳喝酒，大声地吆喝，看他们真尽兴。

大年三十的晚上外面漆黑一片，十二点的时候能听到山对面放鞭炮的声音。夜里，我摸黑到爷爷休息的屋子，看他已经睡着，在炕头坐了一会儿，感觉有点儿无聊，躺在他旁边睡着了。

等到我醒来的时候，已经是第二天早晨，被外面的鞭炮声吵醒，震耳欲聋。我发现自己不知道啥时候已经回到自家暖暖的炕上，妈妈已经起来去山里挑水，外面牛棚的铃铛声响起，肯定是爷爷在喂草料了。我不想起来，就又睡着了，梦见和爷爷在山里放牛，在小河里捉蝌蚪，清清凉凉的水流向远方。

吃过早饭，叔伯堂哥们便到各家拜年，提着礼物每家都走走，说说话。然后给小孩子压岁钱。最后还是聚集到一家，给老人们磕头拜年，唠唠家常就散了。这个时候各自去村里经常去的人家走走，一天就这样过去了。

初二这天是走亲戚的日子。一早吃过饭，堂哥们就开始走亲戚，姑妈家是每年必去的，姑妈早年嫁到陕西去了，好在不远，大家会约个时间，一起骑着自行车带着礼物去。热热闹闹的，姑妈也最喜欢了。那时候大家都非常开心地一起去姑妈家，这样的情景也一直持续到姑妈去世。

后来从窑洞搬到瓦房，大家因为地没分在一起，就在各自的地基上建了房子，但是有困难互相帮助，这样的情景一直没变过，过年还是照样家家端着准备好的饭菜相聚，话家常。

后来大家都外出打工，落脚在工作的地方了。再后来爷爷奶奶去世，从瓦房到小康屋，政策越来越好。很多人去了西安，去了平凉，甚至像我一样，跑到了遥远的湖北，家中的房屋也快荒废了。平时有事，大家在网络群内通知，家家户户出人出力。每年过年，几个堂兄弟都会回老家，去上坟祭拜，去各家坐坐，跟亲朋好友打电话相聚，这样的兄弟情义一直没变。

如今回想那些年的美好时光，堂兄弟之间的情义，亲人之间的问候，每年相聚一堂的欢乐时光，正是这个家族赖以生存的基石。

【作者简介】赵辉，湖北黄石人，祖籍甘肃灵台。二手车鉴定评估师，网络小说作者，青年作家网签约作家，今日头条、百家号等自媒体优质创作者。

童年的琴

李超

二胡乃是胡琴的一种，属于中国民族乐器，音色圆润柔和，优美动听。我喜欢二胡，工作之余拉上几曲，却也自得其乐，沉醉其间。我有两把二胡，一把做工精细，古朴大气，虽然弓弦已经更换多次，但琴杆、转轴和琴筒、蛇皮均完好无损，声音仍旧十分悦耳。另一把则相形见绌，简陋、粗糙甚至有些丑，但我依然敝帚自珍，舍不得扔掉，时常拿出来把玩。因为它是我童年的一段美好回忆。

这是一把自制的二胡。

20世纪60年代末，我的妈妈被调到一个叫作雷音寺的大队小学教书，我也一同前往，那年我刚满八岁。雷音寺原是一座破败的庙，新中国成立后政府将它整修扩建办了所小学，自此烟火气渐浓。后来，一些散居的村民又紧邻学校修房造屋，最终形成了一半是学校、一半是民居的大村落。村里有个姓莫的老人，孤身一人，大概有六十来岁，身体不好，时常佝偻着身子，使人不容易看清楚他的脸，只记得他满头白发，配上那件一年四季洗得发白的灰布衣衫，远远看去，仿佛是一只站立着的大白虾。莫老头一个人住在村边一个破败的小房子里，他胆子很小，见人便点头，平时很少听见他说话。刚开始，我还以为他是个哑巴。

雷音寺小学的生活平淡而宁静，直到有一件事情搅乱了我幼小的心房。一天晚上，大概八点钟左右，我正在做作业，忽然听到一阵若有若无的奇妙声音，仿佛很远，又仿佛很近，那种声音过去从未听到过。我立即跳了起来，拿上手电筒，冲进夜色中，竖起耳朵搜寻着声音传来的方向。当我循声来到一间房屋时，发现房门虚掩，里面透出昏黄的灯光。我悄悄凑近一看，只见一个人坐在木凳上，左手拿着一个不知名的东西，右手在不停地拉拉扯扯，那个奇怪的东西竟然发出了十分好听的声音！这人白发如雪，双眼微眯，灯光照在脸上竟现出一抹红晕。

是他！

“莫老头！”我叫出了声。

“谁呀？”声音苍老而警惕。

我想跑，双脚却像灌了铅一般沉重，口中嗫嚅道：“是我。”

那扇破门“吱呀”一声开了，露出一颗苍白的头。

“哦，你是学校那个孩子吧？”

“嗯。”我小声应道。

“进来吧！”他摸摸我的头，轻声说道。

“这是什么呀？”走进门后，我指着斜靠在板凳边的那个古怪东西问道。

“哦，这个叫二胡，喜欢吗？”他半眯着眼，声音有些干涩。

“喜欢！”我抬起头，瞟了他一眼低声说道。

“想学吗？”他盯着我，声音微颤。

“想学！”我迎着他的目光，提高了声音回答。

“哦？”他双眼一下子睁开了，混浊的瞳孔里竟闪出一丝光亮，脸上的皱纹慢慢舒展开来。许久，他才喃喃说道，“那我来教你吧！”

从此，我便与二胡结缘，向他学拉二胡，对他的称呼也由莫老头变成了莫先生。每天吃罢晚饭，我丢下碗筷便急急忙忙往莫先生家跑去。那时我刚读小学二年级，课程简单，也没有家庭作业，有一大把的时间跟莫先生学琴。大概过了两个来月，我已经能够拉一些诸如《东方红》《我爱北京天安门》等简单的曲子了。一天，莫先生对我说：“你应该有一把自己的二胡了。”看我没有明白的样子，他顿了顿，又说道：“叫你爸妈给你买一把二胡吧，这样你就可以在家里随时练习了。孩子，记住，千年琵琶万年筝，一把二胡拉一生。要把二胡拉好，必须不怕吃苦，冬练三九，夏练三伏，没有自己的二胡怎么能行呢？”

回到家，我把想买二胡的事向妈妈说了。妈妈沉默许久，才为难地说：“二胡很贵的，家里没钱买。”

当晚，我早早地上了床，蒙头在被窝里默默流泪，也不知道什么时候才睡着的。此后一连几天，我都没有再到莫先生家里去学琴。

一天正在上课，我发现窗外有一个人在往教室里瞅，雪白的头发，灰白的衣衫，佝偻的身子，正是莫先生。

我跑出教室，低头站在他面前。

“你怎么没来学琴了呀？”他的嗓音有点儿沙哑，脸上露出一丝不悦的神情，问道，“买二胡了吗？”

我的眼泪一下子不争气地流了出来，埋头没有说话。

“怎么了嘛？你倒是说话呀！”他有些急了，声音不由得提高了。

“我妈说没钱！”我鼓足勇气说出这五个字，声音弱得像蚊子的叫声。

“唉……”他长叹一声，沉默许久才说，“孩子，别哭了，晚上到我家来吧！”

我嗯了一声，点了点头。

当天晚上，我来到莫先生家里，只见桌上摆着一些家什，有木棍、竹筒，还有一条像老太婆裹脚布一般的又长又宽的东西，我认出来这是张蛇皮，吓得倒退了一步。莫先生笑着说：“别怕，这可是好东西。我想用这些东西给你做一把二胡。”我愣住了，惊喜地说：“先生，真的吗？你会做二胡吗？”

莫先生笑了，眼睛又眯上了，说：“当然。”他告诉我，那张蛇皮是他几年前在后山砍柴时碰到一条大蛇打死后剥皮硝制而成的，一直舍不得用。

“那蛇肉却是真的很好吃。”俄顷，他眼睛睁开少许，缓慢说道：“你可不要告诉别人哦！”

我看了看他有些陶醉的脸，坚定地点了点头。

“不过，”他突然像想起什么一样，盯着我说，“还差一样东西，叫你妈妈想办法。”

“什么东西？”我急迫地问道。

“马尾。”他指了指他那把二胡的弓子，说道，“喏，就是这个上的毛，我没有。听说公社供销社养了马的，叫你妈妈想办法弄点儿来。”

回到家，我将莫先生要帮我做二胡的事情告诉了妈妈，并央求她到供销社去找一束马尾。

妈妈答应了。后来，妈妈到公社学校去开会，托人找来了一束马尾。听说是给养马的刘老头送了一瓶酒才办成的。

那几天，我天天往莫先生家跑，看他制作二胡。一根长木棍做琴杆，两根短木棍做琴轴，用刀仔细地削得尽量圆润，再用粗砂纸慢慢地打磨，然后取一截小指粗的斑竹用火烤后压上重物弄弯固定，这便是弓子了。最难的是蒙蛇皮。先要把蛇皮上的鳞片用小刀轻轻刮去，浸水润湿，再把那又圆又粗干透了的楠竹筒打磨光滑，涂上强力胶水，然后蒙上蛇皮，用铁丝箍紧，待其自然阴干。最后是裁掉多余的边角，打磨琴身，使其尽量美观。这样，一把简陋的二胡便制作好了。

这天晚上，我踏着月色兴奋地来到莫先生家，因为要试琴。只见莫先生缓缓地拿起琴来，用一块黄晶晶的松香仔细地擦涂马尾，轻轻转动琴轴，调好琴弦。

随后，他停顿了一会儿，像在思考什么，然后缓慢却有力地拉出了一支曲子。当时我觉得这琴声悠扬悦耳，非常好听，却不知道他拉的是什么。我简直不敢相信自己的耳朵，如此悠扬的旋律竟然是从这粗陋的竹筒里面发出来的，这也太神奇了。我怔怔地看着莫先生，只见他双眼半眯，两颊微红，上半身挺直而略向前倾，表情肃穆庄重，与白天那个见人点头哈腰、佝偻身子的老人判若两人。屋内一老一少，一坐一站，一动一静，一睁一闭，皆不言语，都沉浸在美妙的音乐声中。屋外皓月当空，万籁俱寂，只有这刚刚诞生的二胡的琴声，悠长而深远，弥漫在这月色如雪的小山村。一曲终了，我渐渐缓过来，眼里满是兴奋与惊奇。莫先生告诉我，他拉的曲子叫《月夜》，是一个叫刘天华的老先生创作的。那晚，他说了很多，我听不大懂，但这一刻的画面却深深地镌刻在我幼小的心灵上，至今记忆犹新。

其实，现在想来，这把二胡所发出的声音略显沙哑，既不圆润，也不洪亮，但那时的我还是懵懂少年，所见所闻非常浅陋，加之那是一把自己亲眼看见自制的二胡，听到它能够奏出流畅的旋律，便自然会产生一种新奇的感觉。从此，我便将这把二胡视如珍宝，天天练习，不敢稍有懈怠。

不过，这之后发生了一件事情，使我对这把二胡有了嫌弃之感。

大概两年后，我已经能够演奏很多曲目了。一天，妈妈对我说，公社要组织文艺宣传队，想叫我去当伴奏。我一听高兴得一蹦老高。

宣传队的伴奏组里有四个人，一人吹笛子，一人拉手风琴，我和另一人拉二胡。他们三人都是小学老师，我接触得多一点儿的是拉二胡的马老师。马老师是伴奏组负责人，他三十来岁，双眼炯炯有神，人显得很精神，拉二胡技术也好。他对我很关心，只是看了看我的二胡便皱起了眉头。于是，我们有了以下对话：

“你就用这把二胡来参加演出吗？”

“嗯。”

“家里还有其他二胡吗？”

“没有。”

“嗯……这把二胡上台演出恐怕不行吧，公社领导不会同意的。要不，回去和你爸爸妈妈说说，给你买把二胡吧，否则……”

否则什么，他没说，但我已懂得他的意思。从公社回家，我失魂落魄深一脚浅一脚地走在崎岖的山路上，完全没有了去时的兴奋，像是被人抽去了筋一般四肢绵软无力。

当晚，我推说脑壳痛，喝了碗稀饭便上了床，蒙头盖脸却难以入睡，整整一夜翻来覆去，满脑子都是那个“否则”。

我第一次失眠了。

第二天早晨，妈妈见我许久没有起床，来到床头叫我，我没应声。她掀开被子，见我双手蒙脸，像是在哭泣，问道：“你怎么了？出什么事了？”我仍然没吭声。妈妈生气了，骂道：“这孩子，到底怎么了嘛，你说话呀，不然捶你的肉!”于是，我红肿着双眼，抽抽搭搭地把马老师的话说了一遍。

妈妈听后，沉默了一会儿，然后拍拍我的背，说：“别哭了，叫你爸到县城去买把二胡吧！”稍后，她又说道：“这几天，你还继续到宣传队去练琴，告诉马老师，说已经在给你买二胡了。”

几天后，当我从公社回到家里，刚进门，便看见饭桌上赫然摆着一把崭新的二胡。我将手中那把简陋的二胡扔在墙角，一把捧起这把新二胡，看着它那黑里透亮的色泽，嗅着它那奇异好闻的气味，抚摸它那手感温润的琴身，心里说不出的高兴，仿佛全身每一个毛孔都浸满兴奋。回头再看墙角那把二胡，感觉是那样的丑陋不堪。

这以后，我便一直和这把新二胡相伴，练琴不辍，渐渐地将那把旧二胡忘得一干二净。

后来，我大学毕业参加了工作，娶妻生子，整天忙工作奔前程，更加无暇想起那把简陋的自制二胡，仿佛它从未在我的生命中出现过。直到有一天，我乔迁新居搬东西时，无意中竟瞥见了那把自制的二胡。它静静地斜靠在屋角，琴身落满灰尘，琴弦松弛，弓子上的马尾寸寸断裂，但琴身和琴筒仍然完好。妈妈告诉我，大约在我到县中读高中那年，莫先生便因病去世了。是她将这把二胡收藏起来的，毕竟它是我童年的一段记忆，不舍得扔掉，放到这里已经有十来年了。

听了妈妈的话，看着眼前的琴，我的心慢慢沉重起来，童年时的那些往事像复活的草一般渐渐返青变绿，生长出藤蔓枝丫，一种不可名状的伤感与惆怅弥漫全身。随着年龄和阅历的增长，我的感情更加丰富细腻，人也变得越来越怀旧了。入夜，我将这把简陋的二胡仔细地擦拭干净，更换了琴弦和马尾，调谐二弦，屏气凝神，缓缓地拉起了刘天华先生的《月夜》，琴音虽不柔和，甚至有些沙哑僵硬，但我却感到如见故人一般亲切。当年莫先生月夜奏曲的情景又从记忆深处慢慢浮现出来，宛如就在眼前。窗外月光似水，室内琴声如述，几十年的人生经历和感悟在这旋律中交融飘舞，向着浩渺的苍穹飞升。

我相信，这旋律莫先生一定能够听到！

【作者简介】李超，四川省达州市渠县人，现为渠县财政局职工、青年作家网签约作家、四川省散文学会会员，曾荣获“2020·全国青年作家文学大赛”散文组一等奖。

初冬泾县行

张英姿

初冬的早晨，虽然透出几分寒气，但我还是早早地起了床，漫步在宾馆对面的荷花池畔，看薄雾如纱，轻笼塘面，洗心亭若隐若现，此刻仿佛置身于仙境之中。吃过早饭，云雾慢慢散开，暖阳初照，我怀着好奇又激动的心情，开始踏上为期一天的安徽泾县之旅，领略这里的山水人文。

皖南真正的冬天要比北方来得晚，现在沿途看到的山林景色秋韵依存，浅深多彩，青弋江像一条碧绿的绸带萦绕在翠峰幽谷间。大巴车行进在乡村铺开的画卷中，不知不觉就到了第一站——王稼祥故居纪念馆。

泾县厚岸村是王稼祥的家乡，故居纪念馆就坐落在这里。纪念馆以“永远的稼祥”为陈列主题，通过“风华年代”“忠诚战士”“三大贡献”“卓越领导”“杰出外交”“永远缅怀”六大板块，全面展现和回顾了革命家辉煌的一生。故居则坐北朝南，一进三间，为砖木结构，是一幢具有皖南特色的清代末年徽派民居建筑。

通过参观，我深刻了解到王稼祥同志从小就受到革命思想影响，他认为学习的目的就是学知识、求真理，通过努力逐渐成长为坚定的共产主义战士。虽然他的职务几起几落，但这些并未使他意志消沉，始终勤勤恳恳工作，从不计较个人得失。他能站在全局的战略高度，在遵义会议等革命的关键时刻做出正确选择，充分彰显了一位无产阶级革命家的宽广胸怀和优秀品质。

当走出王稼祥故居纪念馆，真是心潮起伏、感慨万千！我想我们能告慰先灵的就是神州大地已发生翻天覆地的变化，全国各族人民在中国共产党的领导下，正满怀信心奔向社会主义的康庄大道！作为新时代的共产党员，我们一定要不忘初心，牢记使命，继承革命先辈的优良传统，为实现中华民族伟大复兴的中国梦而奋斗！

我们怀着无比崇敬的心情，再次凝望出口庭院中的王稼祥铜像，低头深深三鞠躬，依依不舍地离开。

大巴车重新启动，载着我们继续上路，沿途的农家院从车窗前匆匆掠过，庭院里的柿子树上挂满初熟的“小灯笼”。初冬的田野空旷辽阔，那是喜获丰收之后归于短暂的宁静，正悄悄酝酿明春的新妆。经过几十分钟的车程，我们又来到了下一站：泾县桃花潭。

“十里桃花笑迎客，万家酒店潭留香”，刚下车，我们就被景区入口的楹联所吸引，迫不及待地进入。没走多远，就看见右前方高耸的建筑是文昌阁，距今已有二百多年的历史。阁为三层八角砖木结构，画檐飞角，似塔非塔，造型别致。文昌阁底层正面悬“盛世文明”横匾，二层屏风上方有“文光射斗”四字，三层有“共登云梯”竖匾。导游说只有家族出了二十多位进士才能被皇上恩准建造，可见桃花潭翟氏家族人才济济，文昌阁其实就是翟氏文风昌盛的顶级荣耀。

继续往前走，过了文武亭，就到了号称“中华第一祠”的翟氏大宗祠。它建于明嘉靖年间，坐北朝南，五楹三进，仿皇家祠堂兴建，规模宏大。宗祠地基是花岗石铺成，建筑采用名贵木材，上下木石结构件均有精美的雕刻。祠前有石柱、抱鼓石和石狮，祠内有前厅、天井、享堂和寝楼。大门上有“江南名族”横匾，享堂中悬“忠孝堂”三字红底金字木匾，据说是明朝万历皇帝特赐，为表彰翟氏文武状元翟国儒对国家的忠诚和贡献，当时此事轰动江南。

站在忠孝堂前，思古之幽情油然而生，传承之风拂面而来。我们敬仰翟氏名族严谨的家风，培养了如此众多的贤才！ 这也为我们现代家庭教育带来启示和借鉴。“为本，孝为先”，中华民族生生不息的文化理念，早已深深融入我们的血液之中。

行进在桃花潭东岸的景区，我发现路途中恰好经过了“春”“夏”“秋”“冬”四座木廊棚，每座廊棚内顶都悬挂了当季的每月节气特征。真的感谢景区规划人员的独具匠心，设计廊棚将分散的景点串联起来，可作为园内景观的过渡。

沿着石子铺成的小径，我们一路向前，看到路旁农家门前居然有粉色杜鹃朵朵盛开，给这个初冬季节增添了一抹亮色。过了一座水泥拱桥，走到前面就看到墙壁斑驳的南洋镇门楼。在历史上泾县西南曾设有南阳县，几经反复又并入泾县，南阳镇或为古南阳县故地，也称水东老街。

穿过鹅卵石铺就的古镇老街，有一种穿越时光的感觉。我放慢脚步，看老院墙顶垂落的藤蔓，看菱形窗格里探出的茎叶，仿佛向过往的游人静静诉说久远的故事……

走向悠长老街的尽头，就到了汪伦送别李白的踏歌古岸啦！顺着踏歌岸阁的石阶而下，桃花潭映入眼帘，潭面水光潋滟，翠峦倒映。据说清晨薄雾中的桃花潭，烟波浩渺，如梦如幻，别有一番意韵。泾县县志《桃花潭记》称这里“层岩衍曲，回湍清深”“清冷皎洁，烟波无际”。面对这醉人的山光水色，我多想驾一叶扁舟泛游其上，去领略“千尺潭光九里烟，桃花如雨柳如绵”的诗境。

遥想千年前，桃花潭边发生的动人故事，至今广传佳话。泾县豪士汪伦听说李白旅居皖南，修书一封曰：“先生好游乎？ 此地有十里桃花；先生好酒乎？此地有万家酒店。”李白阅信后欣然而来，却发现并非如此。汪伦热情接待，并告之实情。原来十里桃花者，是距此十里之地的“桃花渡”；而万家酒店呢，说的是姓万的酒店。李白听后还是被汪伦的盛情所感动，还因为这些慰藉了他在政治上失意的心灵。在随后朝夕相处的日子里他们诗酒唱和，情意愈深。但天下没有不散的筵席，李白临行前，汪伦率众乡亲，依依不舍，在岸边踏歌送别。李白感谢之至，挥笔写下千古绝唱《赠汪伦》：“李白乘舟将欲行，忽闻岸上踏歌声。桃花潭水深千尺，不及汪伦送我情。”

我们登上去桃花潭西岸的竹筏船，首先追寻万家酒店的遗址。万家酒店有上、下两层，位居万村中街和上街交接处，当时也是粉墙黛瓦，画栋雕梁。因年久坍塌，现在能看见的只有这条被踩凹下去的门槛，或许能证明当时万家酒店的兴旺。

随后路过万村大门——义门。义门是忠孝节义的象征，建于唐贞观五年，因万村村民万晏家五世同堂，和睦相处，家风古朴，令人敬服，故唐太宗李世民下诏修义门表彰，此事传颂千里，至今光彩不减。我忽想当年李白路遇此门，有何感慨呢？那心里也更坚定不虚此行了吧。

过了彩虹桥、汪伦墓、青莲寺，我们就拾级而上到终点站怀仙阁了。登上怀仙阁凭栏眺望，对岸沿清弋江边而建的明清时代徽派建筑群，错落有致，尽收眼底。两岸山色好似水墨入画，映衬着古老的粉墙黛瓦。诗仙李白寻梦而来，留下千古绝唱，让多少文人墨客在桃花潭边流连忘返，感慨万千。

桃花潭不仅有清新秀丽、苍峦叠翠的旖旎风光，更是见证李白和汪伦千年佳话的友谊之潭、深情之潭！人间自有真情在！桃花潭就像是一位腹有诗书气自华的美女，让人欣赏的不只是外在美，反而更能被她的深厚文化底蕴所折服。

告别情意绵绵的桃花潭，泾县一日游就结束了。泾县是“汉家旧县，江左名区”，山清水秀，七彩纷呈。泾县有以茂林、云岭、厚岸等地为代表的红色之旅，有茶山、碧水、竹海的绿色之旅，有独特宣纸之乡的白色之旅，还有旧民居建筑的古色之旅。泾县秀丽的山山水水等你来！泾县醇厚的人文历史等你品！

【作者简介】张英姿，安徽宣城市某通信央企高级工程师，青年作家网签约作家，中华诗词学会会员。

多想听听您说话

童心

父亲是一名医生，不知是因为经常给人看病弯腰太多还是久坐的原因，他的腰竟然有些弯了，就连开处方和看书都要戴老花镜了，整个人看起来又黑又瘦又小。他不仅变得爱唠叨了，有时还像孩子似的缠人，也许父亲是真的老了。

无论是一个月还是半个月一次的通话，父亲在挂电话前总不忘问我什么时候回家。相隔三千多里地，要转五趟车，光是故乡九曲十八弯的山路就要绕上一整天，每次回家我都得三更半夜出发，到家已是晚上。

公司的日报、周报、月度考核、季度考核及各种培训与繁杂事务，光是工作已让我焦头烂额，哪还有心思和时间回家呀！有时父亲问得我实在烦了，我就忍不住大声地嚷嚷他，不耐烦地挂断他的电话。

这天，父亲又怯怯地打来电话，他听到我没有厌烦他，便又立即兴致勃勃地给我讲，家里的樱桃熟了。他怕我想不起来，还特意强调就是靠近厨房那头的那棵。再后来打电话就是桑葚红了，杏子黄了，桃子熟了。夏天时，父亲又说院子里的雪花梨熟了，水池边的葡萄紫了。秋天时，他告诉我梁子坡上的大枣红了，那里有一整片的枣林，问我还记得吗。每次他的言语里都透着按捺不住的喜悦，可我却不以为然。

寒冬腊月，父亲打来电话说，下雪了，天寒地冻，地上起了冰溜子，叫我春节别回家了。父亲说这些话时好像忘了我是他的女儿，我从小就是在那里长大的又怎会怕冷呢？小时候我能冒着风雪走十几里山路到镇上读书，难道现在的我还不如小时候耐冻和坚强吗？

一年四季也只有冬天父亲坚决不让我回来，他很怕我回家冻着，我竟然就这样顺水推舟，理所当然地不回去了。

一年过去了，这样的问答又在来年不停地重复着。我终于不忍心了，告诉他夏天就回家，父亲高兴地哽咽起来。

还记得那个夏天，天刚蒙蒙亮我就到了省城机场，颠簸了一整天，晚上才回到小镇上，父亲骑着摩托车风尘仆仆地来接我，灯光下的父亲一见到我竟激动得手足无措，他竟和我同志般地握起手来。

父亲平日里工作很忙，可我回家时他却总能抽出时间来陪我。他陪我回到儿时住过的老院子转悠，我们在那棵遮天蔽日的老核桃树旁坐下，他指着院子里的那棵开满紫红色花朵的树，说那是我小时候种下的，我早已没有什么印象，可父亲却记忆犹新。十多天的时间一晃而过，公司的电话一个接一个，父亲知道我就要走了，他为我装了满满一大箱子的土特产，每次我都是空手而回又满载而走，从小到大，父亲一直用他的行动默默爱着我。

自我回了趟家以后，父亲平静了很多，也开心了许多，他在电话里不断地给我说一些开心的事：他说村口的木头桥拆了，又重新修建了一座水泥大桥；说大南山上装了基站，手机信号一下子变好了；他还说院子里种了好多的太阳花和指甲花……说着说着，听着听着，似乎我已看到了满院子的景色。

又过了一段时间，父亲打来电话说他总觉得口渴，沉重的工作压力使我疲惫不堪，我根本没有时间和精力听他唠叨这些生活琐事，我觉得他大惊小怪，亏他自己还是个医生呢？口渴多正常呀，口渴了就多喝水呗！这次父亲从我这里不仅没有得到安慰，还落得我对他的一顿嘲笑。

再后来公司在外地开年度会议，他打电话时我和同事们正在聚餐，我随意拍下张照片发给他，他看完后在电话里小声对我说，餐桌上有甲鱼，吃完饭把甲鱼壳收集了寄给他，那是十分珍贵的药材。电话里他说话的声音很小，语速很快，就像一个惊慌失措的孩子，他很怕我拒绝但又想得到某样东西，他就那么极力地讨好并给我解释。他的话让我好气又好笑，试想一下我是女孩子，还是公司的管理层，让我在大庭广众之下把大家吃剩下的甲鱼壳子捡回来，这和捡垃圾有什么区别，我岂不成了大家的笑柄，我的同事和周围的人会如何看待我！想到这儿，我狠狠地回了他一句，我丢不起人，你不怕别人笑话，我还怕呢！电话那头的父亲像是做错了事的小孩，连忙对我说："对不起，对不起，我知道了。"就在父亲挂掉电话的那一刻，我的心里有说不出的难受，其实那句话一出口我就后悔了。

几十桌的晚宴都是公司订的，我们吃剩下的残羹冷炙本就会被倒掉，我只要给服务员打个招呼就能满足父亲的小小请求，可我不仅没有这么做，更没有好好地跟他解释，还狠狠地责怪他。这件事成了横亘在我心中的一个结，打不开也散不去，渐渐成了我心底的隐痛。

有一天，姐姐打来电话说父亲得了恶性肿瘤，我的脑袋“轰”的一下像是炸开了，感觉两眼发黑，我泪眼婆娑地订了机票，立刻赶往机场，一路上，无数次地祈祷他好好的，这一刻，我才意识到人无论活到多大都是需要父亲的，我在心里一遍又一遍地安慰自己：父亲是医生，没事的，没事的！可心里还是不住地紧张和担忧。

当我来到医院时，父亲已是半昏迷状态，母亲说我回来看他了，可他却艰难地吐不出一个字。病情严重，父亲不得不转到省城医院做手术。做完手术后，父亲感觉好了许多，话也说得清楚了，也能吃点儿东西了，医生说手术很成功，看着父亲一天天地好起来，压在我心头的石头终于落了下来。我买了他最爱吃的无籽红提，还买了带吸管的杯子给他，由于工作关系我不得不再次离开。

每周我都会给父亲打电话，除了听到父亲的咳嗽外，其他并无异常。四月份时，我再次接到父亲的电话，他的声音洪亮：“恢复得很好，可就是想你啦，闺女，啥时能回来呀？”我心里苦笑着，这才刚请假回来上班没多久呀！但一想到毕竟父亲做了手术，我就告诉他一周后就能回去。可是一周后公司却安排我到外地培训，我不得不推迟回家的日期，但就在我培训的第二天晚上，我接到了大哥的电话。他说：父亲病重，请速回。上周父亲才和我通过电话，父亲说他很好，说他可以骑摩托车了，怎么会又病重了呢？可大哥不住地催促我，晚上所有的机票都已售完。第二天，天不亮我就直奔机场，一路上我双手合十、虔诚祈祷，多希望立刻能见到父亲，告诉他我愿意听他那没完没了的唠叨，愿意吃光他为我准备的水果，愿意经常抽空回来看他，愿意守在他床前照顾他、伺候他，只要他能好好地活着，为他做什么我都愿意！

一路上我不停地催促司机车子开快点儿，终于在晚上六点多抵达村口。父亲没有出门迎我，远远地我听到了哭声，心里有种不祥的预感，可我还是天真地以为父亲会等我，我一直安慰自己，父亲只是不能出门而已，兴许这次再做个手术就又能像上次那样好起来。直到我看到父亲直挺挺地躺在堂屋的床板上，还有他身上盖着的白布时，我都不肯相信父亲离开了，可我是真的再也没有父亲了……

父亲前一晚后半夜就走了，姐姐告诉我他每天都在念叨我，总想让我回家。跪在父亲前，我抱着还没有来得及放下的背包，心就像被人挖走一样，号啕大哭。其实父亲应该是在他说口渴之前，就知道自己的病了，那天我竟然嘲笑他，当他小心翼翼地问我要甲鱼壳时我还责备他。父亲是一名非常优秀的医生，他为太多人治过病，挽救过很多人的生命，他怎么可能不知道自己早就得病了呢？也许几年前他就知道自己的病了，所以才会不厌其烦地问我何时回家。可这么多年，我只回过一次家，我让他等了我一季又一季、一年又一年。

父亲是世上唯一不会生我气的人，唯一不会与我吵架和计较的人，也是唯一能处处忍让我、迁就我的人，我不就是仗着他对我的这份宠爱，才没心没肺地让他等了我这么多年吗？扪心自问，每年春节那么多外乡人不远万里回家，可我却不曾回去，天真的有那么冷吗？我常说工作忙，可工作真的有那么忙吗？工作真的比父亲还重要吗？

望着手机里父亲的电话号码，我试着将电话拨向了天国，始终无人应答。父亲，如果您在那边也能接听电话，我想对您说："多想听听您说话……"

【作者简介】童心，原名荆菲，河南三门峡人，现定居深圳，IT职业人，青年作家网签约作家，有文章入选《岁月之歌：全国青年作家优秀作品选》，诗歌《如果我爱你》荣获"2020·全国青年作家文学大赛"诗歌组一等奖。

生活赞歌（三则）

张国俊

绿色之歌

我喜欢绿色，因为她干净、纯洁、赏心悦目，关键是，她还能永恒。

我没想过自己永恒，但我希望世界上美好的东西都能永恒。然而，虽然世界上美好的东西很多，但是她们大多都是昙花一现，能够永恒的，也只有绿色。

说她永恒，是因为她能永远保持自己的本色——绿。春天里嫩绿，夏天里墨绿，秋天里黄绿，冬天里灰绿。总之，春夏秋冬四季，她都是绿色的。

她善于成人之美，默默奉献，无论和谁配合，人家美丽，她也美丽。这个世界上，似乎谁都离不开她。她始终能很好地扮演自己的角色，不该她唱主角，她绝对当好配角。

她喜欢雨，雨能让她更纯净。她追求光明，喜欢太阳，太阳让她更光亮。她热爱生活，喜欢浪漫，喜欢风，风能让她翩翩起舞。说到底，世界上真正能够风雨无阻的，恐怕也只有她。

实际上，喜欢绿色的，远不止我一个人。你看那些在荒漠里看见绿洲的人发光的眼睛，就是证明。还有，那些荒芜很久的地方，春天里的第一抹绿色，能带给所有人欣喜和希望。

说她永恒，还因为，只要有绿色，就会有水源，有水源就会有生命。因此绿色是水之源，是万物之源。

因为绿色是纯净的，所以绿色孕育的水也是纯净的，水所孕育和滋养的万物，也是纯净的。

我，愿意一生守候你——永恒的绿，永恒的水，永恒的生命，永恒的纯净。

秋天的告别

秋季，是一个漫长的告别季节。告别繁华，告别丰收，告别绿色和生机，留下一地的萧条、冷漠、孤独和寂静。曾经的信心满满，曾经的雄姿英发，曾经的繁花满天，曾经的硕果累累，曾经的汗流浃背，曾经的烈日炎炎，曾经的大雨滂沱……总之，曾经轰轰烈烈的一切，都被荒凉凄冷和抖抖索索所取代。

然而，这一切都是规律，都不可抗拒。

在一个风和日丽、晴空万里的日子，我们去郊野公园看五彩斑斓的叶子，向它们做最后的欢呼和送别。想起过去，也是在熬过严寒和一片荒凉凄苦之后，终于等来了第一缕春风，被冷冻和北风挤压的枝芽，一个个迅速膨胀起来，满是蓬勃的力量，急切地开花、结果，带给人们一个似锦的春天、蓬勃的夏天、丰收和多彩的秋天。我，感激你们——每一片叶子。现在，看到色彩斑斓的叶子飘然落下，挥手向我们做最后的告别，一种无奈的洒脱和无尽的留恋，更让我心碎。看光秃秃的树枝树干独自在寒冷中站立，没有风的时候，像一把把利剑，是它们翘首苍天的期盼；有风的时候，风吹过树梢发出刺耳的尖叫声，是它们对寒冷严冬的冷笑和蔑视。

我知道，你们累了，也需要休息。你们休息，是为了储蓄来年奋发的力量。

没有你们的日子里，我们会学会坚强。在冰天雪地，学着去绽放精彩和灿烂的生命。因为凡是顽强的生命，都会收获精彩，更令人敬佩。

我们要学会告别，更要学会等待。既然能在春风里欢歌，就不要在秋风里颤抖、在雪地里哆嗦。

生命礼赞

盛夏，烈日当空，在或焦枯或葱茏的荒野里，还能偶见一点点鲜艳。面对这一点点鲜艳，我禁不住惊奇、欣喜，为之驻足。

因为，我意识到，每一片绿叶，都是生命，都是希望；每一朵鲜花，无论开在什么时候、什么地方，都是美好，都是灿烂。我不由自主地回想起小时候在空地上自己种下的每一粒种子，都倾注了我满腔的期待和希望。我巴不得睡觉的时候也在它们身边，想亲自看见它们怎么发芽，如何破土，甚至我都想听见它们的心跳声和脚步声，想听见它们成长的声音。每当种子破土而出，那种心情，比看到我心爱的女人还要激动。直到看见它们脱离躯壳，独自向宇宙伸展出稚嫩的小尖尖或一片两片叶子。叶子虽然稚嫩，但都粗壮结实，充满力量。自此，每天早晨一起来就会立即来看它们。清晨，嫩绿的叶尖上总是挂着清澈的露珠，雨天则满身湿漉漉。总之，无论什么时候，它们都像窈窕淑女，让人欣喜，让人爱恋。虽然长大了成熟了，结出的果实也能带给我安慰和享受，但是，我并不在意它们能否给我带来什么果实，我更在意它们的成长过程，在意在这个过程中带给我的各种享受。

我对花草植物的爱恋，是对生命的爱恋，更是对生命的崇拜和赞美。尤其是那些在荒郊野外自生自灭的花草，为了活着，历尽严寒酷暑、贫瘠干旱和狂风暴雨，虽然羸弱，但是坚强；花朵虽小但却鲜艳饱满。它们活着，不是为了向别人献媚和炫耀。它们自给自足，自生自灭，甘于寂寞，不怨艰苦，只要有一线生存的环境，就会坚韧地生存下去，生根发芽，开花结果，在满眼荒芜的野外，独自成为一道亮丽的风景，给人以惊喜。

【作者简介】张国俊，湖北麻城人，华中师范大学毕业后到北京工作，北京师范大学教育硕士、新加坡南洋理工大学教育管理硕士，青年作家网签约作家。

我们曾经来过

红树林

在洪荒宇宙中，地球上的生命是个奇迹。

科学家们能够发现生命规律，却对生命本身感到迷茫。受此感染，我也常常陷入困惑：为什么生命这样不可思议？

中美洲和南美洲有一种切叶蚁，他们通过尾部快速振动，带动刀一样锋利的牙齿，电锯一般把草叶切成几段，然后成群结队运往地表深处的蚁穴中，用这些草叶建立真菌园，使其发酵，“种植”出真菌“蘑菇”来，然后美滋滋地享用着这些美味。

切叶蚁的脑汁甚至不足一毫克，那么一丁点儿物质，怎么能自动地产生如此复杂的生存思维？而动物都这样有自己的生存意识，各有自己精妙的生存之道。就连水蛭那样看似没脑没眼的家伙，同样也有自己的看家本领。

有科学家认为，生命，其本质是化学的，是化学分子。再深究，化学分子终究也是一种物质，即物理性的存在。那么，物理性的物质怎么能产生复杂的思维和丰富的情感呢？

生命现象在地球上司空见惯，人类只是其中一种。全球现约有七十五亿人口，从物种上说，只是地球上约一千万个物种之一。这些生生不息的生物，能够出现在这个蔚蓝的星球中，其实真是件万分侥幸的事：恰到好处的日地距离，地球上有水和大气。

那么，地球上的生物，包括人类，能永久延续吗？

人类赖以生存的地球，其命运与太阳息息相关，而任何恒星都是有寿命的，太阳的寿命大约是一百亿年。太阳能量用尽后会成为白矮星。太阳系的行星，在失去足够的引力后，会从太阳系分离，在茫茫太空中飘荡。届时，地球上所有生物将失去生存条件。人类将何去何从？这是生死存亡的课题。

科学家们未雨绸缪，从没有停止过在地外星系中寻找生命和生命可以生存的天体。银河系中至少有数百亿颗类似于太阳的恒星，类似于银河系的河外星系又不计其数。而科学家们在几十亿光年的区域内，至今仍然没有发现生命迹象，也没有找到适合人类居住的星球。

即使有一天在更远的地方找到了生命可以生存的天体，承载着延续人类使命的“方舟”又怎么抵达“彼岸”？人类以目前航天器第二宇宙速度走出太阳系，需要二十年。要想走出银河系，即使用光速也要走七万年，以现有人类最快速度需要十亿年！

人类的出现是地球最辉煌、最杰出的“成就”。人类起源至今大约有五百万年，直到公元前三千五百年才有文明史。人类社会真正飞速发展，是从18世纪中叶以蒸汽机的发明为标志的第一次工业革命以后，至今只有二三百年时间。以人类如此加速度技术进步推演，开创人类后太阳系时代的新命运，还是有可能的。但是如果人类最终受制于宇宙固有条件而无法实现星际转移，那么，再过五十亿年，太阳熄灭后，地球上一切生机和高度文明，在星云密布、深邃浩渺的宇宙中将杳无踪迹。

当一切生物灭失，只剩下死寂茫茫的宇宙时，美好而漫长的生物史、高度的人类文明史，在没有源头也没有终点的时间长河中，最终成了短暂一瞬，如昙花一现。若能做一回想象的使者，飞越时空，用未来的目光回望地球，曾经有过的生命是多么美好！不用说高等智慧生物，即便是眼前窗台的裂缝中，探出一棵绿芽，也是那么神奇那么珍贵——它有自己完整的组织和“血液”，它能自己应暖而生，迎光而长！

个体生命轮回之说，只是自我麻醉的精神药品。所有动物都应该为自己来过这个世界感到庆幸，即使它们各有自己不同的命运。体格庞大、温顺本分的长颈鹿，以食草为命，从不招惹别人，有时候却被一群狮子猎杀，的确让人不忍目睹；无辜的昆虫有时候被蜥蜴闪电般的长舌吸食，有地方可以申冤吗？没有，物种决定了它们的命运。公平和正义不适用于丛林法则，即使在灵长类群体内部，往往也存在着等级制度。也许，一切真的都是最好的安排。

综观生命现象，所有生命活着最重要的意义，也许就是为了活着。每个动物都应该为自己奇妙的生命个体欢乐而歌。至于我们人类，人活着难免经历艰难，甚至生命遭遇不期而至的终止。与其无法规避，那就不如从容面对。当一个人跛足而行羡慕轻松健步时，想一想对于失去双腿的人来说，能够行走，又是件多么幸福的事！当一个人高位截瘫，听说还有人不幸英年早逝，再想想自己，卧床却知天下事，或许，还有儿孙投怀送天伦，难道不觉得还算幸运？当我们为生活而奔波，历经磨难、苦痛、煎熬时，我们有必要怨天尤人、觉得苦大仇深吗？想一想我们的祖先在茹毛饮血的时代，生活何其苦难、生命何其短暂！我们要做的，其实很简单：一切顺其自然，努力即可；遵从自己内心，不虚此行。

一物不必傲视另一物，一人不必傲视另一人，因为，大家都只是曾经来过。倘若自然界的生灵都能明白这些，或许，非洲豹要去摸一摸澳洲海龟的脸，红嘴鸥也想亲昵地啄一啄河马的嘴，蜘蛛要与银背猿忘情地勾肩搭背，调皮的短尾猴争相与世界上强大的总统握手……大家都在欣喜地相互告慰：我们曾经来过。

【作者简介】张金林，笔名红树林，安徽省泾县人，青年作家网签约作家。

孩子，你听我说

本嘉拌饭酱

孩子，你听我说，我要感谢你。你的出生，让我多了一个头衔——母亲，一个光辉而神圣的职务新鲜出炉。你第一次来到这个世上，也成就了我第一次做妈妈的经历，让我的人生更趋向完整。

孩子，自你出生，我成了母亲，就有好多话想对你说。开水不能碰，会烫伤；插座不能摸，会触电；爬楼要小心，会摔倒；电视别多看，会伤眼。结果，你踢翻了水瓶，踩坏了插座，滚过了楼梯，还差点儿戴上了眼镜，我真想让你认真听我说。

可是，牙牙学语时，你还太小，听不懂我的话；蹒跚学步时，你眼中只有新奇的世界，听不见我的话。入园了，“幼儿园里一切都好，就是没有妈妈”，只这一句，你便戳中了我的泪点，我心里的那片坚硬瞬间塌陷。

可是，孩子，你听我说，离开妈妈，是每个孩子必须迈出的第一步，你不能永远躲在妈妈怀里。即便我更愿意永远抱着你，呵护你，可我不能自私地斩断你走向独立的路。

入学了，成了小学生，走入校园是多彩人生的开始。第一次戴上红领巾时，那种从心而发的骄傲和对班级的责任感，让我第一次觉得你长大了。

孩子，你的人生翻开了新的一页，可以有大把的机会去赢得你想要的一切，只要你能静下心来，走过最枯燥的学习阶段。和寂寞的学习相比，游戏一定是吸引人的，动漫一定是精彩的，甚至电视里的广告，你都能津津有味地欣赏着。校门口的零食，同学间的八卦，哪怕教室外的一只蝴蝶都是自由的。

但是，孩子，你听我说，学习是寂寞的，耐得住寂寞的孩子，才会有耐心面对将来的一切。

学习不是为了考试拿第一，不是为了父母家人面上的光彩，不是为了将来年薪多少。仅仅是为了你未来有更多的时间去发现世界的美好，不用为了生存而不得不将自己困在工作和复杂的人际关系中。

我心疼，但这同样是必经之路。摸爬滚打，跌跌撞撞，好容易度过了鸡飞狗跳的小学磨合阶段，你终于有了自己的目标，老母亲的心甚感欣慰。

在你初中的时候，我们家迎来另一个新生命。孩子，你听我说，我们要感谢你，感谢你没有听信别人的言论，关于“万一生了弟弟，你就得不到全部家产”的言论。

首先，我们家不是大富之家，财产这两个字于我们家而言，它仅仅是一个词，并不代表大量的资金和不动产。其次，我们家没有重男轻女的思想，有二胎之前，并没有因为你的性别就亏待你，有二胎之后，更不会如此。再次，二胎宝宝的出生，是为了减轻你将来的负担。

我们要感谢你的善良，感谢你的大度，或许这样说会显得小题大做。但是，孩子，你听我说，我曾看过一篇报道，那个跟你同龄的孩子，为了不让家里的小生命诞生，采取了自残的激烈手段，最终以小生命的流产告终。但是你不一样，你很欢迎新生命的到来，亲眼看着我腹中胎儿一点点成长，一同感受胎动的喜悦，每天过来给它灌输“姐姐最爱你”的思想。直到他出生，直到他长大，你都是个优秀的姐姐。

我永远记得，他出生当天，你一直在床边看着他，眼中有一种作为姐姐的骄傲，更有一种美好的情感——爱！有爱，比拥有其他任何东西都要富足得多，毫无疑问，你是个富足的孩子。

你越长越大，学习的时间越来越长，听我说的机会越来越少。高中了，你的视野更开阔了，漫展和角色扮演（cosplay）比电视更好看，动漫模型周边比校门口的零食更吸引人。当然，隔壁班的男孩子也是阳光下美好的存在。

情感，同样是成长的必经之路。恋，这个字并没有特殊的色彩，也不分早晚，更不用觉得它是负面的。恋字，从心，心在成长，心在感受。有感，就有心；有心，就在趋向成熟。一切，都在心，把“恋”这个字放在阳光下就会发现，这只是一种感觉，对美好事物向往的感觉。时间会证明一切，证明你的心曾经觉得这种类型适合你，过段时间，它会再次给你推荐另一款，直到你越来越成熟，能正确认识到自己适合什么样的类型。这不是坏事，这是你的心在为将来的另一半塑造模型，所以，不用过多地在意它，它并不稳定，同样是必经之路而已。

孩子，你听我说，高中阶段并不是别人口中的最后冲刺阶段，这只是另一条宽阔大路的开始，要跃上这条路，中间有许多阻碍。如婴儿之初诞，必须经过漫长的十月怀胎和最后那条狭窄产道的挤压，千辛万苦才能步入一个全新的世界。成长，从未停过，从内到外，身心兼有。

你会遇到许许多多的人，许许多多的事，有好人好事，当然，也会有不好的人和不好的事。从我内心，我希望你永远只遇见最好的，但是人生，不可能永远一帆风顺，有风和日丽，也有狂风暴雨，即便遇见不好的，你也要坚强面对。学会保护自己，身为女性，更要学会用一切能保护自己的手段来武装自己，只要你足够强大，不好的人和事就会望而生畏，至少不会伤害到你。

养儿方知父母恩，我像你这么大的时候，曾经，并不愿听父母的叨叨，你比我当年乖巧得多。孩子，你听我说，还有五百天，你即将跨入另一个崭新的阶段，全新的世界，更广阔的天地在等着你。你会拥有新的同学，新的老师，新的圈子，你也会像风筝一样越飞越高，离我越来越远。请你相信，我的心永远跟你在一起，牵着你我的那根风筝线，它叫血脉亲情。

诚如那首歌里所唱，时间都去哪儿了？一晃十几年过去了，已经说了很多，未来的日子很长，想说的更多，许许多多的话，最终融汇成一句：家，永远是你最坚强的后盾。

时间，悄悄流逝，孩子，渐渐成长，但愿，等我白发苍苍时，你，还愿意听我说。

【作者简介】本嘉拌饭酱，曾用笔名拌饭酱，原名陶佳，江苏泰州人，青年作家网签约作家，在纵横中文网和爱奇艺文学发表网文小说。读书是我的爱好，用文字记录生活，记录脑海中所有天马行空的故事，我喜欢脑洞大开的奇幻类故事，希望我的故事能吸引志同道合的你。

盘点记忆中的乡土

方承铸

自己已有十多年没有回过家乡黑山小镇。脑海中的家乡，对我来说，常常是几个固定不变的场景：药王庙、老碾坊、高桥，还有黑山街道的那座古朴的戏楼……

药王庙

村东头有一座庙，叫药王庙，相传药王孙思邈在此行医，普救众生，后人为纪念他的功德而在此修建此庙。庙分前殿和后殿，前殿供当地医生或游方郎中治病救人使用，后殿有药王孙思邈的塑像，供人祭奠。

据史料记载，孙思邈是京兆华原（今陕西省铜川市耀州区孙塬镇孙塬村）人，生于公元581年，卒于682年，享年101岁（也有说生于541年，享年141岁），一生致力于中医药研究，是继张仲景之后我国第一个全面系统研究中医药的先驱者，他的《备急千金要方》和《千金翼方》成为唐代的医学专著，他完成的《唐新本草》成为世界上第一部国家药典，宋徽宗敕封其为“妙应真人”，被后世尊称为“药王”。

据祖父讲，在孙思邈八十岁时，故乡遭遇百年不遇的洪涝灾害，爆发了传染病（今称为副伤寒），乡民大都出现高热寒战、皮肤有淡红色斑丘疹、食欲不振、腹泻腹胀等症状，当地医生对此束手无策，很多老人和小孩因为腹胀、腹泻脱水致死。此时，恰逢药王孙思邈遍访途经此地，当地乡民一起跪求药王。孙思邈查看了大家的病情，又了解了病因所在，便开出了竹叶、石膏、半夏、麦冬、人参、甘草、粳米等组成的药食材，在村子里支起大铁锅进行熬制，取名“竹叶石膏汤”，分发给乡民喝，不几日，身患此病的人大都痊愈。乡民再三挽留并送来当地的土特产，药王婉拒了当地人的美意，最终还是走了。乡民为了感念药王恩泽，于是就主动集资，修建了这座庙，取名药王庙，每年祭祀药王，游方郎中也在这里悬壶济世。

到了宋朝年间，当地政府为纪念药王孙思邈，按照“百户为里，五里为乡，四家为邻、四邻为保”的区域划分标准，将方园五里的村改为药王坪乡。这个称谓从宋朝一直沿用到新中国成立前。新中国成立后，为了加强行政管辖，商县（今为商州区）人民政府将周围的十个村划归药王坪人民公社管辖，后改成药王坪乡人民政府，直到 2008 年撤乡并入黑山镇。

现如今，村里人但凡有人患了此病，都会用竹叶、石膏、半夏、麦冬、人参、甘草、粳米等药食材熬制服用，大都能够痊愈。

老碾坊

村西头有一棵大核桃树，距今大约有上百年了，树干粗壮，树冠如伞，靠近树根有一大碾盘，巨大的碾磙被四方木框固定在大且圆的碾盘上，碾盘下有一圈青石砌就的环形小道。

石碾子的西侧有一块椭圆形的巨石，供人休息所用，听老辈人讲，这块巨石与碾磙、碾盘原本是一体的，因为石头巨大，占据不少土地，且影响核桃树的生长。于是，村民自发集资请外地石匠帮忙，将巨石分解，制作成大碾盘，一是方便村里人加工粮食，二来可供村里妇女纳凉做针线活，可谓一举两得。在没人碾谷米时，便是孩子们嬉戏的好地方，藏猫猫、抓石子、三子棋、玩打仗的好去处。天长日久，巨石上的雕刻字迹被磨掉了，露出了大理石本来的成色，青青的，光溜溜的。

记得我六岁那年，跟随奶奶和父母亲去碾坊碾小麦，父亲用着扁担挑着两筐小麦在前面走，母亲扛着直径约一米五的大簸箩，奶奶则拿着箩筛和筛架子，拉着我的手跟在后面。

父亲将筐中的小麦铺在偌大的碾盘中，随后三人扶起碾杠，在碾坊中不停地转着圈，父亲和母亲用力推着碾杠，奶奶则一手推着碾杠，一手用小扫帚将碾出的麦面扫进碾磙下，经过半小时，铺在碾盘上的麦粒被碾成细面，奶奶将箩筛和筛架子支在大笸箩上筛面，母亲不停地给奶奶筛中填料，我则在椭圆形巨石上独自玩耍，时不时地在奶奶跟前捣乱，惹得奶奶一阵嗔怪。

约莫两个时辰，细细的面粉从箩筛下源源不断地飘到大簸箩里。当笸箩里的面粉积满了，奶奶就用木铲把面粉装入粗布口袋里，此时，父亲“嗨”的一声把百十斤重的面粉口袋抡上肩，健步如飞地向家里跑去。

若干年后，母亲在石碾坊里推拉着奶奶曾经推拉过的筛，已长成了一个壮小伙的我，“嗨”的一声，也能把百斤重的布口袋抡上肩，直向家中奔去……

随着时间的推移，村子里发生了巨大变化，老碾坊退出了历史舞台，继而被电动磨面机所取代，大碾盘被放置在椭圆形的巨石边，大碾磙竖起来与大碾盘、椭圆形巨石成为三角形，供村民纳凉休闲所用。

每当踏进家乡的土地，远远望见村口的老核桃树下母亲眺望的身影，那种温暖感、愉悦感，顿时涌上了心头……

高桥

家乡的那座桥是一座石桥，始建于清朝末年，桥宽六米，桥高十五米，跨度二十五米，地处黑山乡（今黑山镇）张湾村沙沟口，西连二峪河乡、北接上官坊乡、东邻松树嘴乡，是三乡村民通往商县（今商州区）乃至出秦岭的咽喉要道。因为是石板桥，且离河床比较高，村里人记不清当时的桥名，习惯叫成“高桥”。

高桥起先是用大理石砌成的，只能承载行人和农用小推车行走。随着时间的推移，人们对外交流不断加强，一些农副产品便要通过高桥陆续运往山外，只因承载不了重负，几经加固改建，成为单孔石拱桥。1970 年，国家在二峪河乡开采无烟煤矿，对商县经松树嘴乡、黑山乡、药王坪乡至二峪河乡的道路进行拓宽改建，桥面由原来的六米拓宽为十二米，安装了大理石防护栏，铺设了水泥桥面，成为名副其实的“高桥”。

高桥是我去黑山镇中学上初中、高中的必经之地，每天往返两趟，日复一日，年复一年，给我留下了撕扯不断的记忆。

桥的东头临黑山街道，西头连着省道，北侧是一排民居，路的两边有十几家小卖部，远近在桥头等车的人，常常会在小卖部前的凳子上坐着休息。最有人气的要数辛家裁缝店，裁缝店的师傅是我同桌的母亲，她所裁剪的衣服，做工精心，样式新颖，缝补的衣服结实耐用。远近的大爷大妈，小姑小叔子们去商店买回来的布，都要拿到辛家裁缝店去做衣服，村里的人，有事没事都会去那里坐坐，拉拉家常。

如果说在高桥上看日出是心中的向往，那么站在桥上看炊烟又是一番味道。傍晚时分，村子那头起了炊烟，一排、两排、三排……

老戏楼

家乡黑山镇有一个“人”字形街道，在“人”字交会处有一宽阔地带，矗立着一座戏楼，始建于清朝中后期，背靠大山，正对黑山中学，距黑山镇政府约二百米，戏楼主体高十米，开间三十五米，进深二十米，屋顶呈“人”字造型，楼顶架有横梁、木椽，上面覆盖青瓦。戏台左右两侧各有一根圆柱，柱子上雕刻有二龙戏珠，正门厅悬挂着一个长方形匾额，匾额上画有祥云、松树和仙鹤等寓意吉祥的彩绘图案，戏台的台面空间简单，但外延空间较大。戏楼具有空灵通透的特点，戏台、厢房、回廊等都可以融入观演空间。戏楼在建筑上还有一个重要特色就是细部装饰，且不说戏台前立柱上雕刻的巨龙，单是木椽、横梁、壁柱、梁枋、门窗、屏风及其细小构件上运用的雕刻、彩绘都彰显出无穷的魅力。戏楼整体设计显得华美典雅，但又不失庄严大方，远处望去犹如一座宏伟的皇家宫殿。

听老辈人讲述，那时候家乡的经济比较落后，文化生活比较单调，但每个乡村都有戏班，唱秦腔、看秦腔是村民最主要的娱乐方式。每年二月二和九月九的庙会，戏楼都会唱起《铡美案》《三滴血》《周仁回府》《屠夫状元》等秦腔大戏，周围四邻八乡的村民如潮水般蜂拥而至。边鼓一敲，板胡一拉，好戏开场，生、旦、净、末、丑悉数登台亮相，个个都铆足了劲儿，拉开架势表演，扯开嗓门吼唱，一唱就是五天五夜。戏楼前的广场上挤满了人，黑压压一片，人群中不时传来阵阵掌声和喝彩声。场外有卖小吃的、卖山货的、卖日用品的、卖药算卦的，还有搞杂耍魔术的、耍猴套圈的……那种景象，可谓空前绝后。尽管上演的剧目，他们都不知道看了多少遍，有的情节和唱词都烂熟于心，但每次看戏都饶有兴趣，不到演完，一般很少有人半道离场。

20 世纪 80 年代后，电视机进入寻常百姓人家，电影下乡成为家常便饭，唱戏、看戏不再是家乡人唯一的娱乐活动。电视有戏剧栏目，戏迷们足不出户就能看戏，无须再跑到戏楼跟前了。后来 VCD、手机、互联网也开始普及，家乡人的文化娱乐方式更加多元化，戏剧很快衰落，专业剧团不景气，民间的戏班子也越来越少，老戏楼便遭到了冷落，被闲置起来，时间一长，也就淡出人们的视野，寂寞地蹲守在那里，无人问津。

直到 2012 年仲夏，父亲来信说，家乡的老戏楼被拆掉，昔日的老戏楼被富有现代文化气息的文化大院所替代，一些大众的、传统的、群众喜闻乐见的文化元素，成为农村人追逐的时尚。各种文艺社团应运而生，多元化的文化生活被大众所接受，成为生活的常态。每天下午，村里的男女老少都会齐聚文化大院，一时间，广场舞、交谊舞、秧歌、戏曲、书法、太极拳等活动在这里相继展开，幸福的笑容在每个村民的脸上洋溢着……

时过境迁，村里的那棵老核桃树仍旧默无声息地屹立在那里，依旧花开花落。树下的椭圆巨石、碾盘、碾磙成为老年人唠嗑纳凉、孩子们嬉戏玩耍的好去处，讲述着一个又一个不老的故事；药王庙也恢复了原样，里面敬奉着药王孙思邈的塑像，每逢重大节日，政府、部队、厂矿、学校等会在药王庙前举行公祭活动，让更多的人记住这位乐善好施、悬壶济世的药王；高桥扩建后，各种农副产品、矿产资源被源源不断地运出山，农药化肥、日用百货被运进山来。高桥上，每天车水马龙，人来人往，热闹非凡，成为一道亮丽的风景；老戏楼已经不复存在了，取代它的则是充满活力的、富有现代气息的文化大院，群众性的文化活动成为人们日常生活的常态……

盘点记忆中的那些瞬间，让我情不自禁地想起了家乡，想起了家乡的那风、那水、那山以及那淳朴的人……

【作者简介】方承铸，陕西商洛市人，中国散文家协会会员、新疆作家协会会员、新疆巴州作家协会会员、青年作家网签约作家。

在这里，重塑一个心灵的原乡

朱振华

一、浅冬，花开如画

浅冬，南阳世界月季大观园月季花海，花开如画，花落如诗。“花开花落无间断，春来春去不相关。”这句诗让人顿然对在这个季节依旧花团锦簇的月季花心生敬意。

风清月朗都是画，落花流水亦是诗。小径、长廊、花溪，风起，枝摇。一季清新，一缕雅香。姹紫嫣红的月季花，总是让青睐它的人获得一场精彩的艳遇。光阴里的美，是以花的姿容、花的心魄、花的风骨去邂逅一场花开，用一颗闲适的心，感怀生活里的这份美意。

置身花海中，花香绕肩，可以尽情地享受着浅冬风光里的幽香自在，阳光里的呢喃清欢，让心情不辜负这美如诗画的意境。斑斓的月季花会让你拥有生命留芳的瞬间，也定格为人生里如诗如画的风景。

微凉的风吹过，月季花在风中摇曳，那婆娑倩影轻盈而洒脱，层层叠叠的花瓣透着热情，芬芳扑鼻而来，沁人心脾，此时，你会用单纯、清澈、欣赏岁月静好的心态去感知人间最美的精彩。

“月月风光日日红，不分春夏与秋冬。静观百蕊香消损，独领芳华四季中。”这就是浅冬的月季花，一扫秋菊之纤弱，牡丹之艳丽，水仙之高雅，一年四季在枝头含笑绽放。

春天的相遇，浅冬的相聚，这些在履行着与你约定的月季花，用绚丽的风姿寄送冬日的私语。那开在季节里的容颜，是一顾倾城的季节记忆。

看着这些醉人的月季，温润一下经典人生，也是对行走在浅冬里的自己的一次心灵慰藉和犒赏。

二、十月，南阳世界月季大观园等你来

十月，花飞花落叶飞红，又是一年秋色浓。秋季，七彩变幻，如诗如画。

十月的南阳世界月季大观园，有颜值惊艳世界的风景线，它们美成了一片仙境。如果你的桌上文字太拥挤，想出去走走去散心，憧憬着一场美丽的颜色之旅，就到层林尽染的南阳世界月季大观园走走吧！来看一次秋天的童话，来一场视觉的盛宴。那必将是灵魂穿越了时间的裂缝，告别了城市的喧嚣，来到这里感觉整个人都清醒了。

风光旖旎的南阳世界月季大观园，绚丽多彩的景色最让人为之倾倒。金秋的阳光温馨恬静，秋风和煦轻柔，蓝天白云飘逸悠扬。色彩斑斓的景致，丰富的人文景观，烂漫的月季花海，在这里一定可以达成对美的享受的愿望。

秋天的南阳世界月季大观园是温柔的，秋风将这片绿野染成了五颜六色。放眼望去，一直蔓延到地平线的绚丽色彩，是那样的唯美。转低的气温沁人心脾，这是被秋风洗礼过的杰作，深沉，热闹，确有一番别样的味道。

月季大观园的美是理智的——含蓄而羞涩，只恨自己笔拙，无法描绘出它的美丽。明净的天空，诗意的花草，竞相怒放的月季，就是这里的主旋律。在花间穿行，与飘飞的叶子相伴，在水雾中若隐若现，真的是一幅天然的山水画。

秋天的月季湖，清澈透明，特别是在傍晚日落的时候，夕阳洒落在湖面上像是抚慰着人们。那就是“疏影横斜水清浅，暗香浮动月黄昏”的境界。

十月，无论与谁同游，来到南阳世界月季大观园，你都会遇上一抹暖阳。在园中徜徉，身心终会与自然融为一体，在那里静静地待半天，洗净心灵的铅华，充分感受人间仙境，然后一如既往地热爱生活，幸福感会一点一点绵延到远方。

十月，南阳世界月季大观园等着你的到来，在这撩人心弦的季节，与你有约。

三、一季梅花香

春天带着季节轮回的故事来了。在这个季节，没有受到疫情的影响，梅花以风姿绰约的风情，红袖漫舞，温暖着季节，营造了一场纷繁的花事。

在南阳世界月季大观园的晴梅谷，远远看过去，那里已经是惊艳了世界的水墨丹青。站在一株梅树前，用心感受一树璀璨的风景。凝眸满树或含苞或绽放着的花蕾，你可以倾听那无数的小精灵展示着生命的极致魅力，梅花的故事从那薄如蝉翼的花瓣、精致纤细的花蕊和暗香浮动中款款而来。

在众香国里，梅花的色彩，是花中最美；梅花的香，是花中最清丽；梅花的姿态，是花中最秀美；梅花的魂，是花中最骄傲。信手捻起梅花，只一瓣，便可绵延成温馨的眷恋；吟唱诗笺里的梅花，只一句，便可旖旎成动人的景致。站在梅花丛中，取一支最美的红尘之笔，把那一抹嫣红的美丽，收入人生的行囊，填满心灵的故乡，当是最惬意的红尘雅客。

梅花是花中的“四君子”之一，在诗人的笔下，梅花被赋予了德的品性，寄予了梅花高洁的美；咏其意志坚强、吟其君子之风、颂其贞节情操、赞其冰清玉洁。“年年芳信负红梅，江畔垂垂又欲开”“冰雪林中着此身，不同桃李混芳尘”“孤山林下三千树，耐得寒霜是此枝”等清词丽句，都是赞扬梅花的精神品质。民间也流传着许多关于梅花的相关习俗，有“梅具四德五福”之说：四德，即初生蕊为元，开花为亨，结子为利，成熟为贞;五福，即快乐、幸运、长寿、顺利、和平。

能在这个探梅时节，徜徉在梅花丛中随着微风阵阵，浸身梅花香海之中。你可以以风的洒脱笑看沧桑，以云的飘逸轻盈过往，梅花不一定能惊艳时光，却一定会芬芳流年。

【作者简介】朱振华，南阳文化学者，青年作家网签约作家，河南省南阳市宛城区作家协会秘书长，河南省范蠡文化研究院副秘书长。

再见的是时光，再也不见的是路人

李燕

初冬的寒风凄凄厉厉，怀着对秋的恋想，走进了冬的时光里，看着曾经走过的足迹，早已被散落一地的旖旎，覆盖了那一季的花雨。我沿着浅淡的记忆，踩着曾经的足迹，往远方走去，似乎在寻找什么，可在这辛苦的跋涉中，只剩下颠沛流离的悲戚。我已然想不起内心深处的那份臆想，走过了一程又一程，终究未曾忆起。仿佛人生，就是一路风景，而我们必须要经过每一段已注定的旅程，然后在陌生的风景，演绎着陌生的情怀，当不经意回首时，或遗忘或成为这一生的惦念。

每当进入秋的时节，心中总会泛起凄凉。而每当进入冬的时光，心中却多了一份感伤。就好像心情被注定，每个人都在演绎着凄凉而伤感的盛宴，少了春的韵味，少了夏的火热，多了几分素净，却泛着淡淡的悲伤。谁也无法明了自己的心事，而变得沉默，就这样静静地独处，就像一枝冷梅独傲枝头，孤独地享受，在享受的过程中却多了几分感伤，是因为寂寞还是因为生命里有那一份执念？我记得，在我的执念里，早已写满了太多的泪痕，在流年荒芜的画里，涂满了沧桑的色调。任一段段时光过去，也不再增添色彩。最多拾起笔墨，坠下字里行间的忧伤，将那些缘深缘浅终将缘来缘去的清词，彻悟了执着的深情，告诉沉溺在等待中的世人。世间并没有天长地久，地老天荒，那些曾一度华丽的过往，亦不过是人生中最微妙而浅薄的缘分。再见的是时光，再也不见的是路人，一个深情的回眸，未必就是一生的守护，或许只是在前世相识，而在今生相还，要还的就是这一个回眸。

因此又为何苦苦奢求他人施舍那一点情，这一点尘缘，真能陪你一生吗？或许当失去时，蓦然回首间，却在憎恨当初的奢求。红尘渡口，终会有人为你摆渡，可你是否还在留恋红尘，说此梦千年不会醒。我们时而自欺欺人，紧握着缥缈虚度的残梦不愿松手，然后含着泪，怨红尘让你椎心泣血，恨离开你的人让你肝肠寸断。

时间就像是过往烟云，匆匆消逝，转眼便是十载二十载，这一路必定少不了相遇别离，还有刻骨铭心。若每场别离都无法释怀，那么走在尘世的阡陌上，一季微风，都会变成寒风。漫漫岁月，相逢是歌，唱到天涯；别离是首曲，弹奏到缘浅。这一路，所有人都经历了爱与恨、错与对，只不过有的人执念太深，久久无法遗忘，其实，离去的人就像散去的花开，终究会在渐行渐远中别了一地，花开花落，来去无痕；我们都要深记，再见的是时光，再也不见的是路人。因此我们在岁月的磨合下，很多心事掩藏在心底，很多话语不再说出口，因为经历得多了，心沧桑了，有些时候便也不知从何开口，也就唯有沉默……

【作者简介】李燕，字云溪，号醉月居士，湖北省大悟县人，中国新闻网记者，青年作家网签约作家。

恰同学少年风华正茂

宋厚健

我们年轻过、努力过、奋斗过，我们从小在一起，是同学、是朋友。小学我是他的班长，师从郑秀玲老师；中学他是我的班长，师从李景芬老师。

在北航附小念书的那段日子，我俩是学校的足球队员。业余时间，我们一起训练、一起摸爬滚打，为了学校的荣誉，一起比赛、一起拼搏、一起战斗。我们吃过同样的苦，走过同样的路，获得过同样的殊荣。

在北航附中读初、高中的时候，我俩是班上的田径队员，我们一马当先，为班上赢得了许多荣誉。

1977 年，国家恢复了高考。1978 年 7 月，高中毕业的孟超考取了北京经济学院，毕业后留校任教，做了一名辛勤的园丁。高中毕业后，我走上了工作岗位，1982 年 4 月考取了北京广播电视大学，毕业前夕调到了司法部，做了一名司法行政人员。

四十多年来，我俩一直保持着联系。我们在忙碌，更在牵挂，不用刻意想起，因为从未忘记。我们的友谊天长地久，我们的感情弥足珍贵。生命之中，总有些人，安然而来，静静守候，不离不弃，相伴永远。

孟超成长在知识分子家庭，父亲是 20 世纪 50 年代留苏的访问学者，北航三系教学科研领路人，为我国航空事业的发展做出了重要的贡献；母亲也是一位奋斗在航空工业领域的科技工作者，北航绘图教研室的优秀讲师。良好的家庭氛围和教育，造就了孟超少年老成、求知欲强的品质。梁启超先生曾说："少年强，则中国强。少年进步，则中国进步。"无论是在勤以为学，还是在信以立身方面，孟超都为周围的同学树立了良好的榜样，他是同学们的良师益友。

1969 年，北航附小成立了少年足球队。在体育教师王老六（排行第六）的带领下，我们吃苦耐劳，夏练三伏，冬练三九，团结拼搏，生龙活虎，汗流浃背，激情飞扬，在北航附小的足球场上留下了一道道亮丽的风景线。一次，我队和地质附小足球队进行比赛，比赛异常激烈，我队的战斗力特别顽强，对方大我们两届，人高马大，力量远远大于我们。作为下半场替补出场的守门员，我左扑右挡化解了许多门前险情，就在比赛将要以1：1结束的关口，对方反越位成功，我用手拽倒了对方的前锋，被判点球。对方的罚球队员，骗过了我的视野，我队遗憾输球。回家的路上，我很懊悔，痛苦万分。孟超走到了我的身边，轻轻地拍了拍我的肩膀安慰地说："足球是圆的，失败乃成功之母，谁都有犯错的时候，只要努力了、奋斗了，胜利就离自己不远了。"在他的劝导鼓励下，我内心的惆怅得到了化解。每一个人的成长经历，都有破茧化蝶的过程，在你痛苦的挣扎中，意志得到锻炼的同时，心智也会得到提高，生命也会在痛苦中得到升华。如果你能从痛苦中走出，就会发现，自己已有了飞翔的力量。

我爱足球，他也爱足球，我们多想拥有一个属于自己的足球。为了实现这个梦想，我们日思夜盼。我们四年级（3）班的全体男生省吃俭用，把爸爸妈妈给的早点钱和零用钱省下来，一分一分地积攒起来，登记造册凑在一起，终于有了自己的足球，满足了这个愿望。然而，老师却告诉我们这件事做错了，在老师的教育和启发下，我们反思、反悔、反省，在错误中寻找答案，吸取教训，知错就改。

郑秀玲老师一贯倡导：严格约束、严格管理、严格纪律、严格教育。她分析说："同学们购买足球的想法和倡议是为了班集体的荣誉，但是，要求男生全体参加，共同集资，势必形成同学之间的攀比，给你们幼小的心灵造成伤害；每个同学的家庭境况不同，每一分钱都出自父母劳动所得，是父母的血汗钱，所以，这种做法无形中增加了一些同学的家庭负担和生活压力，最终带来负面影响；为此，你们反思、反省、及时地纠正错误是对的。"会上，我和孟超就自己的行为作了深刻的检查和剖析。这件事情，在我的成长道路上敲响了警钟。

北航附小坐落在北航的东南门附近，孟超的家与学校和我的家之间互为犄角。为此，我的家和孟超的家，就成为我们经常聚会的地方，也是我们友好往来的历史见证。那时，他家住在学生二楼一层，一间只有十五六平方米的小屋，一家四口，甚是拥挤。对此，孟超的父亲向学校提出申请，在东头走廊用三合板搭了一间临时隔断，在西边开了一个小门，这样一家总算安居乐业，就是在这小小的隔断间，他的父母在业余时间完成了许多重要的科研创新和绘图成果。每每回忆这个事情，我的内心总是暖暖的。五六十年代的知识分子，就是在这样的艰苦条件下，独立自主、自力更生，默默地耕耘、不懈地奋斗和奉献。

"金色阳光照大地，照大地；赛完足球，心欢喜，心欢喜……"1970年的春节，中关村联欢晚会上，我、孟超和其他八位男生组成了小合唱队，我们的演出赢来了台下观众的一片喝彩。

参加大型庆祝活动演出是我多年的愿望，它不仅代表四年级（3）班，也代表了北航附小这个战斗集体。这一年，我们格外的幸运，“五一”“十一”的游园联欢演出都安排了我们的节目。而且，我们还能和总政、海政的叔叔阿姨同台表演。

在“五一劳动节颐和园游园联欢会”上，北航附小五年级（1）班的杨真同学领唱、领舞《沙家浜》片段：要学那泰山顶上一青松。十一国庆游园联欢上，学校文艺宣传队集体载歌载舞演绎的《工农兵联合起来》的舞蹈，无不为我的少年时代留下了美好的印象。那时的我年少轻狂、壮志豪情，尤其是我和孟超风华正茂，我俩先后参加了北航附小的文艺宣传队。在大辫子赵老师的训导下，我们展现了各自的才华。那个时期，北航附小先后涌现了杨真、萧吉燕等优秀的演唱、舞蹈人才。

在满怀青春梦想、奋发向上的重要时期，1972 年，小学六年级临近毕业时，经医院检查，我患了急性黄疸肝炎。在北航校医院住院一年多的日子里，我就像笼中的小鸟，再也不能展翅飞翔。

跨入北航附中的教室，已是初二上半学年，令我感到高兴的是：我和孟超又在一起了。此时，他已是 73（2）班的班长。我的心情就像大海的波涛久久难以平静，一腔热血追寻着青春梦想，宝贵的青春属于我们，让生命的火花放射光芒。我就像飞回丛林的小鸟与伙伴们共同展翅、共同翱翔。

初中阶段，年级政治课教师、班主任李景芬强调学生的精神文明建设，要求我们在抓好文化学习的同时，在德、智、体、美、劳诸方面全面发展，争做革命事业的接班人。1975 年，初三寒假，在孟超的积极倡导下，我班团支部组织全体团员和积极分子赴海淀北安河公社向阳生产大队开展农村社会调查，接受贫下中农的再教育。

向阳生产大队坐落在西郊群山环绕的大山里，远离市区，交通不畅。70 年代初贫瘠的山沟，没有柏油马路，交通工具匮乏，导致很少人员往来，因此更加封闭。能够到达这穷乡僻壤，全靠北航领导的支持。在我班同学家长的带领下，我们一行十七人乘坐着大卡车，风尘仆仆，满怀建设社会主义新农村的雄心壮志，肩负知识青年到农村大有作为的伟大理想，走出校门，深入农村，开展社会调查，为自己的未来规划美好的愿景。

走进向阳大队的第一件事，就是分配住处，我的住处在半山腰，紧邻队里的马厩，和（养马）饲养员李大爷的房间挨着。我们所睡的床，是用杨树板临时搭建而成的，好在家里带来的被褥还厚，也算睡得踏实。深入山区生活，首先要解决的难题就是挑水。我们来自城市，用惯了自来水，第一次下山挑水，怎么也不习惯，急得我眼泪直往外流。当满满的两大桶水压在我的肩膀上，就像泰山压顶，根本站不起身来。即使勉强站起，走起路来扁担两头的水桶左右摆动、摇摇晃晃，没走几步，桶里的水就所剩无几。为此，我们只好两个人一组抬水上山。经过一段时间的磨炼，我们终于跨过了这道门槛，但肩上留下了深深的印痕。那段时间，正是农闲季节，我们每天挎着粪篓子往返四五里的山路，给各个施肥点送粪。山路弯弯、坎坷崎岖，倘若遇见下雨，泥泞不堪，每天往返四五趟，行程二十多里，劳动强度很大。二十多天，我稚嫩的肩膀早已红肿，有些同学还蹭破了皮，脚上也磨出了血泡。最为不堪的脏活，就是清理马厩。在李大爷的引领下，我们分头将一匹一匹的牲口牵到院子里，拴在大树上，然后用木耙子把马厩里的草和掺杂马粪马尿的混合物耙松、翻起来晾晒，再一点一点地清理干净，然后铺上新草。整个过程臭气熏天，尤其是混合的杂草经过雨水的浸泡，形成沼气，特别呛鼻。

劳动的间歇，我们还要访贫问苦，开展忆苦思甜活动。那天晚上，我们和知青联欢，夜幕低垂，明月高悬、繁星点点。我们共同歌唱："天上布满星，月牙亮晶晶，生产队里开大会，诉苦把冤伸……"

就是在这样的艰苦环境中，我们苦中有乐，乐在其中。在此期间，与知青老大哥举行了一场篮球比赛，虽然大比分告负，但这场比赛一直留在了我的记忆之中。短短二十几天的农村社会调查，我们和村民结下了纯朴而深厚的友谊，返城的前一天晚上，我的住处来了许多村民，我们班的张琳、宋建平同学分别为他们表演了笛子独奏曲《草原上升起不落的太阳》和《扬鞭催马送粮忙》。

坚定的信念和必胜的决心伴随着我不断地前行。高一上半学期经孟超、张琳介绍，我光荣地加入了中国共产主义青年团，在实现人生理想的道路上，乘风破浪，奋勇向前。

探索灿烂的人生，追求青春的梦想，最最难忘的是：同学情、朋友情。同学们，在茫茫的人海中，我们不早不晚地相遇在一起，同窗苦读，结下了难忘的友谊，留下了青春的足迹。

时光荏苒，光阴似箭，我们离开学校几十载，忆同学少年，感慨万千，东南西北，天涯海角。亲爱的老同学，你们还好吗？我们之间的友谊：最纯洁、最朴实、最平凡、最高尚、最感人、最浪漫、最坚实、最永恒。

【作者简介】宋厚健，北京人，中共党员，政工师，青年作家网签约作家。

父爱如山

陈圣

每年的农历九月初九，中华民族的传统节日“重阳节”，我都会携妻儿去附近的山上登高望远。山不在高，有仙则名。虽然这里的山不是很高，也谈不上很有名气，但山上庙宇很有灵气。上山祈福，护佑一家人平平安安、远在江西老家的父亲身体健康。

——前言

小时候，听父亲说，翻过那座大山，山外的世界，格外的精彩，格外的美丽，美丽中带着精彩。要想走出大山，就要勤奋努力读书，将来长大成人，考取功名。

长大以后，反复细品父亲那几句话，具有很深的人生哲理。父爱如山这深邃的含义，像雨，像风，悄然无声陪伴了我三十多年。步入中年的我，初为人父，读懂了有一种爱叫父爱，它不需要任何回报。

依稀记得，小时候的我特别喜欢古典诗词，父亲为了我，跑去县城书店，挑了一本厚厚的《唐诗宋词三百首》回来。以前交通不像现在那么便利，去县城都要翻过好几座山。山路崎岖不平，杂草丛生。足足等了一个上午，父亲才从县城回来。当父亲把书交给我的时候，我鼻子一酸，眼泪流了下来。

父亲的衣服是湿的，可能是翻山时，被露水打湿的。每当回想起这些往事，都会触动我心底深处的那根心弦。记忆的背囊虽然很重，但里面珍藏的是我美好有趣的童年，还有我和父亲之间那深深的爱。

看落日的晚霞，像高大威严的大山，又像河床里的鹅卵石。一缕阳光，沐浴贫瘠的心灵，如春明净。儿子长大了，孙子也懂事了，但在您面前，我们依然还是孩子。每天您不会忘记微信视频，看看您的孙子，有没有长帅，有没有长高，等等。千里之外的关心温暖着漂泊他乡的我，感到父爱从未离过身，从不孤单，从不寂寥。站在时间的巅峰，俯瞰岁月长河，父亲辅导我学习，呕心沥血，默默付出。

我写过一首关于父爱的散文诗《曾经》，书写我对父亲无尽的爱。高大伟岸的父亲，虽然平凡，但在我心目中是伟大的，跋涉我的人生旅程。

曾几何时
守望夕阳那段山路
崎岖不平的山路
仿佛是父亲满目疮痍的鬓额
那一道道深深皱纹
爬满了岁月的痕迹

曾几何时
生命的点点滴滴
写满着人生的酸甜与苦辣
那沁人般的桂园芬芳
悠悠地
飘进心底的最深处

曾几何时
漫长的征途
烙下父亲沉甸甸的脚印
每个脚印
似乎向曾经
解读生命的真谛——
山那边还有山

父爱如画，轻描淡写您忙碌的一生，不刻意去雕琢，平平淡淡的，没有染墨的颜色，只有爱的深沉。高尔基曾经说：“父爱是一部震撼心灵的巨作，读懂了它，你也就读懂了整个人生!”父爱又是一本蕴藏哲理寓言的故事书，里面每个故事都富有人生哲理、生活百味。

父亲年纪大了，阅读的习惯依然没变，还坚持看《掌上永新》每期的美文，总忘不了在美文留言那里，留下感慨。您的睿智，丰富着您的一生。我每次写的东西，您总会先睹为快。

您无尽的爱，如我心中那盏明灯，照亮我前面的漆黑山路。您是我生命里的归宿港湾，一直为我遮风挡雨。父爱如山，不需要任何语言来修饰，却始终耸立在我的生命源头，陪伴着我走过岁月的每段坎坷。

岁月的车辙，早已爬上父亲那宽阔的额头，那痕痕印迹，泛起一种苍凉和悲壮。父亲老了，我长大了，再也不可以骑在父亲的肩头，看璀璨的星空。平凡的您，在事业上没有大起大落，用您平凡的心语，唤醒内心深处的爱，浇灌父爱开花和结果。教诲我，滴水之恩，要懂得涌泉相报。天底下的父母，都希望自己的孩子长大后有出息，望子成龙，厚德载物。

父爱这字眼儿，在父亲的人生字典里，它是耐人寻味而又富有哲理的诠释，可以启发对人生的追求，唤醒心底深处百折不挠的渴望，穿过岁月，为爱出发。三十多年以来，父亲一直在我生命的转折点，给我勇气，给我信心，走过艰难坎坷，迎接曙光。

李清照笔下的："薄雾浓云愁永昼，瑞脑消金兽。佳节又重阳，玉枕纱厨，半夜凉初透。东篱把酒黄昏后，有暗香盈袖。莫道不销魂，帘卷西风，人比黄花瘦。"字里行间道出我的重阳情思，洞悉记忆的窗棂，抚平我淡淡的忧愁。很想每年九月初九，陪在父亲的身边，侃侃而谈过去的人和事、景和物。

长大后，襁褓的依附，变成了远方的牵挂、浓浓的思念。父亲说过的每一句话，都成了我人生中一种高度，一种向往。每次回家，父亲在我离家前，都会为我准备些土特产及老家后山果园的水果。父亲总会把它们塞满我的后备箱。那种奢望，是任何情感都无法超越的。

父子情深，没有纠结的束缚，也没有隔阂的代沟，带着思念和感恩的心。把父爱的种子植在无垠的大漠，经风雨的洗礼，留下片片绿洲。似海如山的父爱，一直流淌在我心里，陪伴着我的过去、现在、将来……

【作者简介】陈圣，笔名木彦，籍贯江西省吉安市，现居广东省东莞市。青年作家网签约作家，文学及摄影爱好者。

红色木箱子

牙向阳

在老房子二层阁楼西面墙边的一个角落里，放置着一个陈旧的落满灰尘的木箱子。

箱子约七十厘米高，方体，显得比较笨拙。由于年代久远，原来的枣红色已然不见，逐渐变成了暗青色，加之已经很久没人使用，布满厚厚的灰尘，左边上沿还被可恶的老鼠啃咬出了一个大窟窿。整个箱子看起来，似乎并不太需要锁头。然而，时光虽荏苒，岁月不蹉跎。纵使浑身乏味、老气横秋，但人们仍然可以从它那四沿微微翘起的角、贴着熟铁皮的四条棱，依稀看出岁月无声中它那种特有的气度不凡、倔强而厚重。老箱子曾经是我们家最值钱、最宝贵的物件，因为它是我妈妈唯一的嫁妆。

妈妈在年幼时就失去了亲生父亲，五岁的她随改嫁的外婆一起来到我的外公家。因出身卑微，加上村里小玩伴们童言无忌，妈妈的童年充满了冷言冷语和各种屈辱。苦命的孩子总是比别的孩子懂事早，命运没有让妈妈退缩，聪明的她很快就学会了谦卑和忍让，加上她特别能吃苦，勤劳懂事，热情善良，很快就赢得了小伙伴们的欢迎，大家成了很要好的朋友；外公更是把她视如己出，疼爱有加。只是谁也不会知道，这个本应该在自己父母怀里任性撒娇的年龄，妈妈却被命运拔苗助长，提前长大，拼命地装出比自己年龄大得多的成熟和隐忍。每天晚上，妈妈等所有人睡着，独自一人想着自己的亲生父亲，躲在被子里偷偷抹眼泪，尽量小声，连外婆也听不到，这是怎样的一个童年啊！虽然外公尽力做出也许连亲生父亲都做不到的关爱，但毕竟血浓于水，在一个孩子的内心深处，还是有一些不同的。

岁月无声，万物生长。女大十大变，妈妈出落得越来越漂亮，而且聪明的她无师自通，学会了唱山歌、编山歌。妈妈虽然一字不识，但山歌的歌词却编得快、编得巧，成了远近闻名的山歌女状元。在那个年代，没有电影，没有电视，唯一的乐趣就来自每天辛勤劳作之余，大家一起等日落，男女老少聚集在村口的老槐树下，歌声此起彼伏，煞是欢喜。一年一度的壮族山歌节，更是藏龙卧虎，高手在民间。妈妈在那个年代，可以说是如鱼得水，似乎一切都变得越来越好。

而那时候的爸爸，是在另一个世界里奋斗着。与妈妈命运相仿的是，爸爸很小的时候就失去了自己的母亲。爷爷是一位红军指战员，献身伟大的革命事业，传奇一生。后奶奶带着六个年幼的孩子，东躲西藏，饱一餐饥一餐。生活太苦，脾气很坏，孩子们在她日复一日的怒吼声中度过了战战兢兢的童年，她的厚此薄彼更是让年幼就失去慈母的爸爸从骨子里对她产生了天然的深深怨恨，那是怎样的一个悲惨童年！

刚十二三岁的光景，倔强而志向高远的爸爸就独自一人从老家勇敢地走向了外面的世界，走进风雨里，去寻找自己的未来。

两个命运多舛的人在各自的不幸中坚强着、寻找着，两颗倔强的心从此不再卑微，他们努力地用自己的双手扼住命运的咽喉，同时也似乎在冥冥之中预示着些什么。

爷爷和外公因共同的革命事业结下了深厚的战友情谊，与此同时，两个饱经苦难和战火的家庭也慢慢地走到了一起。

水到渠成，你家有女初长成，我家有儿未成家，父母之命，似乎一片喜庆。可麻烦事来了，心高气傲的爸爸坚决不同意这门婚约。爸爸是读书人，思想进步，不愿被父母安排，而且他一心向外，发誓不在农村老家娶妻生子，做所谓延续香火之事。他向往外面精彩的世界，要当国家干部，要远离苦生活。意见相左，一时间僵持不下。不过，在那个年代，终身大事，岂能容小子自作主张，这还了得！全村长辈对爸爸百般劝教，让他回心转意，不得造次；爷爷更是先后派出七波人马，再三催促爸爸回家。大喜的日子越来越近，此事当然不能让亲家知晓，那是很不敬的事，弄不好对方一敏感，婚事就黄了。那年头，大家都穷，娶个媳妇可不容易。

双方紧锣密鼓地分头张罗着婚事。妈妈对这边发生的事毫无所知，她在紧张中期待着，想象未来丈夫的样子，少女心充满复杂的憧憬，劳动时的歌声也变得些许忧郁，辛苦的外婆一直鼓励着她。精于木工的外公砍下了家里最大最古老的那棵杉树，又到离村子几十里外的原始森林里找来了一棵原榉木，用自己的毕生所学，亲自一刀一凿地做成一个最好的木箱子，作为女儿的嫁妆，漆上枣红色，漂亮极了。

最后，胳膊终究拧不过大腿，在全族人威逼利诱之下，一万个不情愿的爸爸只好在婚礼的前一天，怏怏地被架回老家，等待迎娶他从未谋面的妻子——我的妈妈。

就这样，尘埃落定，一切从简，一个那个年代典型的新家庭就这样开始了新生活。心里既复杂又简单，半欣喜半落寞。世事谁都难以预料，命运这东西就是这样，周而复始，再强的人也不过如此，还能说什么、做什么呢？简简单单的婚礼，简简单单的婚房，家里最值钱的家具只有那个枣红色的木箱子，箱子里装着两床被子，三套衣服，还有一面新娘用来梳妆打扮的圆镜子。

果不其然，性格决定命运，家庭的温暖泯灭不了爸爸的雄心，还没等第一个孩子断奶，爸爸就在妈妈的眼泪中离开了家，继续他的闯荡。年轻的妈妈带着幼小的孩子，既当妈又当爹，地里的活很多、很累，村后的山上经常有野兽出没，但吓不倒能干的妈妈。那个年代的人都很坚韧，更何况是妈妈！

多年之后，因各种原因爸爸回到妈妈身边，我们兄弟姐妹就这样相继出生了。在老家那几年，爸爸很沉默，酷爱看书的他，把书默默地锁进那个红色的木箱子里，锁住了自己的向往和追求，等待岁月来打开。

妈妈看出爸爸的心思，甚是心疼。有一天，一个招考民办教师的红头文件下到县里，一位远在县教委的亲戚赶紧告诉爸爸，希望他去试一试。爸爸兴奋得一夜未眠，一大早就出发了。望着爸爸离去的背影，悲喜交加的妈妈流下了泪水。

苦尽甘来，在那位亲戚的极力推荐之下，加上写了保证书，爸爸终于光荣地当上了一名人民教师。虽然只是民办，但对于处在黑暗绝望中的爸爸来说无疑是一片光明。更难能可贵的是，这次爸爸得到了妈妈的支持和鼓励。临走的前一晚，爸爸和妈妈谈了一整夜，交代了许多事情。

就这样，爸爸带着自己心爱的书，还有崭新的希望，再次向远方出发。他辗转了好几个小学和初中，一路风尘，没有汽车，没有公路，只有步行，路途遥远，只能一个礼拜回一次家，有时候一个月才能回家。

而妈妈带着五个年幼的孩子，再次开始了孤独的坚守。

五个孩子年纪尚幼，大哥八岁，小妹不到两岁，不能下地帮忙干活。加上田地离家很远，妈妈每天起早贪黑，早早煮好一锅粥，没什么菜，就着一把盐和几滴油，一顿狼吞虎咽之后，妈妈吩咐大哥，让他照顾好弟妹，然后就独自一人去十几里外的地里干活。活很多很累，工具落后，效率极低，妈妈经常一干就忘记天黑，只能借着月光回家。五个兄弟姐妹坐在家门口左等右等，有时候饿着饿着就相互依偎在门口睡着了。精疲力竭的妈妈回家后，一个一个把孩子们轻轻抱上床，然后赶紧做饭、洗衣、喂猪……

那时候，我最深的记忆就是整天都感到很饥饿。妈妈留下的粥实在太稀太少，而且是用玉米头搅拌着玉米粉混着煮的那种很稀的粥，加上没有菜，非常难吃。但是五个兄弟姐妹都很懂事，有得吃就行，一点儿都不嫌弃，只是老吃不饱。不过，除了这个，家里还真的没有什么别的可以吃的了，我们只能拼命地喝水。这样下去，可不行啊！但也不能让妈妈担心，兄妹几个一商量，咱们试着到叔叔家里蹭口饭吃呗。结果，自以为聪明的五个半大不小的孩子，还真的讨到了饭吃，第一次尝到了甜头。嗯，真不错，五兄妹沾沾自喜着。于是，从那以后，每天我们都不请自到，而且每次都非常准时地出现在饭点的时候，分秒不差。

不过，一次还行，可一而再、再而三，人家自然而然地就开始厌烦起来，毕竟叔叔家也并不算富裕。后来，村里的人一到饭点就赶紧把门关上，害怕我们五兄妹这支传说中的饿狼部队，会把讨饭的战火燃烧到他们家。大家暗地里议论纷纷："你看那五兄妹，长得又黑又丑，没出息，又能吃，父母也不管，真是的！"

风言风语后来渐渐传到妈妈的耳朵里。妈妈这才恍然大悟，只怪自己每天只顾着面朝黄土背朝天，居然忘记了家里还有五个年幼的孩子！妈妈偷偷哭了一个晚上。好强的妈妈从那以后，不论多累多忙，中午都赶回家一趟，煮粥给宝贝们吃，我们甭提多高兴了！每当看着我们狼吞虎咽的样子，妈妈强忍住眼泪，背过身去，悄悄离开。

妈妈是个典型的农村妇女，思想传统，中华民族的许多优良品质在她身上得到了最好的体现：温和、谦逊、坚韧、勤劳、艰苦朴素。她非常勤俭节约，珍惜每一颗粮食，粒粒皆辛苦。田地里的每一粒谷子，家里的每一颗饭粒，她都小心地捡拾起来，细心地擦掉粘在上面的泥尘后一一收好。慢慢地，村子里不管哪家有些饭粒掉落地上，那家人无论男女长幼就争先恐后地挤到自家的晒台上，扯着嗓子对着我们家的方向大呼小叫："那个谁谁家的老太婆，我们家现在地上掉有好多米粒啊，快点儿来捡走呀！"话里话外阴阳怪气，谁都听得出来其中那浓浓的耻笑和嘲讽。妈妈似乎并不在意，那些年，就这么在村里人的呼来唤去中，从这家捡到那家，乐滋滋的。家里母鸡下的蛋，妈妈从来不舍得吃半个，哪怕是自己坐月子的时候。肉是不可能有的，那是只有每年过年的时候才会遇到的美事，平时连想都不敢想。所以妈妈的身体很虚弱，留下了许多后遗症，奶水也不足，我们几个兄弟姐妹营养不良，个个面黄肌瘦，长得明显比别家的孩子瘦小。家里的腊肉，是难得的珍馐，妈妈悄悄地藏在那个红色的木箱子里，用她的话来说，就是留着守家，作为压箱底之用。从来就没见过妈妈给自己买过什么新的衣裳，我们几个兄弟姐妹的衣服也是哥哥穿小了给妹妹穿，妹妹穿小了给弟弟穿，一件衣服被五兄弟姐妹接力着穿，到处是缝了又缝的补丁。羞得我常常闹情绪不肯出门，怕遭到同伴们的笑话。

爸爸交给妈妈的每一分钱，妈妈都小心地存着，用一块很旧但很干净的蓝色手绢包了又包，一分都舍不得花。赶集的日子里，镇里的街道上很是热闹，各种商品琳琅满目，让人大开眼界，流连忘返。妈妈有时候也会在农忙的间隙，抽空去赶赶集，卖一卖自己种的板栗和桃李，或者其他农获。毫无商业头脑的她，从来都不会叫卖，只是静静地蹲在那里，好奇地看着这个奇妙的世界。爸爸特地给了妈妈五角钱，交代她一定记得买一碗米粉吃，可是妈妈坚决不同意，说我一个老太婆子折腾啥，饿了看一看别人吃就行了，饭咱家里有，非得要花这冤枉钱干什么，还是留给孩子做学费吧。

终于有一次，忍无可忍的爸爸，带着妈妈到一家米粉店，一手交钱、一手交货地把热气腾腾的一碗米粉端到妈妈跟前，让她坐下来好好吃。爸爸心里显然还暗暗得意着：这回我看你总该吃上一口了吧！可谁也没有想到的是，爸爸刚一转身去买包青竹烟，妈妈就赶紧把那碗米粉端回给老板，并用央求的语气对老板说："我刚刚在家已经吃饱了，这碗粉退给您，您也亲眼看见了，粉咱可是一口都没有动啊，谢谢您了！麻烦把钱退回来给我，好吗？"哭笑不得的老板，从没见过这般模样，他看着诚恳的妈妈，禁不住发出了一声叹息。

虽然日子很苦，但坚强的妈妈却很乐观。那时候最幸福的事，就是每天晚上，坐在高高的谷堆旁边，听妈妈轻轻地哼唱山歌，或者听妈妈讲过去的很多事情，甚至是一些吓得我连茅厕都不敢一个人去上的鬼故事。妈妈讲的这些故事离奇荒诞又不失逻辑，激发了我的好奇心，活跃了我的思维，我想，这应该是我最早的文学启蒙吧，谢谢我的妈妈老师。

生活如此艰辛，没听见妈妈叫过一声苦。她常常对我们说，只要你们好好学习，将来有出息，妈妈再苦再累也感到是甜的，说得我们懵懵懂懂的。这样的艰苦日子实在是太久了，爸爸心疼妈妈，加上那个时候县里财政困难，民办教师的工资都很低，而且转正看起来也似乎遥遥无期，爸爸曾一度想干脆辞掉这个民办老师算了。倔强的妈妈厉声制止了他："你不是一直想走出去吗，怎么现在我都想通了，你反而打退堂鼓了呢？"从那以后，爸爸再也没有说起辞职的事，三尺讲台，一站就是一辈子。

妈妈很少生气，不过也有例外。小小年纪的我，有时难免会调皮犯错，让大人操心。记得有一次，酷爱看连环画的我在数学课上偷偷翻看自己最喜爱的《水浒传》，被旁边的同学告状，结果老师没收了书，严厉地批评了我，还通知了家长。恼羞交加的我在放学的路上把"告密者"用武松拳狠狠打了一顿，伤对方不轻，自损了八百。回到家后，无比失望的妈妈第一次动手打了我一个耳光。我非常清晰地记得，妈妈打我的时候，眼里含着泪花……

童年的时光总是那么短暂，很快地，我迎来了自己的初中生活。我和二哥同时考上了县重点初中，妈妈很是高兴，连续几晚亲手帮我们各缝纫了一套以往新年才能穿上的新衣裳，还纳了两双新鞋。爸爸妈妈早就商量好了，让我们兄弟俩带着家里那个红色的木箱子去学校，把所有的衣物和父母的殷殷期盼装满整个箱子，我们倍感幸福。初中三年，我们没有让妈妈失望，箱子里收藏着我俩不少的荣誉，满载而归。妈妈不认识奖状上的字，但由衷地高兴和幸福。中考那年，我以第一名的成绩考上了重点高中，因和二哥考上不同的学校，我独享了那个红色的木箱子，好生得意。

可是，到了上大学，当妈妈再次让我带上木箱子的时候，看着越来越陈旧的老箱子和同学们崭新时尚的皮箱，我人生第一次感到了难为情。而当舍友们好奇地看着这个造型独特的"传家宝"，发出"啧啧"赞叹的时候，我的心中又不禁感到一阵骄傲。

岁月如歌，五个兄弟姐妹，在风雨中茁壮成长，破茧成蝶，都没有让父母失望。有的经商，有的从事文艺教育工作，有的已担任重要领导职务……大家在各自的领域里恪尽职守、奋发图强，渐渐成为中流砥柱,真正成为父母的骄傲。

如今，我已研究生毕业，当上了一名大学教师，算是子承父业吧。那个伴随着我整个求学生涯的红木箱子，也早已经回归故里，回到了它最初的地方。在搬新家的时候，由于找不到合适置放的地方，加上了它的古老陈旧与新的环境显得有些格格不入，所以就被留在老房子里，放在二层的阁楼上，继续着它的坚守。随着岁月的流逝，木箱子早已芳华不再。时光褪下了它身上的颜色，留下了爱和美好。箱子里珍藏着的是我们兄弟姐妹从小学到大学所有的奖状和各种荣誉，还有妈妈当年梳妆用的那一面圆镜子。

还记得我刚到大学任教的第一年，听到过这么一件事。一个男生，因为害怕自己洋气的女朋友看见自己土里土气的父母，死活不让父母进学校到宿舍去看望他，并催促千里迢迢赶来看望自己的父母连夜坐火车返回甘肃老家，连开水都没给喝上一口。听到这样的一件事，震惊之余，我感到异常的愤怒，立刻想到了我自己那伟大的母亲。诚然，我的妈妈也许比这位男生的妈妈更土更丑，但我从小到大压根儿都不知道什么叫作嫌弃。而且，这一路走来，我一直深深以妈妈为荣，妈妈给予我们的一切爱和她身上所蕴含的一切极为优秀的人格品质，激励着我，穿过风雨，越过高山，跨过大海，成为我最强大的精神支柱和终身榜样。所以，在自己参加工作后的第一个国庆节，也就是我来到学校的第一个月，我就决定接妈妈来好好看看我的工作单位，好好检查我的工作情况，瞧瞧她儿子给学生上课的样子。我还特地在学校的大门口请我亲爱的妈妈下车，和我一起步行进校。我扶着妈妈昂首挺胸地走进学校大门，带着妈妈在风景如画的大学校园里好好地走了一圈，让我的领导、同事和我的学生们都来认识她，好好向大家介绍我最伟大的母亲！看着妈妈百感交集的样子，我不禁流下了眼泪。

自古儿不嫌母丑，妈妈，您是我一生最大的骄傲。一定让这个世界上我最漂亮的妈妈好好看一看自己的小儿子工作时的优秀表现，看一看他是不是已奋斗成了让妈妈满意的样子。

今年春节，我一定回家，咱们一起好好过年。

有一件重要的事，我已想了很久，这次一定好好去做。我要回到我们的老房子，回到老地方，打开那已然度过花甲、正迈向古稀的老木箱子，打开尘封的记忆，拨动思念心弦，阅读故事过往，静听岁月流年。而我最想做的事，就是要轻轻取出那面一直垫在箱底的圆形梳妆镜子——妈妈不用它已经许多年，对着它，我要亲手帮妈妈好好地再梳一次头发。

我想，到那时候，妈妈一定会笑得很幸福，就像当年做新娘时那样美。

因为，爱。

【作者简介】牙向阳，笔名向阳，广西东兰人。广西大学副教授、中国散文学会会员、中国诗歌学会会员、广西作家协会会员、青年作家网签约作家。

身正如莲，行远不辍
——我的一封清廉家书

邵帅

亲爱的父亲母亲：

夏日渐浓，清荫翳翳，路旁池塘中莲花开得正盛，清风荷韵，涤荡人心，难怪屈大夫要“制芰荷以为衣兮，集芙蓉以为裳”。凝视这人间“净客”，我思绪万千，有些话想和你们——我亲爱的父母分享。

亲爱的母亲，您的谆谆教诲早已成为指引我梦想之旅的灯塔。作为一名人民教师，您一直用传统文化的营养浇灌我梦想的萌芽。是您告诉我“耕读传家久，诗书继世长”，让我膜拜中国传统文化的魅力；也是您领我诵读“首孝悌，次谨信”“君子坦荡荡，小人长戚戚”，引领我找寻人生观最初的方向；还是您，在外婆家氤氲的桂花树下，带我翻开《曾国藩家训》，共读曾文正公“做人须清廉、谨慎、勤劳”的训诫；依然是您，我亲爱的母亲，您以老师的身份，在初中语文课堂上，带我品味《爱莲说》中“出淤泥而不染，濯清涟而不妖”的意蕴，领会《诫子书》中“静以修身，俭以养德”的内涵。陶母退鱼的故事，无论何时听，脑海总会浮现童年的温馨记忆；司马君实的《训俭示康》，无论何时读，耳畔总会萦绕您的声声叮咛。您用优秀的传统文化夯实我价值观的基座，让我在浩然之气中自信生长，不蔓不枝。愿您在未来的教学生涯中，为弘扬中华传统美德、传播文化基因，继续贡献力量。

亲爱的父亲，您的言传身教始终是我为人处事的精神标杆。作为一名共产党员，您在我年幼之时离开县城、扎根农村，在豫南山区最偏远的乡镇坚守八年，终日奔波在乡村基层，积极为村民排忧解难，获得“优秀共产党员”的称号。如今调回县城，您仍在为城区规划东奔西走，奔忙在建设一线。在我的成长历程中，您始终教育我要做一名堂堂正正、襟怀坦荡的男儿，面对物欲横流的世界坚守初心，多一些沉潜，少一些浮躁；多一些从容不迫，少一些进退失据。如今，中华民族正经历百年未有的沧桑巨变，而我也正处在人生道路的节点，愿您能继续以共产党员的要求，严格规范自己，争做公仆之模范。如果可以，我期待自己能接过您的火炬，将来有一天也能成为一名志洁行廉的共产党员，秉持心中正气，全心全意服务于民，无愧您的教导。

父亲母亲，十多年来，你们营造的朴实勤俭的家风无时无刻不在呵护着我的成长，为我敲响人生警钟，助我扣好人生“第一粒扣子”，使我感悟到修身正己、心怀家国的重要意义。忆往昔，岳飞布衣粗食，精忠报国，周敦颐勤俭施政，以莲自比；看今朝，张富清坚守初心，深藏功名，黄大发甘当“愚公”，毕生修渠；望未来，我等中国少年生于华夏复兴之际，承于家族父母清廉家风，定当深自警惕，慎之戒之，牢记使命，勤勉学习！男儿不展青云志，空负平生八尺躯！父亲，母亲，我向你们郑重承诺，无论未来我从事什么职业，都将心端身正，律己为公，争做如莲君子，坦迎如磐风雨，不负“自立立人，自达达人”之志。

亭亭清莲，身处泥淖心不染；朗朗乾坤，人间正道是沧桑。诚然，儿子的人生征程任重道远，但我坚信，只要身正如莲，行远不辍，定乘浩荡长风，驰雄关万里！

敬祝

身体健康、工作顺心

儿子：邵帅

2020 年 7 月 25 日

【作者简介】邵帅，河南省信阳市商城县高级中学学生。

妈妈不做客

王长友

三年困难时期，农村人缺吃少穿，但人们也还有偶尔改善的机会，那就是男社员凑份子聚餐，女眷们走亲戚。那时的家庭孩子多，没有带着一大群孩子走亲戚的道理，多半都是家庭主妇单独去，最多带上年龄最小的孩子同行。我的邻居、族亲，一年总有几次应邀到亲戚家做客，他们家也总要来几次客。可是，我母亲却从来不肯做客，也不轻易请客，有时候，亲戚上门来请，死拖硬拽，母亲就是不肯去。我们兄妹都觉得脸上无光。

“你看我这个样子，一件像样的衣服也没有，到人家去会给你爸丢脸面的。”没人时，我们劝妈妈也别太固执，妈妈总是这样解释。是的，父亲去世几年了，妈妈领着我们兄妹四个过日子，全部精力都用来填四张小嘴，还硬撑着让我在镇上读寄宿初中。日子过得太紧巴，父亲去世后她就没有添过一件新衣。没有新衣怎么做客呢？快过年了，我暗暗攒下一笔钱，给妈妈买了一件紫红色的卫生衣，想着妈妈穿在身上做客该有多美，有多挣面子，心里乐滋滋的。星期六回到家，我高高兴兴地把新卫生衣捧到妈妈面前，说这是为她做客买的。

“谁叫你买的！做什么客！给我去退掉！”

想不到妈妈勃然大怒，一个巴掌扇过来。妈妈没多少文化，又常生病，实际上是我这个初中生当家，妈妈对我从来都是很依从的，这一巴掌大出我的意料。我委屈极了，含着泪爬上床蒙头装睡。到底是十来岁的孩子，一会儿就忘了那一巴掌，真的蒙眬入睡了。

忽然，透过妈妈和我们一起用玉米秆编成的隔墙，我听到妈妈在堂屋啜泣，旁边有邻居在劝解。

“孩子给你买件新衣服，好走走亲戚，也是一片孝心，别生气了。”

“我穿了新衣服去走亲戚，后面还要办菜请人家，我这四个孩子吃什么呀！穿什么呀！”说着，妈妈“哇”地哭出声来。原来，妈妈不做客是为了我们兄妹！我的泪水像泉水一样涌出来，赶忙紧紧咬住被角。

等我下一次从学校回来，桌子上整齐地排放着四双已经缝好的簇新的鞋面子：三双黑西贡尼的，是我和两个弟弟的；一双红绸缎的，妈妈还亲手绣上了美丽的花，是小妹妹的。旁边是没有纳完的鞋底。妈妈七月初七出生，是村子里人人尽夸的巧手，从出世的婴儿服到上学的学生装，都是妈妈亲手给我们缝制的。邻居们缝衣做鞋，都夹着布料来找她裁剪，她总是马上放下手里的活，有求必应，分文不取。有说有笑地量呀，画呀，剪呀，忙乎一阵，高高兴兴在道谢声里把求助的邻居送走，临别还关照一句："下次要裁什么尽管来。"父亲去世以后，家里日子虽艰难，但妈妈拆旧改新，总是把我们兄妹拾掇得衣着整齐。特别是每逢新年，总要给我们每人缝一双新鞋。缝新鞋要买鞋面布，因为离镇十几里路，妈妈走不动，又舍不得缺工，很少到镇上去，家里缺什么都是我从镇上买了带回来，所以家里不多的余钱，都在我这里，买鞋面布绕不开我，但这回买鞋面布我一无所知。妈妈怎么有钱买鞋面布的？我赶忙去寻找给妈妈买的那件卫生衣。穷人家就那么点儿家当，我很快把家里翻了个遍，那件卫生衣，那件我惦记了整整一个星期的紫红色的新卫生衣，再也找不着了。

这个新年，我和三个弟妹又都穿上了新鞋。特别是刚刚五岁的妹妹，欢天喜地地到处窜，见人就伸出她的小脚，显摆她的红绸缎绣花鞋。妈妈身上，还是那件她和父亲成亲时自己缝制、已经过了不知多少个新年的棉袄。妈妈还是没有出去做客，我们家也还是没有请客。守岁这天，妈妈把过年分到的一斤四两肉烧得香喷喷的，让我和弟妹们吃了，她自己只啃了块骨头。邻居家的小孩听说我们吃上肉，都很羡慕。原来，他们家分到的肉守岁都没舍得吃，要留着正月里请客哩。

【作者简介】王长友，江苏省社科院研究员，曾任《明清小说研究》杂志主编。20 世纪 90 年代起，多次在俄罗斯科学院学习、访问，与导师李福清院士长期进行合作研究。研究领域包括中国古代文学、俄罗斯汉学、俄藏中国古籍等。

华夏之风

杨福江

都说世事变迁，很多习俗改变，但骨子里的品格与信仰是不会改变的。信仰的是什么呢？是理，是万物依托而和谐相生的圆满，是充实自身服务社会的精神。在中华大地上，山川秀地、日月风露滋养着勤劳朴实的人民，在与大地的朝夕相处、相依相存中，习得了大地承载万物默默奉献的踏实作风。这种朴实的作风真如暖风一样，从先民开始一代一代吹到现在。大地还是那片大地，她所孕育的人民，也保留着她所希望的样子。从现在的性格出发，往前追溯，会发现我们的思想与古人是相通的。

先古的贤人站在大地上，仰望天空，从日月运行中思索万物遵从的规律，探索人心向往的理念，在理念中找到依存的天道。

人人都是天生的思想者，能感受到心的起伏波动，我们也许分析不出深刻的道理，但是可以感受到心灵什么时候是踏实的，什么时候是开心幸福的，什么时候是懊恼悔恨自责的，什么时候是空虚的。当我们向着心灵向往的方向走去，总会找到心灵所寻找的路。

我出生在山东的农村，在泥土的香气里成长，在父母的感染下成人，一切都是自然而然，像细雨一样“润物细无声”。蓝蓝的天空，长长的田垄，面朝黄土背朝天的父母，他们知道一步一步踏实苦干才会有来日的收获，从不怨天尤人。他们把种子播种在地里，小心呵护着它们的成长。父母经常去田里锄草，把杂草堆到路边的沟里，沟里有水湾，青草萋萋，人一过去，便有蚂蚱从草丛里四处乱跳。不远处有一头牛在沟边吃草，不时摆动尾巴，嘴里不停地咀嚼着。不知在哪个角落里响着青蛙的奏鸣，蛐蛐和蝈蝈也此起彼伏地唱着歌。需要浇水的时候，几家邻居一块，互相帮衬。太阳高悬，映照着绿意青葱。清凉的水顺着渠道流出，阳光下清澈见底，把手或脚伸进去，清凉的感觉传遍全身。水慢慢融入泥土，扩展到整片土地。到了秋天，田地里一片金黄，人们都忙着秋收，忙到傍晚，夕阳西下，彩霞满天，人也染上了绯红的喜悦。一分耕耘，一分收获。人与自然，共享欢乐。

晚上家里人一块剥玉米、剥花生，然后开始晾晒，最后入库。有时候凉风一起，飘来大片云彩，接着砸下几滴豆大的雨点，砸在梧桐叶上“啪啪”响，砸在地面土气扬。家里人便赶快收拾起来，以最快的速度盖上油纸，那雨也跟着“噼里啪啦”落将下来。父亲接着再把四周用砖头压一压，院子里已经开始流水，他的裤子也早就湿了。

除了种地，父亲还学了瓦匠活，农闲时去外边干个活。母亲也在闲暇时出去落果子、割芹菜、缝篓子，以贴补家用。家里人一块吃饭的时候，父母总是把好吃的先给老人吃，而老人又会分给我们小孩吃，一家人其乐融融。

我国自古以来就重视教育，从过去到现在，上学都是改变人的命运的重要途径。父母知道教育的重要性，辛辛苦苦攒了钱供我上学。在我上小学的时候，有一次同学们都在争论谁的衣服好看，一个穿着时尚的同学说：“这是我妈刚从城里买来的，最新款，好看吧？”他的衣服色彩艳丽，质地光滑，确实好看，人好像也跟着有了仙气。回家后我跟父母说了这件事，父亲跟我说：“你现在应该关注的是学习，衣服之类的是次要的，穿着干净就好。如果精力不用在学习上，学习不好，穿了好衣服也不会安心，自己有能力，内心自然就立起来了。”确实，人如果没有一项能力，凭什么立在这个世上呢。追求自己所能立的根本，这不就是一生的使命吗？我当时虽然理解得没这么深，但是也能意识到学习是在学校里最重要的事。

《诗经》里边以山作比，以树起兴，自然与心灵从不离弃，我们从自然里找到自我，又在内心里映出自然，淳朴之情从未改变，向善之心一如既往。

只指望别人帮忙，内心自然空虚，做好自己应该做的，这就是理。如果可以帮一下别人，就可以增进双方的感情。立足自己的本分，才能对感恩有清晰的认识，整个社会便可以达到和谐的状态。

“造化钟神秀”，华夏蕴人才，我以生在中国为荣，感受自然雄浑之风与诗书礼仪之气，既有共赴大同之志向，又有百花齐放之胸怀。若还有机会，来世还做华夏人。

【作者简介】杨福江，山东农业工程学院教师，喜欢读书和写点儿文字。

坚定初心　心怀感恩

李磊军

都说泥河人杰地灵，景观荟萃，古迹甚多，遗踪犹存，人勤物丰，依山傍水。即使在曾经那个并不富裕的年代，泥河镇，这个生我养我的地方都给我留下了美好的回忆。在那个充满阳光的地方，有我淳厚质朴与勤劳勇敢的祖辈与父辈，他们带给了我世界上最好的关爱，给予我五颜六色的童年。如今站在时光的这边回望童年，就如同一个绚丽多彩的万花筒，让人心驰神往却又坚定着最初的梦想。

最美的遇见。在二十八年前，刚出生的我遇见了所有这些美好。风景宜人的家乡，朴素善良的父母，团结和睦的家人们，这些都温暖了我整个成长的时光。也许是温暖的怀抱让我感觉到温暖，也许是父亲宽阔的肩膀让我感觉到安全，也许是家人每天关心的问候让我感觉到温暖，也许是每顿按时出现在餐桌上的热气腾腾的饭菜让我感觉到温暖，也许是冬天里的一杯热茶让我感觉到温暖，也许……我想，或许这些都不是理由，这些温暖就是没由来的，镌刻到骨子中、流淌到血液中，即使经过岁月的洗礼也不曾变淡，而是如同陈酿的老酒一般，随着时间的推移而越来越香、越来越纯，有些醉人。父母给我的关爱，就如同这陈酿的老酒，时而清醇可口，时而辛辣入喉，经过时间的酝酿，令人欲罢不能，回味无穷。他们教会了我做人的道理，让我永远记得最初的梦想，在往后的时光中也不曾迷失方向。

高贵的品质。“皎皎玉兰花，不受缁尘垢。莫漫比辛夷，白贲谁能偶？”儿时的泥河镇，虽然并不富饶，却如同一棵洁白而光洁的玉兰树，花儿独自绽放，不受尘埃的污染。玉兰花开的时候，颜色如银似玉，又像雪般洁白无瑕；香气淡雅柔和，清新怡人。即使在后来的时光中，泥河镇取得了飞快的发展，却也始终保持着这种淳朴且高贵的气质。我的祖辈与父辈就是在这样的环境中成长，传承与弘扬了泥河镇的这种高贵的品质。在那个清贫的年代中，他们通过自己勤劳的双手养活着一大家子的人，任劳任怨，就如同无数个朴素的中国农民一样。即使到了如今物质经济高度发达的年代，我的父母亲始终保持着这种清纯与质朴的品质，未曾迷失过方向，永远保持着积极与乐观的心态，并且感恩现在美好的生活。父母的这种品质带给了我深远的影响，让我能够勇敢地面对生活与工作中的挫折，也能够在艰难困苦的时候，或者是取得一定成绩的时候，不至于迷茫与自负，依然能够坚定着自己的初心迎接未来。学会感恩，也是父母给予我的高贵品质之一，感恩美好的时代让我们享有幸福的生活，感恩公司的栽培为我们提供实现梦想的平台，甚至感恩生命中每一个曾经给予我们帮助的人，用感恩的心拥抱生活。

一路走来，直到走出了泥河镇看到了更大的世界，我也未曾忘记父母的教育。不管是和颜悦色的循循善诱，还是耳提面命的谆谆教诲，抑或是横眉冷对的批评与责骂，都让我无比怀念，且终身受益。以前，总是抱怨父亲的老实，不会与别人争抢，即使在受了委屈之后也是一副老好人的姿态。当我长大之后，我明白了什么是和为贵，什么是“退一步海阔天空”。以前，我总是认为母亲很小气，甚至可以用吝啬来形容：买的衣服总是舍不得穿，剩下的饭菜舍不得扔掉，天天批评我浪费水与浪费电。当我长大后才明白，什么是勤俭、环保与可持续发展。以前，我也会抱怨生活的匮乏，没有那么多的玩具，大部分时间都在家的附近与小伙伴们玩耍，小河边留下了我们的足迹。当我长大后才明白了那段时光的宝贵，那是只有在梦中才能回去的宁静时光，藏在我心灵的最深处，舍不得触碰。

回忆儿时，整个世界都充满了父母的身影，每一个冬天都有父母温暖的陪伴，每一个时刻都在温馨的氛围从未感觉到孤单。正因为如此，直到今天我仍然保持着乐观与积极向上的心态，认真对待生命中的每一天，认真工作，享受生活，怀着一颗感恩的心。

【作者简介】李磊军，浙江金之源塑业有限公司会计助理。

静待花开

——国庆中秋双节写给女儿的一封信

滕媛

亲爱的女儿：

明月高空照万家，
儿行千里母牵挂。
又是中秋月圆时，
妈思儿啊儿思妈。

今天是祖国母亲七十一岁生日，也正好是农历八月十五，中秋节与国庆节双节重逢，全国上下喜迎中秋、欢度国庆，举国共赏同一轮明月。可是此时此刻，亲爱的女儿你却远在北京读书，我们一家人又不能团圆过节，已是第二个年头了。海上生明月，天涯共此时，满满的乡愁和相思，一轮明月，寄托着无尽的思念！女儿，妈妈很挂念你。就让我们一起分别在北京、长沙为祖国送上最美好的祈愿：愿风调雨顺，愿山河无恙，家国梦圆！

亲爱的女儿，昨天你来电说，国庆假期，由于疫情原因，你去小姨家过节只能待两天。我想此刻你已经和婆婆、小姨和姨父、妹妹团聚共度中秋了吧？记得代妈妈一起向婆婆、姨妈她们问好。我看到你专门发到我微信的合影了，你和婆婆、小姨一家今天欢聚在天安门广场，庆祝伟大的祖国七十一岁华诞！祖国的天空，是多么蔚蓝；祖国的大好河山，是多么壮观，看着照片上你们欢快的模样，我高兴得眼里充满了泪水，并“嫉妒”着真想到你身边来。今天双节，我和你爸爸还有舅舅一家，也组织去湖南长沙县参观中华人民共和国国歌《义勇军进行曲》的词作者田汉的故居和田汉文化园，当看到来自全国各地的游客在文化园里唱国歌时，我们也跟着一起唱起来了。

亲爱的女儿，月明之夜，妈妈独坐台前，幽幽清辉照心头，牵念着你，我的思绪满满，已回到你去年金榜题名考上大学时的一幕，就像电影回放，幸福环绕得妈妈美美的、暖暖的。2019 年 7 月 20 日，当你在湖南省教育考试网上查到你被中华女子学院金融系录取时，看得出你是多么激动与兴奋。你看得出我们多么为你骄傲吗？为你取得优秀的成绩，为你多年寒窗的辛勤付出，为你一步一步走向成熟，为你的自信和努力！当捷报传来，我激动落泪，感觉那个七月的骄阳燃烧着绿色的希望，那个七月的大地抒写着成熟的喜悦，我的女儿已经长大成人，终将展翅高飞，放飞自我。那时那刻全家人都在为你欢呼，我和你爸爸为你举行了隆重的升学宴会，共同分享你收获的喜悦；在宴会上，当妈妈读研究生时的恩师秦教授以你的名字创作了一幅画《欣然捷报开牡丹，雨露阳光更辉煌》送给你时，你更是激动得落泪了，你抱着我和你爸爸，当众感言，以自己发表的诗《最美最好的爱》送给我们。你知道吗？这是大家对你的殷殷期望。9 月 9 日是你开学的日子，而我们全家五口人在 9 月 4 日就早早抵京，因为那里还有盼着你、等着你的婆婆和小姨。送你入校时，亲友团共九个人以你为中心在中华女子学院校门口集体合影，这张照片至今放在床头时刻陪伴着我。

亲爱的女儿，时光流逝，斗转星移，春去秋来，月圆花开……在大一学年里，你不负韶华，学业成绩在院系排名第三，获得了学校“博学之星”称号，加入了学生会，成了入党积极分子，获得了学校奖学金；通过竞选，又以第一名成绩被学校 2020 年育慧书院录取……每当取得这一项项成绩，你都第一时间给我报喜，听到电话那头高兴的你，妈妈感到很激动。在今年疫情防控期间，你能有新时代大学生的责任和担当，勇敢地参加社区组织的疫情防控志愿活动，为你点赞；你还加入了长沙市作家协会，积极撰写发表了八篇文章；还利用在湘时间，参加毛泽东文学院举办的“青年作家训练营”，并取得了结业证书……妈妈为有你这样的女儿而感到自豪。生活中的你不管在妈妈身边还是远在北京，你的心里话都会和妈妈分享，妈妈能体会到我们母女情深似海，又能像朋友一样情深义重；你远在千里之外，学业很是繁忙，你却很懂事地事先安排好了，让我们每天都在家庭微信群“爱的港湾”里互留信息以保持沟通。亲爱的女儿，妈妈感觉有你这样的女儿很幸福，如今我们就像龙应台《目送》中写道：“所谓父女母子一场，只不过意味着，你和他的缘分就是今生今世不断地在目送他的背影渐行渐远。”现在我和你爸爸感同身受，但是，亲爱的女儿请记住，无论你走多远，身后都有我们的目光一路相随。

亲爱的女儿，黑格尔说，人是靠思想站立的，思想有多高才能攀多高，思想有多远才能走多远。因此，这个世界上最大的力量就是思想的力量。你是个优秀的孩子，妈妈只是希望你珍惜你的大学时光，好好利用你的空闲时间，希望你成为掌握自己命运的独立思考者。就像你录取通知书上刘利群校长的寄语："今天，当你接到了通知书，你的人生也将随之开启一段新的历程。很高兴，我们会在这段新生活的起点会合、相聚。今天，当你踏进校门第一步，映入眼帘的是'崇德、至爱、博学、尚美'的校训，请你用心去品味其中的内涵，做一个明睿的学子，以知性高雅之姿镌刻青春梦想，以公益意识之心铸就花样年华。感谢你的选择，今天，你成了'女院人'，她将志为你我共同的身份，我们将拥有共同的愿景和岁月。"

我们都是生命的过客，静待花开，花开是主人，希望你在中华女子学院的时光成为你一生中最快乐的四年，希望你绽放美丽的人生之花，梦想成真。

搁笔之际，妈妈叮嘱你，天凉了注意保暖。

祝你国庆中秋双节快乐！

爱你的妈妈：滕媛

2020 年 10 月 1 日

（庚子，中秋）

【作者简介】滕媛，苗族，湖南省辰溪县人，系毛泽东文学院第十八期中青年作家研讨班学员、湖南省作家协会会员、长沙市作家协会会员、湖南省散文学会会员。

我和我的父亲母亲

何刚毅

家风在一个家庭或家族世代相传中表现为一种风尚、生活作风，以及家庭成员的精神风貌、道德品质、文化素养，等等。新时代的家风，不同于旧社会的传统习俗，是继承和发扬中华民族历史文化优良传统的体现。

记得有十来年了，那一年春节前父亲打电话对我说："正好今年你也回来过年，今年农村老家准备过家族团年。家乡的老辈都商量好了，上一辈老年人都八九十岁了，有两个辈分高些，但又没文化，都是些老好人。我这辈人中我是长房大哥，年龄也最大，在城里上班退休，还算有文化吧，大家一致推荐我为族长。我想了一下，家族团年那天，你还是要回来给大家讲一下嘛！"听到父亲电话里高兴的声音和充满激情的一席话，我当即表示坚决支持，并说："讲话还是父亲您自己讲吧，我一定回来参加。"父亲非常高兴地放下了电话。

随着国家改革开放，家乡四川眉山的面貌比以前好多了。我的家乡好多在农村的亲戚子女都外出打工了，今年那些外出打工的亲戚子女都要回家乡过年。父亲那一代人，在城里上班的只有他一个人，父亲是在新中国成立那年参加的中国人民解放军，后来调到地方公安局工作。父亲做了四十多年的公安工作，群众基础好，工作成绩突出。其时，父亲已经退休多年了，并经常回到老家村里，关心新农村的建设。同父亲一辈的叔伯共有十兄弟，基本都在农村务农或做生意，父亲任族长是完全能胜任的。

家族团年那天，我们一家人赶去农村老家。农村的变化真大啊！到处都洋溢着节日的气氛，现在路修好已通车了，汽车可以直接开到家门口。以前这段路要走一上午的时间，还要过两道河。想到以前等船坐船过河之前有时休息一下，捡两个石子投向河中清清的水流中，溅起一点儿浪花，开心地笑起来。还有春夏时节，老家那片绿色的秧田、黄色的油菜从开花到成熟，都是一眼望不到头的美景。以前过年回去要吃住好几天，农村的腊肉、香肠、豆花、青菜真是家乡特有的味道。我少年时曾在老家待过几个假期，过年也回去过好几次，对家乡的一草一木都记忆犹新。现在进入郊区道路都是新修的三级乡村公路，近三十年老家的变化真大。在车上与父母谈笑间，才半小时就到了老家生产队。

刚下车，十多个亲戚长辈都上来迎接，父亲在旁边帮我和母亲一个一个地介绍："这个还认得不哟！这个还记得不哟!"边介绍边报着名号，二爷、三爸、四婶都变成老头老太太了！好热闹的场面！

长辈们随着父母亲往里走，接下来是我以前的几个亲戚玩伴，热情地握手递烟。虽说现在生活都比较富裕了，但他们基本上没有太多文化。现在在外面打工的、做建筑包工的、做家具的、开餐馆的、开车搞运输的都很能干，但农村人的本色没变，热情诚恳。家乡人无论长幼都很有传统的礼节。一路上看到的都是一幢幢的自建两层楼房，有的贴了外墙砖，周围竹林还有些印象，现在房前后的果树花草还是很漂亮的，基本都是在原来的地基上建起来的。这家那家的基本都是一个姓。来到以前我们住的四合院位置，房子已经重新改建过了。在原来四合院的地坝中满满地坐了十几桌人，多数是老人、妇女、小孩，认识我的大婶就冲我喊："回来了哟!"我也就作揖回敬，但多数我不认识。家族团年会要开始了，会场虽说布置得很简单，但是众多的族人在一起气氛非常祥和，很快我们也坐下来。

主持人用麦克风向乡亲们高声喊道：大家请安静了，我们何家的家族团年会开始了。

第一项，全体起立。给老祖宗（代表老祖宗的一个斗大的"何"字）行三鞠躬，礼毕。

第二项，请我们何家十三代长房大哥，我们县公安局退休回来的老干部，我们的第一届家族族长讲话。父亲上台讲话声音特别洪亮，父亲是做群众工作的能手，每件事被他讲出来都富有特别的情感和趣味。父亲介绍了这次团年会筹备中的情况及热心的服务人员，回顾了近年来家乡发生的重要变化，如各家建房互相帮助等主要事迹。描绘了今后的打算，讲得很细很好，时不时地爆出热烈的鼓掌声和叫好声。

第三项是介绍家族筹备会成员组成情况，目前由三代人联合组成。主要介绍了家族辈分，现在在做什么，主要负责什么工作，总之有理事、会计、出纳，做事的、跑路的、负责联系的等等，大家都到台上来与族人们见面，我也算是这三代人中的最后一员。重要的是宣读了《家族社员文明公约》十条。大概内容是：

热爱祖国讲究文明；遵纪守法廉洁奉公；

国家兴亡居安思危；勤俭持家互助邻里；

尊重长辈孝敬老人；爱护妇女保护儿童；

文化学习礼义廉耻；加强团结踏实做人；

搞活经济共同致富；树立新风开拓创新。

第四项是为家族中不论辈分、凡年龄在八十岁以上的老人赠送牛奶和礼品。第一个是给九十六岁的高祖辈老人赠送礼品，老人还想前往台上来取，惹来大家阵阵笑声，结果是孙子赶快上来帮助领取了。接着一个个地给老年人赠送礼品。这个活动很开心！大家约定从那年以后，每年都要有这个流程，今后的时间定在清明节。养成家族成员对老年人尊重、关心和敬孝心的习惯。

再一个议程是给考上政法大学的研究生赠送奖状和礼金。妹子很不简单，成了我们家族的第一个研究生。接下来给考取大学的三个学生也发了奖状和奖学金，都得到了族人亲戚的一致叫好。以前很少有人考取大学，近二十年都难得出一个大学生。可这一年就从县里的中学出了三个大学生，全村人都高兴得不得了。那时从农村出来能考取大学真是件了不起的事。记得上小学二年级的时候，我曾在这里的大队小学读过半年书，当时大队小学离住的这地方有三十多根田坎路的距离，教室里全是旧桌子板凳。

最后让我这个远道专程回来的新一辈，也代表小一辈人上去讲几句，我幸好事先查了下网上的信息，于是讲道：一是，家族的起源和发展，根据家族的族谱记载，到我这一代已经是第十四代人了，目前辈分最高的第十一代只有两个人了，最小的第十六代已经有一个了，才一岁不到。现在已经是六代人欢聚在一起了。二是，帮助大家建立一个网站，再建立一个 QQ 群，今后在网上就可以互通信息了。我的发言也得到了大家的热烈鼓掌。

从那以后，每年清明节我们都要搞一次家族团聚活动，到现在已经坚持了十一个年头。我们一家人也是每年都回去。家乡年年都有考取的大学生报喜，有的毕业的大学生已参加工作，现在已有二十三名上大学，还有五名在读的大学生。这就是家族家风的传承。

2020 年清明节，家乡的亲人们也打电话询问，但由于受疫情影响，在外地的亲人们暂停了参加家族清明节的活动。

家庭作为国家的一分子，在长期的历史演化过程中，都会形成独特传承的习俗和特色。

“百善孝为先”这句话体现了中华民族的传统美德，从古至今，贯穿中国文明史的进程，是中国人家风传承不绝的文化根基，是中国家庭文化的巅峰和基石。我们的祖父早在1938年抗日战争中，随川军奔赴抗日前线，与日本鬼子浴血奋战牺牲了。年仅五岁的父亲就失去了父爱。父亲跟随母亲和奶奶在艰苦的岁月中长大。父亲参加工作后，对自己要求严格，一辈子都在忙工作，回到家也是谈工作干劲和工作成绩，虽说心中也想多关心我们，实际上时间是很少的。但父亲的雷厉风行、时间观念、做人厚道、讲究工作方法和原则、老军人的作风，都给我们很深的印象。也许这就是所谓的身教重于言教吧。

母亲一直是家中的主心骨，我从小和母亲在一起的时间最多。母亲总是随时关照我们的生活，让我们吃好穿暖。母亲在我小时就给我讲孔融让梨、一颗花生分成四份吃，因为我有妹妹弟弟。后来又讲过岳母刺字、岳飞精忠报国的故事。每个故事都让我终生难忘。母亲一直很注重对我们的教育和培养，让我做好当哥哥的榜样。还讲过“退后一步自然宽”，常常讲《论语·学而篇》中的道理。当时对“学而”的意思是不懂的，不过我一直是个很懂事的孩子，由于母亲年轻时身体不是很好，那些年常常生病，洗衣服时我也会帮助母亲打井水担水。弟弟妹妹想吃饺子，母亲说如果你有力量把面粉和好，我们就包饺子吃。母亲就在一旁做指导，做好后大家吃得很高兴。那会儿的生活很艰苦，但回忆起来还总是特别快乐。只要母亲身体健康，我们就会得到很好的爱护。回到母亲身边读高中的那两年，我是学校学生会干部，加入了共产主义青年团。只要能帮助母亲做一点儿家务事，都会得到母亲的鼓励。

后来我参军到了部队，母亲也常来信给我工作上的支持与鼓励。在部队时，基本每周要写三封信回家，这个习惯一直坚持到考上军校后才改为一周写一封信。写信应该说是我青年时期最大的快乐，母亲总是会及时给我回信。一个军人无论在部队，在军校，在战场，收到家信应该都是最高兴的事。“家书抵万金”，在那个时代家书比什么灵丹妙药都能解决问题。现在的年轻人很少有这种体会了。随着通信产业的发展，我基本还是保持着那种风格，每过两三天就给父母亲打个电话问候，几十年如一日。后来母亲说：“由于你父亲从小就失去了父爱，虽然以前上班工作很少在家，但他是非常爱你们的。你出生时，是国家困难时期，你父亲为了我们母子平安，还吃过米糠和观音土充饥。作为子女也应该给父母多一份关爱。像你父亲想孝敬你姥爷，从来就没有机会，他有时还在想他父亲长什么样子呢！”就这些平常的话语让我牢记在心。时至今日父母讲过的话，和我们在一起做过的事，都清晰地浮现在我的脑海中。母亲总是我们想到哪里，她就会想到哪里，及时地给我们以指导或教育帮助，往往还是以一个故事或平淡细语中道出真理，让人去思考，这种默契慢慢成就了家庭成员的一种生活养成模式。

我们对儿子的启蒙教育也是从学习《三字经》《神童诗》《好人歌》等开始的。记得儿子六岁那年，他都能熟背这些。回老家过春节，在外面餐厅吃饭，一位客人不经意踢倒了我们放在地上的酒瓶，酒是父亲存放了三十年的好酒，本欲与对方发生争执，但儿子一句：“塞翁失马，焉知非福。”孩子居然用一个典故表明他的态度，让所有大人惊叹，这句话说得好，也让大人们深思得失，从而以谅解出发思考问题，化解了矛盾。凡事为对方着想，这也许就是家风。

家风是一种精神气质的体现，就像一个国家的民族气节显示着它传承的历史文化内涵。良好的家风对家庭家族的传承、民族的发展都起到积极和重要作用。

“自古忠孝不能两全”就是说在国家与家庭两者之间的取舍，其实我们在某些时候就只能选择其一。因为有大家（国家），才有小家（家庭）。这是我们中华民族的美德，家国情怀也是每个家庭和我们每个人的美德。

记得在参加云南老山前线对越防御作战期间，当父母知道我们上前线保卫祖国的时候，他们毅然选择全力支持儿子保家卫国的爱国行动，还嘱咐我要为国争光，英勇战斗。

我和战友们同母亲在一起谈到国家与家庭的问题，母亲说：“天下的父母都一样，谁不为儿女们担一份心。面对国家的需要父母都要支持子女为国出力，自己的担心只能留在自己心头。牺牲了的战士，他们的父母就更加悲痛。现在你们都在都好，我就高兴了！”八十高龄的母亲平静的话语，也让我们深深地感恩母亲的教诲。这就是家风的传承。

无数革命前辈抛头颅，洒热血。他们甚至没有自己的家，但他们有国家。家风就是民族之风。我们的家风要遵循国家精神，树立真正意义上的家风传承。

【作者简介】何刚毅，笔名绿溪，青年作家网签约作家，祖籍四川眉山，现居重庆渝中区，曾创办老山阵地《猫耳洞》报。

农民父亲

许忠贤

2012年1月17日，我永远失去了父亲。将近十年了，但他的音容笑貌依然常常浮现在我的脑海里。

我们老家把父亲叫大。我大病重的时候，很想见我一面。我对电话里的弟弟说，告诉大，让他等我几天，临近过年，等我忙完了边防哨所过年的事务，立即回家陪他过年。我大没有等到我回家，在声声呼唤中离开了人世。得到消息，我跪在为哨所送年货的半道上，面对高山雪岭，压抑着心底的悲痛，泪眼里全是一生苦难的父亲。

我大兄弟姊妹多，生活艰难。我大虽然只念了高小，但胸有文墨，就在县政府担任了通讯报道干事。后来，国家经济困难，提倡家在农村的干部工人回乡务农。我大就打起背包回了家。又在生产队担任了会计，经管着大家的经济账目。青壮年的父亲，身材魁梧，腰板挺直，有着山一样的力量。生产队扛麻包，他一人能扛两大袋，稳步上粮垛，脸不红，气不喘，腿不颤。他虽然舍得力气，农村的条件还是太有限，日子就过得十分艰难。

1978年初中毕业，我考进了省重点中学，却把一副沉重的担子加在了父亲肩上。他说："全公社才考了你一个，我就是累死，也要把你供出学。"

父亲能依靠的，只有生产队的工分和木匠手艺。我不知道父亲是咋挣的钱，反正他每月都会按时给我捎生活费。

高一那年夏天，父亲到学校给我送钱。我发现父亲两鬓添了些许白发，平滑的额头也有了粗细不一、弯弯的细皱纹，那原本挺直的脊背也微微地下躬了些。看着满脸疲惫的父亲，我心里阵阵刺痛，鼻子发酸，泪水盈满了眼眶。他见我难过，说："别担心，困难只是暂时的。"父亲从贴身的衣兜里摸出一沓纸币，塞到我手里说："我做了两担木箱，夜黑来给人家送去了，这钱你先拿着用。"又说："要熬煎屋里，咋都能过，再说我这有的是力气。"父亲拍着自己的胸膛，让我再次感受到了他的力量。我接过钱，父亲脸上显出了一丝欣慰，我觉得薄薄的纸币在我手里十分沉重，似有千斤，想捏紧了，指头像没了力气。“放心吧，好好念你的书，等你出了学，我就能歇下咧。”父亲转身向校外走，我默默跟在后面。

看着那微驼的脊背，我蹒跚的脚步也变得沉重起来，鼻头一酸，眼泪又下来了。父亲的脊背不再像大山，而是像一座碑，上面密密麻麻刻满了艰辛和劳累，也刻满了深深的爱。

高一暑假，我回到家才发现，场院摆了不少碗口粗的木头。从生产队劳动回来，父亲顾不得喝一口水，就脱了上衣，把那些木头压在木马上，躬着腰身，像一只虾。他一只脚踩住木头，一只手握着木锯，另一手在旁边辅助，一下一下地解起木板来。他的身子随着解锯一上一下地抽动着，手一拉木锯，身子就直了，手里木锯朝前一推，身子就弓成了月牙形。解下一块巴掌宽的木板，足足用了半个多小时。父亲“呼哧呼哧”喘着气，头上的汗珠一颗接一颗掉在地上的锯末里，慢慢缩成了锯末团儿，脊背上的汗水，如同下雨一般，弯弯曲曲地朝下流淌。想起父亲日复一日这么劳作，我的喉头哽咽，鼻子发酸。父亲抬头看见了，抹了一把脸上的汗水，望着我说：“我苦些没啥，就是想叫你多学些文化，有出息，以后为国家和社会多做些事情。”

我要帮父亲解木板，父亲想了想，把木头卡在桐树上，换了一把大解锯，我和父亲对拉起来。不一会儿，我的胳膊就酸胀疼痛，失去了知觉。看我费劲儿的样子，父亲“嘿嘿”笑着，说：“算咧，你去树荫下看书去，我一个人能成。”我狠劲儿地摇头，两个人干，毕竟能让父亲轻省一点儿。

一个暑假，我只帮父亲解了一些木板，就上学走了。父亲要把那些巴掌宽的木板，一块一块两面刨光，在侧面打上眼儿，用抹着木胶的木钉一块块拼接、黏合了，做成木箱一个面的大板，再刨光，在木板四周锯出卡锁，刷上木胶，相互咬合粘牢后，做成木箱。然后再刨光，油漆几遍，打磨光亮了，配上锁，才算做成了一只能出售的箱子。那时候，生产队的农活也不敢耽误，只能用生产队劳动之余和晚上时间。做这样的木箱，得耗去父亲大部分的休息时间。

那时，还没有改革开放，做成的木箱也不敢公开出售，卖不上好价钱。父亲忙碌十几天的休息时间，才能做成一只箱子，但只要有人要，哪怕只挣可怜的两三块钱，他也会高兴好几天。

父亲就这样一刻不停地劳碌着，供我上了高中，考进了陆军军事学院。

我当了军官，父亲的眉梢露出了笑意。每年回家探亲和每封信里，他都要反复叮咛：娃呀，要把公家的事当事干，好好干。公家给你发着工资，对公家和别人的钱和物，不管一针一线，还是万儿八千，都嫑眼红，千万嫑伸手，不是咱劳动挣下的，千万不能拿！

父亲的教导始终激励着我，三十多年来，不管在哪儿工作，工作上从没人说三道四，在钱和物上也从来没有过闲言碎语。

披着漫天的鹅毛大雪扑进家门，跪在父亲灵前，刚烧了几张纸，亲友们纷纷上来指责我没有见到父亲最后一面。面对亲友的指责，我无言以对，只有流不干的眼泪和心中的剧痛。但我知道，躺在棺材里的父亲，一定会赞成我的选择，原谅我的不孝。

【作者简介】许忠贤，甘肃省作家协会会员，青年作家网签约作家，上校退役军官，著有《师旅团政治机关工作方法与技巧》、长篇小说《煎熬的鸽子》《天堂画》《我们的队伍像太阳》、中篇小说《找啊找啊找工作》、短篇小说《人武部来了个新部长》，等等。

父亲的心中有一束根

郭传超

清晨，我上学的时候，父亲早已出门了，从我记事开始，几乎天天如此——父亲非常繁忙，忙于一大家子的生计。

家里人多，房子小，客厅就成了书房。一角是圆形的旋转书架，从上到下，整整齐齐摆放着一家人正在阅读的书籍。读完后，有些收进了柜子里，有些归还给图书馆。再忙再累，父亲一回家，就是先从书架上抽出一本，躺在沙发上专心致志地阅读起来，直到妹妹喊道："爸爸，妈妈说可以吃饭喽。"父亲才慢慢坐了起来，模仿着昆曲的腔调，京剧的唱腔，有时又用流行、通俗、美声的唱法，绘声绘色地唱着："尺璧非宝，寸阴是竞……"

父亲的单位，离家两公里，只要不刮台风、不下大雨，父亲要么步行，要么就骑单车上班。他经常笑着对我们说——哪怕今天一事无成，至少步行了四公里，把身体锻炼了，只要身体健康，还有什么梦想不能实现呢？

父亲走路时都会哼着小曲儿，有时在步行的时候，也不知是想起了什么开心事儿，会旁若无人地笑出声来。对我们三个孩子，父亲却是非常严厉，小时候我们姐弟三人，就常被罚站，有时还会挨揍。

父亲那时一个月要上八个夜班，下班后无法马上回家，还得在单位继续处理许多事情。好多次，我中午放学回家的时候，父亲蜷曲着身子在沙发上睡着了，旁边是一本打开的书。那时妹妹还小，刚上幼儿园，经常在家里叽叽喳喳唱个不停，或者我和妹妹拌嘴的时候，父亲像一只几乎要被最后一根稻草压垮的骆驼生气地瞪着我和妹妹，有时也会冲着吵闹淘气的我们轻轻地吼一声——父亲的压力太大了。多年后，当我不由自主地想起那一幕幕的时候，都要情不自禁地泪流满面，饱含着对父亲深深的爱，也是对自己年幼无知的愧疚。

在我还很小的时候，父亲就常常对我们说："只要你们喜欢上阅读和体育运动，我就放心了。"在父亲的熏陶下，家里的每个人都养成了这两个良好的习惯。周末，父亲经常要加班，掌灯时分才回家。吃完晚饭，是我们几个孩子最开心的时候，因为父亲会带着全家出去散步。

正值初秋，雨过天晴，空气异常清新，万家灯火，散发出浓浓的暖意。孩子们走在前面，高兴地小跑着，父亲给母亲讲述一天的趣事儿，母亲不时情不自禁地笑出声来。忽然从我的脚下传出“咔嗒”一声，清脆响亮，坏了，踩到蜗牛了，我顿时傻眼了，条件反射地缩回那只脚，让它悬着，我清楚地感觉到那只充满罪孽的脚，在半空中痉挛、颤抖着。

父亲急忙冲过来，轻轻地把我抱到一边，然后又走向那只被我踩得粉身碎骨的蜗牛。父亲凑近它，借着朦胧的灯光，看见它深藏在坚硬躯壳里的身体，光滑湿润，已经完全裸露在路面上。父亲摇了摇头，轻声叹息着，他慢慢站了起来，低着头，表情严肃，心情沉重，对着那只已经没有了生命气息的蜗牛，默哀一分钟，最后小心翼翼地把它埋进路边的草丛深处。

“记得，走路一定要看路，不要随随便便伤害到路上的小生命，更不要随心所欲地拔草芽、摘嫩叶、采花朵。一草一木，一花一叶，一蚯一蚁，和你们一样，皆是鲜活的生命……”

父亲严厉地教导着我们，语重心长地说：“生活中，如果你们能够像对待自己一样，对待这些水里游的、土里长的、地上走的、天上飞的，我就彻底放心了。”

岁月如梭，我渐渐地长大了，上了中学，读完大学，又参加了工作。年少时那些我还无法完全理解的教诲，时常萦绕在我的耳边，我也一次比一次更深刻地领悟到了父亲朴实的话里，蕴含的仁爱。

初中毕业那年，全球遭遇了一场严重的经济危机。那一年，母亲失业了，父亲就更频繁地加班了。只要一挤出少许的空闲，父亲就带着我们去打球。周末的晚上，还是会坚持带上全家出门，一家五口，谈笑风生，其乐融融。后来，我慢慢发现，这是父亲严格要求自己必须履行的家庭责任。父亲上有老，下有小，一大家子，父亲真是操碎了心啊。父亲就是以这种朴素却深刻的方式，呵护热爱着这个充满酸甜苦辣的家。

一个周六的晚上，我们散步到离家不远的人行天桥上，天空开始飘起了细雨。桥上那些做点儿小生意的人们，纷纷收摊走了。当我们返回时，桥上只剩一位中年男人了，他戴着厚厚的眼镜，镜片上凝着细小的水珠，他摘下来用一块破碎白布拭干，可是刚架上一会儿，又模糊了。地上放着一篮咸鸭蛋，一块手帕大小的纸皮上，写着工整的楷体——五元三枚，纸皮就搁在鸭蛋上。一把黑色油布伞，撑在他的手上，罩着他的一切，斜风细雨，还是浸润了他的衣裳。

到了摊前，父亲笑着和他打了一个招呼，请他算一下竹篮里还有多少枚，我们全要了。中年男人有些吃惊，又重新确认了一遍："还有五六十个吧，你们当真全要了？"

父亲微笑着点了点头。中年男人又问我们家住哪里，无论如何，他一定要帮我们送上门。父亲客气地相让着，最后他提议把这些鸭蛋分装成小袋，我们每个人都提一点儿，既方便又轻松。在父亲的坚持下，中年男人同意了，不停地向父亲道谢着。

路上，我不解地问父亲，妈妈失业了，家里开销这么大，您不是常教导我们要省吃俭用吗？为什么一下子买那么多的咸蛋，我们家又不是很喜欢吃？

父亲停下脚步，面色凝重地望着我，严肃地说："丫头，勤俭持家，当然是对的喽。看看那个人，下着雨，大家都走了，他为什么没走，如果家里不是遇到天大的困难，谁还会雨天在路上卖几个不值钱的咸蛋呢！虽然我们家也陷入窘境，但还没有到雨天摆路边摊的地步，如果能帮他一点儿微不足道的小忙，还有什么可犹豫的呢？刚才，你没看见吗？他的衣服都被淋湿了，再这样下去，可能就要感冒啦——"

听着父亲的话，我的脸上火辣辣的，羞得无地自容。从那时起，我更深刻地领悟了平时父亲对我们的谆谆教诲。父亲的内心深处，仿佛有一束传承了千年的根，在岁月长河中，悄悄地萌芽，生长，开花，结果。

作者简介：郭传超，笔名晓指，儿科医生，全球华人家文化论坛委员会会员。

一入王门学似海，从此文献做伴来

刘平

在我的青春记忆里，有一件事，可以用一句话来诠释——星光不问赶路人，砥砺前行终会成。

一、人生若只如初见：与恩师相遇

与恩师在西大相遇，是我青春里值得回味的一件事。

回想第一次见到王老师，是在大一上学期开学的9月上旬，他在10教的一间教室里，为2014级的本科新生做开学演讲。我至今还记得他在讲台上将朱自清的《背影》重新为我们解读了一遍，那时，刚从高考走出来的我，年少无知，他的解读瞬间震惊了我，让我重新解读自己之前所学的语文课文。

一转眼，到了大一下学期，我第一次上他的课，听他在课上讲鲁迅、老舍、钱锺书、赵树理、丁玲等作家，并分析他们的作品；讲《在延安文艺座谈会上的讲话》，分析政治对文学的影响；传授给我们大学的学习方法，分享他的大学生活、人生经验……这些都让我获益匪浅，以至于每周都很期待他为我们班授课。

一直以来，对我来说，上他的课是一件很享受的事情，他的每一节课都相当于一顿“饕餮大餐”，时常让“饥肠辘辘”的我“酒足饭饱”，以至于在那学期结束时，我心中颇有不舍。

但好在大三上学期，他为2016级的学弟学妹们再次讲授中国现代文学。于是，我便在每周四的早晨，去10教102听他讲课。那年，重庆的冬天是寒冷的，我时常在早上七点起不来床，但去听王老师的课成为我起床的动力。当我重新学习这门课时，发现了自己以前的不足，很多知识都没有掌握透彻，了解也不够深入。当我再次在课堂上听到他为学弟学妹们分享他的大学生活和经验，传授给他们大学的学习方法时，我的心中只有无限悔恨，悔恨自己前两年虚度了大把时光，没有好好珍惜。身边的同学都在为自己的将来做打算，考研或者找工作，而我对自己的未来感到一片迷茫。面对当时的浮躁，我只想认真过好当下。

后来，大三下学期王老师为硕士 2016 级的师兄师姐讲授中外文献经典阅读，我又壮着胆子在每周三的晚上去文学院 308 蹭了一学期的课。我听了几周王老师的课，再次被他对学术的热忱感动，萌生了读研的想法。我深知，选择读研，不是一条繁花似锦的道路，却充满自我确证的骄傲和发现世界奥秘的惊喜。

我很庆幸，在人生的一个重要十字路口，学会了遵从自己的内心，懂得了快乐的意义；在那个容易焦虑的年纪，能够抵达内心的平和。在生命最青春光亮的岁月里，在命运分岔口的徘徊期，做出遵循内心的选择，快乐而坦荡地生活，这就是最好的青春。

二、守得云开见月明：成为王门弟子

希望是我，拜托是我，千万是我，必须是我，熬到最后，一定是我。

不能否认的是，二十一岁这一年，我决定读研，意味着我选择了一种人生。闭关学习的日子，我时常感到迷茫、恐慌，急切地想要寻求一个人生的正解。那时我总是在想：人生怎样选择会更好？工作和科研，哪个更累？后来突然想明白了：不快乐最累。我上王老师的课时是快乐的，听王老师的谆谆教诲时是快乐的，一个人阅读自己感兴趣的文献时是快乐的。渐渐地，我开始沉淀下心，潜心看书学习。内心对一件事的笃定让我变得轻松起来，那就是成为王老师的一名学生。终于，我如愿成为王门弟子，这是我迄今为止感到最荣幸的事之一。

自从决定报考王老师的硕士研究生，我就一直用王老师心中对理想学生的标准要求自己。关于王老师心中理想的学生，他曾在本科生的课堂上明确地提出过三点期望。第一点期望是老实读书。具体来说则是本科生在一、二年级至少阅读一两百本中外名著，在三年级大量阅读学术专著，其中既包括研究文学的专著，也要涉猎哲学、历史、心理学等方面，加起来阅读大约几十本，在本科四年还要看上百篇学术论文。本科四年，我达到了中外名著和学术论文的阅读量，却没有达到学术专著的阅读量。记得面试前几天，我第一次去王老师的办公室见他，一见面他就问我“你看书多不多”，我只得如实相告，承认自己学术专著的阅读量不够，实在惭愧。诚然，读书最好的目的就在于，会发现凭借自身阅读构建起来的小世界，能以体恤的温柔，消解自身的苦难。第二点期望是低调为人。王老师说他希望自己的学生把自己放低一点儿，最好低到水平线以下，我对此理解的是，王老师希望他的学生不要做语言的巨人、行动的矮子。我时常用王老师这点期望来提醒自己，言必行，行必果。第三点期望是认真做事。王老师劝诫学生不能虚度光阴，要找事情做，一旦找到事情做，就要认认真真地做完，既不能半途而废，也不能敷衍了事。这一点期望时常在我耳边响起。

现在看来，如果大学没有遇到王老师，我不会有读研的想法，不会坚定自己的选择。读书和写作都是我喜欢的事，它们让我获得充实，而不是让我焦虑。这样多好，我感到我每天都在往前走；这样多好，我每天醒来都能有动力。或许正是因为这份坚持和笃定，我才有资格进入王门。

三、不忘初心，砥砺前行：向恩师看齐

入王门已逾两载，我对恩师的了解逐步深入。王老师从事学术研究近三十年，回顾这三十年的点点滴滴、风风雨雨，我仍不禁为他的为学为文及为人点赞。

作为一名有抱负的学者，王老师不会只为了评职称而写论文和发论文，他一直教导我们，论文是水到渠成的事情，是要在大量阅读和认真思考的基础上完成的，就像蚕吃桑叶，经过一定的时间消化与吸收后，才能吐出丝来。若是蚕在适当的季节不吃富有水分的绿桑叶，焉能吐出好丝来？王老师曾跟我们回忆，在攻读硕士学位期间，经常每天睡觉不超过五个小时，一般情况下，同学约他出去玩，他都婉拒了。他把时间用在看书和写作上，在广泛阅读的基础上写下了大量的读书笔记和学术论文。其中有两篇论文发表在他所就读的大学学报上，还有两篇论文发表在 C 刊上。王老师在攻读硕士时就能达到现在博士毕业发表论文的要求，与他一直以来的付出和努力是分不开的，在别人睡觉、玩耍时，他依然在做学术研究。

读研期间，我在与王老师的多次交流中，发现王老师在学术观点上有自己的看法，不会人云亦云。王老师曾与我们分享一些关于他的论文被同行攻击的事情，比如前不久有位学者阅读了王老师在期刊上发表的一篇学术论文，不赞同他论文中的观点，于是便撰写文章来反驳王老师的观点。在王老师看来，这都是正常的，应该耐心诚恳地对待学术上的批评和质疑。他不会因为别人批评他的学术观点就因此记恨于人，也不会因为对方是学术权威就妥协，附和对方的说辞，他有着自己的坚持。他一直认为在学术问题上没有对错，每个人都有表达自己观点的自由。在他看来，在学术上，思想观念可以不同，学术眼光和学术格局可以有区别，但研究者的身份没有贵贱之分。他还曾坦言，不怕别人与自己的观点不一样，也不怕自己研究的问题别人已经研究过，他担心的是在学术研究面前，学者没有真话。这才是最可怕的。一旦谎言、谄媚盛行于学术界，学术研究将不再是推动社会进步的主要动力，我们生活的时代最终也会沦为一个悲哀的时代。这般笃定坚持的王门风格，让我现在望尘莫及，只能崇拜地向王老师看齐。

王老师的学术研究早已仰之弥高，钻之弥坚，已成为“长江学者特聘教授”五年的他，也没有停留在过去所取得的研究成果上，他仍在不断地探索和创新，因为他一直没有忘记自己对学术的初心——探索真理、永不停止。正如他曾言：“把学问渗透进生命里面，即使知道自己明天会死掉，今天也要继续看书。”王老师也经常要求我们多看书、多思考、多写作。真可谓一入王门学似海，从此文献做伴来。正所谓高山仰止，景行行止，吾虽不能至，然心向往之。

【作者简介】刘平，四川自贡人，现居重庆，西南大学在读文学硕士，曾获“2020全国青年作家文学大赛”散文组二等奖、重庆市第八届研究生征文比赛一等奖、“第十一届全国大学生文学作品大赛”三等奖、重庆市大学生“校园游子意、浓浓故乡情”征文大赛三等奖等荣誉。本文系重庆市研究生科研创新项目（CYS20142）阶段性成果。

桃花开在心里

南宫素浅

春天，一想到要去看桃花，心里就欢欣雀跃起来。

三月的犹城，有个开满桃花的村庄。村庄很小，一条小河悠然穿过，把村民分成两拨，一拨在这边，一拨在那边。还有一座桥，不知修于何年何月，暂且唤它为古桥吧。当河边的垂柳冒出新芽，细细的腰肢在风里招展，然后渐变成嫩绿再被一刀刀裁剪成狭长状；当房前屋后的小菜园里，突现一片金黄，油菜花的花朵引来不知名的蜂儿青睐时，那座古桥就一下子热闹起来。

从周边的县城或者更远的市里驱车而来的人，让小小的村子变得沸腾起来。哦，他们是来看桃花的，看这河岸的十里桃花。

满目皆是看花的人。

一棵棵桃树上都是含苞的、怒放的，它们有的端然，有的妩媚，粉红粉红的散发出淡淡清香。你看，那含羞带怯的像个文静的小女孩，那明媚张扬的像个开朗的大姑娘，开在春风里，开出喜悦，开出甜蜜。那美，竟丝毫不懂得隐藏，像恨不得使出全部的力气，铺满田野，铺满山林，铺满整个温柔的春天。这一开，让冬日蛰伏的人们走出家门，只为看一眼它们，蜜蜂们也从遥远的地方飞来绕着它们打转。一阵春风吹来，朵朵桃花摇啊摇，那花瓣便纷纷扬扬，花下有穿了花裙打扮得像个小公主的女孩子欢快地呼喊：天女散花啦，天女散花啦！

桃花，真是春天酿出的美酒，醉了蝴蝶，也醉了赏花人一颗颗萌动的心。

被桃花拨动心弦的又何止你我呢？懒洋洋让人发困的春日，杜甫缓步而行，遇一簇粉红，他轻轻地问“桃花一簇开无主，可爱深红爱浅红”。晚开的桃花追不上那芬芳的春，可依旧有自己的风格，白居易默默地怜惜“一树红桃亚拂池，竹遮松阴晚开时”。隐居辋川的王维不再忧虑，山居的美景治愈了他被官场伤透的心，他欣喜“雨中草色绿堪染，水上桃花红欲然”。时间流逝，年华如水，终不敌初见，袁枚想着春后凋谢的红花，赞叹“残红尚有三千树，不及初开一朵鲜”。桃花啊，她是春天的使者，“竹外桃花三两枝，春江水暖鸭先知”；她是美人的象征，“南国有佳人，容华若桃李”；她是满满的忧愁，“风急桃花也似愁，点点飞红雨”；她是淡然的内心，“桃花流水窅然去，别有天地非人间”。

这桃花，在诗人的笔下，穿过时间的洪流，开在这小小的村子，依旧那么娇艳，那么迷人。装点着春天，也装点着我们对美好世界的向往。

如今，桃花已不再是零星地占据乡村的房前屋后。许多城市的道路两侧开始种上桃树，一到春日，桃花齐齐开放，城市都生动了。更有甚者，人们开辟整片荒地，遍植桃树，精心打造成新型的旅游场所。桃花还可做糕点、酿酒，做护肤品，桃花衍生的产品清雅迷人，总能吸引无数的人注目，尤其是女孩子，总是依恋着桃花。

那些故事里，大概，最迷那场桃花笑春风吧？“去年今日此门中，人面桃花相映红。人面不知何处去，桃花依旧笑春风。”两百多年前的那个春天，都城南庄桃花开，独自游春的崔家公子为讨一口水喝，敲开了一户人家的柴门，也敲开了一段美丽的爱情。递水而来的她，轻纱罗裙，红晕醉人，让讨水的崔护痴痴地丢了心神。

这心神一摇曳，便抹不去了；第二年春，他来寻她，却见柴门紧扣，红颜无迹，于是留下诗句，郁郁离开。故事到了这里，凄美得让人无奈，人们终究舍不得这桃花般的爱情戛然而止，于是给了一段美丽的结局：归家的少女见诗后，一番相思，恍惚度日，终撒手而去，崔护无意间得知一切后，前去吊唁，泪洒当场，哪知女子灵魂有感，死而复生，一段刻骨的爱情回归圆满。改编的故事极其唯美，女子也有了美丽的名字：绛娘。舞台上，结尾是十里桃花，一路红装，美丽的绛娘与英俊的公子笑容灿烂。

桃花的故事其实很多很多，女子出嫁，与桃花连在一起，是诗经的“桃之夭夭，灼灼其华，之子于归，宜其室家”，说的是出嫁的女子就像盛放的桃花一样，妖娆动人。东周有美人息妫，因倾国倾城，容颜无双，称桃花夫人，而这桃花般的美貌引发两国交战。还有明末一段才子佳人悲欢离合的故事，女主人公秦淮名妓李香君血洒宫扇，扇面恰是盛开的桃花，像一个女子的热血情怀。

吟咏桃花的诗句，回顾桃花诗篇的故事。我站在这灼灼桃花树下，望着桃花的样子，好像自己也成了故事里的人物——是赏花的女子，还是忧郁的香山居士，或者是落考的崔家公子呢？我是否辗转了三生三世，才在这满树花丛中，闻一朵花的清香。

其实，我是更愿意成为那一叶扁舟沿溪行，夹岸数百步，然后见落英缤纷，误入桃花源的武陵人哪！

春日融融，光阴可人，小小村庄的赏花人依旧舍不得离开，这河岸的片片嫣红留住了他们的脚步，也留住了他们的心。

我，也不舍得离开。这桃花，开到我心里去了。我的心里，也种了一片桃花。

【作者简介】南宫素浅，江西赣州人，90后教育工作者，青年作家网签约作家，喜欢阅读和写作。

三十岁的女人

宋福秀

对三十岁的已婚女人来说，亲情已不再是年少时的港湾，友情也只剩下两三个值得交心的朋友，而爱情也变成了两个人搭伙过日子，三十而立的女人最喜欢夜色包裹着自己，越努力挣扎，越孤独！

——谷月

今天的夜色很美，星辰密布，月光如水，像情人温暖的手抚摸着你。

而我站在如此美丽的星空下，回顾自己三十年的人生，却突然发现身后空无一人，孤独得像一条狗。

“孤独”这个词，百度上的解释是这样的：孤独是一种主观自觉与他人或社会隔离与疏远的感觉和体验,而非客观状态。

建安七子徐干在《中论·法象》中这样阐释“孤独”：“人性之所简也，存乎幽微；人情之所忽也，存乎孤独。夫幽微者，显之原也；孤独者，见之端也。是故君子敬孤独而慎幽微。”

但凡品尝过孤独的人，往往都经历过人生的大起大落，最后才明白热闹是暂时的，而孤独是生活的一种常态。

一、永远缺席的父爱，结婚后回不去的娘家，亲情是守不住的孤独

父亲在我十四岁那年就去世了，十六年过去了，我几乎想不起他的样子。

印象中的父亲总是很忙碌，由于家里孩子多，花销比较大，而母亲又是老实本分的农村妇女，所以养家糊口的重任就落在了父亲一个人身上。

父亲很消瘦，每天骑着他的二八大杠自行车穿梭在各个工地上，哪里缺人就去哪里务工，每逢农活忙的时候才在家里帮忙。

我记得小时候学朱自清的《背影》那一课，朱自清在看到父亲蹒跚地跨过栏杆、为他买橘子的背影时，眼泪不由自主地掉下来。读到这里的时候，我也哭过，因为我也经常看到父亲离家的背影，他瘦瘦的身躯骑在二八大杠自行车上，颤颤

巍巍，仿佛要掉下来似的。

由于长年累月的劳累，父亲的头发过早地花白，背也驼了，每一次看到他佝偻的身影，我都发誓：一定要好好读书，大学毕业后找到工作，不能再让他如此辛苦！

可惜，父亲没等我考上大学，就永远地离开了我们，任凭我哭得撕心裂肺，歇斯底里，父亲再也回不来了！那一刻感觉我的天塌下来了，再也没有爸爸了……

少年时期的丧父之痛，直到多少年都无法疏解，人生中孤独之感也是从那时候开始衍生的，对生死的无助，对未来的迷茫，小小的我纵然有颗坚强的内心，却也抵挡不住万千种对父亲的思念。

后来，我终于如愿以偿考上大学，大学毕业工作五年之后在大城市安了家，曾几度邀请我在老家的母亲过来和我一起住，顺便帮我带孩子，可是母亲总是说在城市住不习惯，又舍不得放下老家的一切，竟然一次也没有答应。其实我知道，是她不舍父亲为她留下的唯一的老宅，这里有很多难忘的回忆。

当我想到这，眼泪流了出来：一直想守护的亲情，离我越来越远，哪怕我拼了命地想要留住，却总感觉无能为力。

亲情是我守不住的孤独，也是我内心里一道蚀骨的疤痕。纵然人生有时真的很残酷，它让你品尝幸福之前先经历苦难，但我依然保持一颗追求幸福的心，在茫茫夜色中寻找未来的曙光！

二、渐行渐远的友情，是人生聚散无常的孤独

年轻的时候喜欢热闹，喜欢交朋友，到哪里去都是前呼后拥、呼朋引伴，哪怕去吃个饭、逛个街，只需要一个电话，就可以约到五六个朋友出来一起玩，一块疯。那时候的日子要多爽就有多爽，要多嗨就有多嗨！

可是随着大家结婚生子，每个人都为家庭忙碌，为照顾孩子忙碌，为工作忙碌，少了与朋友见面的时间，很多人渐渐地淡出了朋友圈，不发说说，不发状态，像人间蒸发一样。

空闲的时候，想和之前的朋友约一下，可是打了一圈儿电话，却没有人有时间陪你聊聊，哪怕只是一块儿喝个茶。

朋友之间的联系越来越少，最后终于不再联系。再翻开之前的电话打过去，却听到一句甜美的声音："您所拨打的电话是空号。"

友谊的小船就这样在各自的忙碌中说翻就翻。

英国伟大的思想家培根曾经说："一个人每逢失去一个朋友，就等于经历一次死亡。而取得新的联系，结识新的朋友，却使我们获得新的生命。"

朋友曾像阳光雨露一样滋养过我们的生命，可是时过境迁，很多人把家庭放在第一位，对于朋友两个字不再看得那么重要，尤其是结了婚的女人，时间都给了孩子和老公，对于朋友就舍不得浪费时间了。

朋友越来越少，结婚生孩子像是一个分水岭，把之前亲密无间的朋友都阻隔在外面，慢慢地不再联系，逐渐淡出彼此的生活。没有朋友的生活倍感孤独，但也只能在夜晚来临属于自己的时间里感慨万千，对于渐行渐远的友谊，虽然内心不舍，但也只能无奈接受。

人生聚散本无常，唯有放平心态，看淡一切缘来缘去。

三、爱情终究抵不过现实，步入婚姻后终归平淡：你娶了我，我却仍然感觉到孤独

还记得《大话西游》中紫霞仙子对至尊宝说过的一句话："我的意中人是一位盖世英雄，有一天他会踩着七彩祥云来娶我。"这句话也曾是无数女人对爱情、对婚姻的幻想，可惜都只是猜中了开头猜不中经过和结尾，就像你永远不知道《格林童话》故事中王子和公主终于在一起之后又发生了什么。

我和老公是自由恋爱，交往了近五年，虽然他对我很好，两个人感情不错几乎不吵架，这样的感情也曾经让朋友们羡慕。不过直到结婚领证的那一刻我都有些担心，害怕自己结婚后过不了想要的婚姻生活。

钱钟书也曾在《围城》里说过："婚姻就像一座围城，城外面的人想进去，城里面的人想出来。"我对这句话真是深有体会。结婚以后，没孩子的时候两个人还能像谈恋爱时一样，可是自从生下孩子后，为了方便照顾孩子，我辞了职在老家带孩子，两个人过着两地分居的生活。

因为有距离，两个人沟通交流问题的时候很不方便，常常因为一些小事闹得不愉快，再加上因为我一个人带孩子，心理上很不适应，那一段时间我常常觉得孤立无援，否定我们之间的爱情，怀疑人生，甚至觉得我不该选择结婚。

步入婚姻，恋爱时的美好时光一去不复返，只剩下柴米油盐、一地鸡毛，日子很平淡，并没有带给我想要的婚姻状态，却让我再次觉得孤单和迷茫。即使后来孩子慢慢长大，我又重新参加工作，两个人之间的这种距离感却没有消失，就像摔过的杯子，一旦有了裂痕就永远存在而无法消失。

在《大话西游》电影结束的时候，紫霞仙子看了一眼护送师父西去的至尊宝：你看，那个人的样子，好像一条狗唉！今夜的我站在夜空下，深陷柴米油盐的囹圄，孤单的样子，像极了被戴上紧箍儿的狗一样的至尊宝。

曾经令人羡慕的爱情，在平淡婚姻生活里像温水煮青蛙，煮着煮着，就变成了另外的模样。虽然不是想象中的样子，但是经过时间的沉淀，这段感情早已开了花结了果，深扎在内心深处，孤独的时候想起，心头仍旧是一段温暖。

四、写在最后

我想，每个人的人生中都会遇到这样的经历：守不住的亲情、渐行渐远的友情、平淡的婚姻，也许，这就是我们一生所要经历的痛苦、无奈和孤独，只有经历过这些之后，内心才能变得强大，面对未来才能更加无所畏惧。

著名作家周国平在《人与永恒》一文中写道：孤独源于爱，无爱的人不会孤独。也许孤独是爱的最意味深长的赠品，受此赠礼的人从此学会了爱自己，也学会了理解别的孤独的灵魂和深藏于它们之中的深邃的爱，从而为自己建立一个珍贵的精神世界。

生命总要归于平静，孤独是人生的一种常态，让我们在生活中学会爱，用力爱，坦然面对孤独，充盈自己的内心，等待黎明到来之时，绽放属于生命的光彩！

【作者简介】宋福秀，笔名谷月，青年作家网签约作家。业余时间读书写作，喜欢写小说、散文。

掌心飘过稻穗香

楚仁君

已是白露时节，天空澄碧，白云悠悠，故乡的田野上一片葱茏。在苍翠的主色调中，阡陌间隔空点缀着一两块金色的稻田，让大地画板上的色彩变得更加艳丽、斑斓。乡村沉浸在这绚丽的世界里，空气中充盈着恬静、安详的气息。

早熟的稻田在一望无垠的碧绿之中，呈现出“万绿丛中一点黄”的别样景致，分外引人注目。兴许是受了那一片金色的牵引，我不由得移步于稻田边，与稻子来一番近距离接触。已有很多年未如此亲近过稻田了，在融入这片金色的刹那间，心中竟掠过一丝欣喜、一丝感动。

稻田不大，却别有一番风仪，秋韵染黄了每一株稻秧，满目都是金灿灿的稻穗。稻秆健硕粗壮，光亮亮、齐斩斩的，如刀削斧剁一般整齐划一，稻叶如剑，直指蓝天。黄澄澄的稻穗颗粒饱满，沉甸甸地随风摇摆，飘散出醉人的芳香，翻腾着滚滚的金波。

我俯下身去，轻轻捋过一根稻穗，放在鼻端贪婪地嗅了一下，立时，稻子特有的那种清香，通过鼻腔直抵肺腑，直让我为之一振。这久违的稻香，还是我记忆中的那缕清香。轻移手掌，让稻穗从掌中滑过，掌中便有一种清爽、滑润的异样感觉，整个手上都有了一股淡淡的稻香，心中不禁涌出宋代诗人董嗣杲“香分天地生成里，气应阴阳子午中”的诗句。

这稻穗，这稻香，是乡村秋天里特有的风物和独有的味道，在喧嚣、繁华的城市中，是难以看到、难以闻到的稀缺什物。岁月不居，时光如流，这稻穗，这稻香，始终是乡村秋天不变的底色和滋味，温暖和润泽着每一个为她流淌过汗水的农民，也驻留和珍藏在每一个天涯游子的心灵深处。

田野的风，吹翻了水稻的结构，也吹动了稻穗的心绪。我踌躇在金灿灿的稻田边，在稻穗的目光里缓缓移动、静静沉思。从稻种被插到田里的那天算起，四个多月的风霜雨露，一百多个日子的蓝天白云。从一粒种子到一株秧苗，再从一株秧苗到一根稻穗，凝聚着农民太多的心血和汗水，正所谓“时人不识农家苦，将谓田中谷自生”。事非经过不知难，未接触过农村、操持过农活的人，很难体会到其中的困苦。小时候，我跟随家兄种过地、打过粮，那种劳累、困顿非一般活计所能比。那时，生产工具、劳作手段还十分落后，种地方式几乎保持在半原始状态，粮食生产过程全都靠双手完成。印象最深的是插秧，每个人都要四肢入泥，累得腰酸背痛、头晕眼花，真是“足蒸暑土气，背灼炎天光，力尽不知热，但惜夏日长”。

当秋天来临时，在那金色的稻田里，一株株饱满的稻穗充满着成熟的喜悦，弯着腰，躬着背，低着头，摇曳生姿，活色生香。这是稻子生命历程里幻化出的又一道奇丽的风景。这看似轻飘的身体里，装载了农民沉甸甸的希望，以至于谁也无法忽略和淡漠由它衍生出的那份深秋的喜悦。沉甸甸的稻穗，是大地呈献给农民的丰厚回报。

稻子一天天走向成熟，空气中到处弥散着诱人的稻香。每当此时，农民便会走向自家的稻田边，俯下身去，轻轻地捋过一根稻穗来，从稻穗的成色、轻重上，估算着这块田地今年的收成。看着金灿灿的稻穗，闻着香喷喷的稻香，农民们陶醉在这秋天的收获中，眼里满是喜悦和慈爱的神采，似乎早已忘却了一年来耕耘的艰辛和困苦。

“柳青蒲绿稻穗香”。当稻子脱胎换骨变成一种被称作米的物质之后，它便像空气一般滋养着人类和人类源远流长的历史。一粒米，是稻子献给人类的庇荫；一粒米，是一种温暖的光泽；一粒米，又营养着人类的肉身和灵魂。世间平凡如我者，每一食，要念稼穑之艰难；每一衣，要思纺织之辛苦。把稻穗恒久地珍藏在我们的记忆里，让稻香深远地飘香在我们的掌心中。

【作者简介】楚仁君，安徽省淮南市寿县人，中国楹联学会会员，安徽省作家协会会员，安徽省摄影家协会会员，安徽省散文家协会会员，青年作家网签约作家。出版散文随笔作品集《古城时光》、历史文化专著《典藏寿春·寿县成语500条》。现供职于寿县文化和旅游局。

壤塘，我生命中一次美丽的邂逅

文建方

一、壤塘，我来了

2013 年 7 月 9 日　星期二　天气：鬼天气

凌晨 4：00，急促的手机起床铃声把我催醒了，紧张地洗漱完毕后，我便在瓢泼大雨中驾车前往成都西边的茶店子汽车站（该车站有发往川西高原阿坝州的长途汽车），到达车站时大约是清晨 6：00，因停车不方便，所以由妻子马上将车开回去了。

因来得太早，候车大厅的门还没有开，我只好撑起雨伞在门外等候。6：30，门终于开了，依序排队安检后，来不及放下行李休息，我就急匆匆地登上了将驶往千里（大约有 540 公里）之外的壤塘县的班车。6：50，在雷声和雨声的“伴奏”中，我踏上了前往壤塘县参加国家财政支农政策培训的旅途。

壤塘，藏语中的意思是“坝子”，是四川省较偏远的县份之一，离青海省班玛县大约有 160 公里，但离成都却有近 540 公里，和大多数人一样，之前我对该地的风土人情、乡规民俗可以说是一无所知。

经过映秀、汶川时，我忽然有了故地重游之感。那是 2013 年的 4 月，我第一次被派往地震灾区——阿坝州的茂县，参加国家支农政策培训，回蓉后写下了《我的会计人生中国梦》，也是我的第一篇文章，受到了网友们的热评。汶川地震的遗迹依然历历在目，仿佛在不经意间揭开了我心深处那隐隐作痛的过往。

一路上，既有触手可及的陡峭石壁，也有郁郁葱葱的秀美山林；既有宽阔平坦的都汶高速公路，也有崎岖的山路；既有奔腾咆哮的杜科河水相伴，更有不绝于耳的“隆隆”雷声壮行。

第一次行进在海拔 3400 多米的川西高原峡谷地带，断断续续的手机信号使我无法随时与牵挂我的领导与亲人取得联系，大约是在下午 6：00 时（车已经开了约 12 个小时），在一个视线稍微开阔一点儿的地方，我接到了目的地壤塘县财政局 L 老师的电话，询问我现在何处。话没说完，信号又没有了，我第一次切身感受到了什么叫“信息孤岛”。看着在泥浆中慢慢爬行的汽车，还有那不停往下泼的雨水，我内心深处不由自主地升起了一股莫名的恐惧。

一路提心吊胆，一路风雨随行，终于在夜里9：00左右，我到达了壤塘县汽车站（说是汽车站，不如说是一个堆放杂货的地方），财政局的L老师早已等候多时。来不及寒暄，我又被请上了一辆越野车，七拐八拐后，我早已经分不清东南西北了，下车时，身轻如棉，只觉得胸闷难受，头疼欲裂。来不及奔向宾馆，直接前往饭馆，我三下五除二将饭菜送到了该去的地方。走出饭馆后，陪同就餐的陆副局长提醒我走路慢一点儿，初到高原地区的人会有不同程度的高原反应。

回到住处后，懒得洗漱，插上电热毯（藏区七月份的夜晚依然冷得很），左脚踢右脚，右脚踢左脚，踢掉鞋子，在高原反应下昏昏沉沉的，我把身体重重地甩在了床上，实在是太疲倦了。

此时，钟表走针指向了23：40。

二、初识壤塘

2013年7月10日　星期三　天气：清晨朝霞绚烂，上午乌云密布，下午大雨如注，黄昏残阳如血

今天是我西行壤塘、开展国家财政支农政策培训工作的第一个工作日。

早上8：00，专门负责我这几天的工作、生活、交通的财政局办公室H主任来到我的住处，陪同我前去吃早餐，随行的还有财政局的其他几位领导。在一个不知名的小餐馆里，我要了一碗稀饭，两个包子，一碟泡菜，他们几个或许是生活习惯的原因，几乎都是清一色的一碗豆浆、两根油条，简朴得让我有点儿惊讶。这一餐，吃出了我对藏区干部由衷的敬佩。

餐毕，在几位领导的陪同下，我们一起步行前往培训的地点——壤塘县人民医院五楼的会议室。行走在中壤塘街上时，我明显地觉得高原反应难受，步履缓慢。到楼底时，我选择了步行爬楼不敢乘电梯，但还是觉得几乎每上一层楼，都会更加难受，仿佛每上一层楼，空气就更加稀薄了，当然也不排除有心理因素作怪的原因。

我张开大嘴、喘着粗气，扶着楼梯，终于爬到了五楼。一个皮肤黝黑、身材高大、双目炯炯有神的康巴汉子迎上前来，伸出一双大手与我紧紧相握，旁边的何主任连忙向我介绍了他——壤塘县财政局的Z局长（一个曾经在四川省财政厅

挂职锻炼了两年的优秀共产党员，一名非常优秀的藏族干部——这是在经过几天接触后我对他的评价）。

9：00，参培人员分别在主席台就座，台下坐着的有壤塘县财政局、农业局、审计局、科技局、林牧局以及各乡镇分管涉农工作的各级领导。培训开始前，由Z局长亲自主持了一个简短的开幕仪式，既讲到了省财政厅和阿坝州财政局对壤塘县国家财政支农政策培训工作的关心与支持，又强调了培训期间的工作纪律。

开幕式结束后，我就正式开始了我的培训课题。

中午吃工作餐时，Z局长特别向我介绍了在藏区工作、生活的一些注意事项，我受益颇多。尤其是与藏族同胞交流时的注意事项，我谨记于心。

顺利地完成下午的培训课题后，我应邀到一个朋友在壤塘县开设的具有浓郁高原藏家风情的农家乐参观。

刚一就座，热情好客的主人就端上来一盘热气腾腾的手抓牦牛肉。顾不上斯文，我左手按住还有点儿烫手的牦牛肉，右手用刀切下一小片，蘸上辣椒面，送入口中，那感觉真爽，美哉！随后，又喝了主人推荐的第二道特色产品——牦牛酸奶子。

从农家乐出来时，经过一座石桥。桥下，浑浊的河水从山间直奔而来，气势如虹；回头西望，已是云开雾散，一抹残阳如血。

三、一个不好的消息

2013年7月11日　星期四　天气：阴晴不定

今天是我西行壤塘工作的第二天，为给明天的课题做铺垫，我临时调整了培训课题，增加了1996年7月财政部出台的《会计基础工作规范》这个典型的会计专业法规。

讲解时，我结合村集体经济组织"村级会计核算委托制"之下的一些基本业务，有机地穿插了一些案例进行讲解，收到了较好的效果。

中午吃工作餐时，财政局张局长对我说了昨天一天以及今天上午听课后的感受，尤其是听了"一事一议筹资筹劳暨财政奖补政策"后，听课的其他学员都觉得工作的思路更加清晰了。

席间，性格有点儿腼腆的陆副局长跟我说起一个现象，就是长期在藏区高原工作的人退休以后回到内地，有的人会因为醉氧犯上肺病、心脏病，严重的可能退休后几年就会去世了，这不禁让我对在藏区工作的人感到敬佩。同时，他们告诉了我一个不好的消息，都汶高速路被泥石流阻断了，我回家的路暂时不通。

下午讲课时，有的学员精神状态欠佳，于是我就利用中间休息时间，从中西方历史、地理、宗教等角度结合讲解了会计学的前世今生与学科前沿，他们听得津津有味，不时掌声四起。

总之，今天的培训工作非常顺利，除了折磨人的高原缺氧反应和归途受阻的坏消息。

四、无言的等待

2013年7月12日　星期五　天气：跟我的心情一样

按计划，今天是我在壤塘县财政局讲课的最后一天，今天要完成的课题是“村集体经济组织会计核算”和“村集体经济组织财务管理”。

由于这次前来接受培训的涉农干部中有相当一部分是非会计专业出身，因此我讲得很细，除了PPT课件外，我还写板书讲解，同时还结合了涉农工作中的一些经济业务做案例。他们听得非常认真，笔记也做得很详细。

讲完“村集体经济组织会计核算”，中途休息时，壤塘县财政局的张局长来到讲台前，给我说了一些感谢之类的话，原本计划今天的工作结束后他要做总结性发言，但因县委有个紧急会议，所以只好先行离开了。

身材壮硕、皮肤黝黑的Z局长是一个典型的康巴汉子，当年组织上为了培养他，派他到四川省财政厅学习、锻炼过，回到壤塘后，他把自己的一腔热血奉献给了这片曾经养育过他的多情的土地。与Z局长的简短交流中，我还知道了一件事，他说，他们这个地方的干部，最需要的除了国家的政策，还有知识，尤其是专业知识，这次来听课学习的基层干部中，有的来自离县城很远很偏僻的地方，他们有的是先骑一段路程的马（有的地方不通车），然后再到公路边乘车来到县城学习。

接下来的主讲课题是“村集体经济组织财务管理”，我重点从财务管理建章立制方面进行了讲解。

完成“村集体经济组织财务管理”后，就意味着上级领导交给我的西行壤塘进行国家财政支农政策培训的使命顺利结束了，我就在同志们热烈的掌声中起身离开了培训授课的会议室。

晚餐时，他们告诉我，道路依然没有抢通，除了等待，还是等待。

五、女售票员

2013 年 7 月 13 日　星期六　天气：很糟糕

按照原来的计划，我应当于今天清晨 6：30 正式踏上回蓉的归途，然而电视上传来“7 · 10 泥石流”地质灾害新闻，迫使我不得不坐困愁城，不知是什么原因，这几天这里只有通信讯号没有网络信号。昨天夜里，一声炸雷响后，竟然连电也停了，电视看不了了，手机里的电也所剩无几，我再次遭遇了“信息孤岛”，心里一着急后，高原反应似乎更加严重了。

窗外的雨，赌气似的使劲儿往下倒，“隆隆”的雷声似乎不把天捅个窟窿就不罢休，一切，都让我气恼。下午，雨小了，我决定抱着碰运气的态度，亲自前往壤塘县汽车站，去问询外面道路抢修的消息。撑一把雨伞，雨雾蒙蒙中，一个人在陌生的街头，只为了心中那一丝的希望，默默地前行着。当然，我不是一个人去的，因为与我随行的，还有一个叫“高原（反应）”的“朋友”　。

我也不知道究竟走了多久（高原反应严重，走得很慢，加上又在下雨），总之，好不容易到了车站，站立了几分钟，平心静气后，到窗口一问：“你好！请问壤塘发往外面的班车通车没有？”

女售票员看都不看我一眼，头也不抬，回答道：“我哪个晓得，等通知！”

据说，从 7 月 15 日起，到 7 月 18 日止，新一轮的强降雨会再次光临包含川西高原在内的很多地方。

……

按照上级领导的安排，7 月 19 日，我的讲课地点应当是四川省江油市财政局。

六、别了，我记忆中的壤塘

2013 年 7 月 16 日　星期二　天气：上午碧空如洗，下午风雨肆虐

屈指一算，我来到壤塘已有 7 天，正常的工作结束 4 天了，这 4 天里，我一睁眼就想知道都汶高速公路抢修的消息。

上午的时候，与省财政支农政策培训师资库的领导王主任汇报了这边的工作情况，并告知了自己的困境与担忧，领导安慰我，说不要担心，省财政厅会与阿坝州财政局联系，由州财政局负责协调安排我的行程。这样一来，我心里多少踏

实了一些。

下午 6：00 左右，瓢泼大雨再次从天而降，天气预报说的从 7 月 15 日起到 7 月 18 日止的新一轮强降雨果然如约而至了。伫立在窗前，我心里默默地祈祷通往外面的路不要再塌方，更不要再有泥石流。

晚餐时，H 主任告诉我，说他们接到了阿坝州财政局的通知，明天早餐后如果雨不大，就由壤塘县财政局派专车送我到马尔康（阿坝州财政局所在地），然后再由小金县财政局派车前来接我到小金县。听到此消息后，我心里竟然升起了对朝夕相处七天七夜的壤塘的一种难舍的情愫。

七、漫漫人生路，潇潇风雨情

2013 年 7 月 17 日　星期三　天气：雨一直下

或许是兴奋过度吧，昨夜我几乎彻夜难眠，6：00 左右就起床收拾行囊，为作别壤塘再踏征程做准备。

早上 8：00，与何主任一起吃过早餐后，我便在细雨蒙蒙中作别了壤塘，踏上了前往 300 公里外的小金县的征途。

驾车的是一个藏族同胞，X 师傅，一个看上去同样很壮实的康巴汉子。

一路风雨兼程，浑浊的杜科河奔腾咆哮不已，坑坑洼洼的路面和突发的泥石流捣蛋似的阻挠行程，在山腰“掏出”的公路时不时有急弯呈现，加上康巴汉子粗犷的驾驶技术，让我觉得有如电影《一九四二》中逃难般的感觉。

中午时分，我们终于到了马尔康。几分钟后，小金县财政局派来接我的 W 师傅也与我们在州财政局会合了。简单的寒暄几句后，我们便在一个小餐馆里安慰了各自的肚子，紧接着便“挥手自辞去”。虽是初来马尔康，我却来不及细细地品味它的“容颜”，就上了王师傅的越野车，踏上了转赴小金县的征途，X 师傅则又回壤塘去了。

虽然通往小金的道路比起进出壤塘的道路好多了，但我还是在翻越海拔近 4000 米的梦笔山时再次遭遇了高原反应，胸闷耳鸣，到了山巅，极目四望，雾茫茫的一片，仿若仙境。翻过梦笔山后，越野车一路下行，我则是一路昏睡。下午 2：30 左右，经过当年红军长征时的两河口会议纪念馆后不久（估计是在 4：00 左右），终于来到了小金县，入住在小金宾馆，这里条件好多了，没有高原反应，还有 WiFi，简单洗漱一番后，我便倒在床上呼呼大睡。

好像是6：00左右吧，小金县财政局的H局长和L副局长来到我的住处，陪同我一起前去晚餐，晚餐的地点就在宾馆不远的一个小饭店，吃得简朴但聊得兴意盎然。也许是路途遥远、身受舟车劳顿之苦的缘故，浅饮两杯啤酒后我就浑身乏力，只好提前离席而去。睡意蒙眬中，不忘致电妻子，告知我已提前一天平安抵达小金县，同时也向上级领导汇报了我的行程。

【作者简介】文建方，高校教师，青年作家网签约作家，四川省财政支农政策培训师资库成员，中国总会计师协会会员，全国会计专业技术资格考试阅卷教师，“十二五”职业规划教材副主编（2014）、高等院校“十三五”规划教材主编（2016）、高等院校“十三五”规划教材主编（2019），荣获“2020·全国青年作家文学大赛”散文组一等奖。

故乡的云

伞秋月

蒲公英

奶奶是牵线的人，介绍我认识了蒲公英。小时候，春天来了，奶奶常常带我去离家不远的田野里挖野菜。我认识了各种野菜，蒲公英、荠菜、蕨菜、水芹菜、小头蒜、刺嫩芽……它们是春天的恩赐。

这些野菜的口感各不相同，而我，最喜欢的是苦苦的蒲公英。

它们不怕冬，躺在雪被子下面，甜甜地睡着。等到雪化的时候，等到太阳在它们耳边轻声说“小懒虫，醒醒了”的时候，它们醒了，慵懒地伸着腰。

奶奶带着我，挖这经冬的蒲公英。大人们说，经冬的蒲公英最有营养。记忆里，经冬的蒲公英味道更苦一些。

没了大地的滋养，它们很快变得憔悴，没精打采。不怕，到了家里，接一大盆清水，将它们放进去，用不了多久，它们又变得神采奕奕的了。

有时候，蘸着酱，我能吃掉一盆蒲公英。妹妹看到我大口大口吃蒲公英，说我像个食草动物。我是属羊的，可能注定了我爱吃“草”。

蒲公英感谢太阳送给它们的光明和温暖，捧出一朵朵鹅黄色的小花，高高举过头顶，很是真诚。我也喜欢这些小花，将它们一朵朵摘下，用细长的草叶把它们扎成一束，别在灰色篮子的衣襟上，篮子的生活变得诗意起来。

折花的时候，有白色的汁液蹭到手上，干了以后，就变成一块块难看的灰色，要好几天才能洗掉。那时不明白为什么会这样，现在想来这是它们小小的愤怒吧，怪我拿走了它们送给别人的礼物。

过了一些日子，鹅黄色的花变成了白色的绒球，那白色的绒，是世间最轻盈的翅膀，承载着世间最重的使命，带着蒲公英的孩子闯天涯。

过不了多久，一个个新生命在太阳的召唤下，在风的召唤下，在雨的召唤下，冲破泥土，来到这世上，开始它们的人生。

过了春天，蔬菜就多起来了，我和奶奶就不去挖蒲公英了。没有如我和奶奶这样的人打扰它们宁静的生活。

夏去秋来，秋去冬来，再到春天的时候，我又和奶奶到田野里挖蒲公英。一年又一年，我从小学生变成初中生，变成高中生，变成大学生。

后来，离开故乡，到了大城市。大城市里的楼多，路宽，路边和公园里尽是修剪得很精致的树和打理得很好的草坪，里面少有闲杂“人”等。

来到扬州，发现小区的草坪上竟然有蒲公英，又担心地域差异，不敢吃。可后来还是没能管住一颗贪吃的心。这里的蒲公英也还是苦的，只是没有故乡的苦。

此后，每个冬天、春天，我又开始挖蒲公英。等有了孩子，我又带着她们去挖蒲公英，就像当年奶奶带着我一样。奶奶再带不动我去挖蒲公英了，她九十五岁了。

在故乡，蒲公英的名字叫婆婆丁，我觉得还是叫婆婆丁亲切。

远行

打开百度导航，从我现在住的地方到老家，有两千公里，不眠不休，不塞车，要开二十四个小时。有一辆从我这到家乡的直达火车，要坐二十七个小时。这么远的路，在 2013 年以前主要是我回去。

直到 2013 年春天，妈妈说要来看我，顺便给我的小女儿过一周岁生日，更让我吃惊的消息是她会带上奶奶，八十九岁的奶奶。

奶奶的身体说不上有多糟糕，因为走起路来，还算稳当，不拄拐棍。做过白内障手术的眼睛看东西还算清楚。如果你稍微大点儿声说话，她也听得清楚。最主要的是头脑特别清醒，没有一般老年人的那种糊涂。她的身体像一部年久失修的机器，没有修复的可能性。她每天吃很多药，管心脏的、管胃的、管头晕的、管关节的……她不识字，但是每种药的用量、吃的时间记得一清二楚。

我一直希望奶奶能来我定居的城市看看，现在终于有这个机会了，我欢喜得不知如何表达。欢喜过后，是一连串的担心：万一她在路上发病了怎么办？她能在车里待二十多个小时吗？小姑姑是她的贴身“护士”（小姑长年照顾奶奶，知道奶奶发病了打什么针，但这次她没有跟来），如果到我这里生病了，我能照顾好吗？

不过一切的担忧都抵不过欢喜，我一想到年老的奶奶有朝一日能跨越两千公里来到我的身边，是件多么令人开心的事啊！

终于，奶奶到了。一见到她，我就紧张地问：“有没有觉得不舒服？”她笑呵呵地看着我，用熟悉的音调说：“挺好，没难受。”

我住的地方没有电梯，恰好奶奶也受不了电梯上升和停下时的那一颤，那会让她的头和心脏都觉得不舒服。奶奶抓着扶手，一个台阶一个台阶地上，走两层就停下歇一会儿，我跟在她旁边，防止出问题。终于到我住的六楼了，进屋后她先到各屋子转了转，然后又到阳台上转了转，嘴里不停地说：“这大房子多好！”我买的是顶楼，楼上带一个阁楼，这样就显得房子很大。

休息了一天，我带奶奶、妈妈去了瘦西湖，大大的瘦西湖，累坏了奶奶的腿，我们只逛了一半便回去了。隔几天又去了茱萸湾动物园，恰好来了一只长颈鹿，站在高大的长颈鹿下面，我们像小矮子。我买了长颈鹿爱吃的胡萝卜，递给奶奶，让她举起来喂长颈鹿，那场景我真是无法忘怀。奶奶说：“瞧这大长腿和长脖子！”奶奶出来的机会极少，电视中的东西在生活中真实的样子她看得不多。

在茱萸湾时我们拍了一张大合影，奶奶、妈妈、姐姐和姐姐的女儿，我和我的两个女儿，一共七个女性。老公开玩笑地说：“七朵金花。”奶奶笑眯眯的样子，真像一朵美丽的花。

我们还去了趟东关街，想让奶奶感受下古老的淮扬文化，吃点儿地道的淮扬小吃。还真是不错，奶奶从头走到尾。这条街道是老扬州人的精神寄托，我希望奶奶走这一趟，也能像这条老街一样，还能抵得住风雨的冲刷。

奶奶活动最多的地方还是我们的小区，从小区的一期走到小区的二期再到小区的三期，来来回回的。当时恰逢四月，小区里开满了各式的花，一条一条像喷泉的迎春花，一树一树像晚霞的海棠花，五颜六色像蝴蝶的樱花，鲜红如火的杜鹃花，奶奶看到了，总说：“这花开的，不像咱们家那边，秃溜的。”其实老家不是没有花，是花期没到，四月，这边繁花似锦，老家那边只有不怕冷的果树上有寥寥的几个花苞。

一个月时间很快到了，她们要回去了。临走时，妈妈说：“你奶没待够呢。”我说：“以后再来。”奶奶说：“有今儿个不知道有没有明个儿。来一回，知足了。”

今年暑假回老家，陪奶奶待了一个月。回扬州后，小姑来电话，说她问奶奶还想不想去扬州，奶奶说：“去看看也行。”小姑说，如果奶奶明年精神头还不错，她考虑再带奶奶来我这儿看看。

明年，奶奶就九十五岁高龄了，我希望她还能来。

老屋

孩子们马上又要放暑假了。

这两年一到暑假，都会带孩子回老家，和她们的姥姥、太姥姥待上二十多天。只是今年受疫情影响，恐怕回不去了。孩子们听说了，小脸上露出失望的神情。

这两天老家大雨不断，母亲来电话，说院里又积水了，屋里也进了一些。老屋是20世纪80年代初建的，平房，四合院类型的。从前，我们还小的时候，老屋里人来人往，很是热闹。后来，我们去各地求学，长辈中又有人去世了，老屋渐渐冷清下来。现在，老屋里只剩下母亲一人。给她买了楼房，可是她多数时间仍在老屋里度过。

老屋周围也都是平房，但建的时候地基打得很高，于是，老屋成了最矮的。天晴日暖的时候还好，到了下雨的时候，因地势低，水积在院里出不去。这里一洼，那里一洼。看着院里的水，母亲生出一个好主意——养鹅，顺带着养几只鸡。

几十年的时间，老屋已经衰老沧桑。

前排的房子不住人已经很久，外面墙壁裂了一条巨大缝隙，母亲用粗壮的树干顶着。墙根儿，各种各样的野草成群结队地长着。夏天绿，秋天黄。

后排的房子，母亲住着，大部分门窗都还是当年的，上了年纪，胳膊腿都不太管用了。窗子推开可能就关不上了，门也错位了，关不严。墙壁，只有母亲住的房间还好一些，其他墙壁，轻轻一碰，就会有石灰掉下来。

这两年回老家，都住在给母亲买的新楼里，但隔两天就跟母亲回一趟老屋，各屋里走走，然后找一个当年的凳子，在院里寻一处阴凉的地方坐下。静静地看着老屋，耳朵里传来母亲的说话声，偶尔回应一声。

陪伴我长大的老屋，就像我的亲人，让我有一种难舍难分的感情。看到它衰老的容颜，总是有一种淡淡的忧伤。

老家这几年拆迁，差不多就剩下老屋所在的西北角还没动，似乎被遗忘了一样。传过几次拆迁的风声，最后都没了动静。我很矛盾，既不希望它被拆掉，想着它陪我长大、陪我到老。又希望它拆掉，这样母亲就可以安心地住在楼里。

老屋，亦如那慢慢走向西山的太阳，伴着我的母亲，守在那个名作果实之乡的小城市。我只愿日子长久，老屋长久，母亲长久。

咖啡

今日霜降，最近的温度让我们感受到了初冬的寒意。羽绒服早已经伴我左右。

冲了一杯咖啡，热水刚冲下去，微微的苦味夹杂着丝丝甜味随即飘向空中。谈不上有多喜欢咖啡，只是一种偶尔用来调剂味觉的东西罢了。但是母亲却喜欢咖啡。

母亲是个农村人，结婚前做着所有农村孩子该做的事。结婚后，和父亲、爷爷搬到一个小县城里，先做了几年小买卖，攒了点儿钱。后来流行去俄罗斯，加上家里当时欠不少钱，母亲和父亲便和亲戚去了俄罗斯。

冬天的俄罗斯比老家还要冷，母亲和父亲在一个叫伊尔库茨克的城市租了一个摊位，卖生活日用品、衣帽鞋袜，这些东西都是从国内进的。那么冷的天气，人都快冻僵了。母亲看到许多人都去买一杯东西喝，于是，她也去买了一杯，深色的，像汤药。喝一口，开始有一点儿苦，后来是甜。

喝着喝着，喝成了习惯。后来，每当她回国，都会带几盒俄罗斯咖啡给国内的亲朋好友。

十年后，母亲回国了，因为父亲病了，需要人照顾。冬天喝咖啡已经成为她寻常的习惯，带回来的那些喝完后，她就让还在俄罗斯做买卖的朋友给她寄。后来，发现家这边的进口食品店也有俄罗斯咖啡，就从家这边买了。

这两年，每到冬天，我就在淘宝上买各种牌子的咖啡给母亲，母亲喜欢口感甜一些的。这两年她开始养鸡鸭鹅。一入冬，我的脑海中就浮现出那样一个画面：她看着满院子跑的鸡鸭鹅，手里拿着一杯冒着热气的咖啡，看一会儿鸡鸭鹅，喝一口咖啡。有时，她要给鸡鸭鹅准备食物。我又想象：她蹲着和玉米面，旁边的小凳上，一定放着一杯冒着热气的咖啡。我不知道咖啡进到口腔的那一刻，她会不会有一点儿恍惚，想起在俄罗斯苦乐参半的日子。

也许该给母亲再买些咖啡了，一天中最热的阳光也已失去了温度。

快递

正在上课，手机震动起来，扫了一眼，是母亲，挂了。没过两分钟，母亲又打过来。学生们在写作文，很安静。我先挂了电话，然后走出教室。走到一处安静的角落，打电话给母亲。

“刚才怎么不接电话？”母亲问。

“今天有课，现在是上课时间。”我轻声回答。

“哎呀，忘了你今天上课了。”母亲声音里带着点儿后知后觉的歉意。

“没事，什么事给我打电话？”我问。

“就是想问问吃的收到没有。”母亲问。

“到了，昨天很晚才到，当时一收到快递短信我就去拿了。”我回答。

“变没变味？”母亲寄了一只乡巴佬熏鸡和两份熏干豆腐。这两样家乡美食是我的最爱，回东北，总是吃上许多。之前扬州温度较高，母亲怕这些不含防腐剂的食物会坏掉。听说最近扬州降温了，母亲就赶紧寄来了。

“没变，就是那个味，昨晚吃了一整份熏干豆腐，乡巴佬鸡还没舍得吃。”一想到那美味的食物，我的嘴巴就忍不住分泌出口水。

“那就行了，等过几天再给你邮，你姐说快‘双十二’了，快递忙，万一给积压住了，就该坏了。”母亲说。

“嗯嗯，是的，等过段时间再邮，总吃，就该腻了。”我说。

“那快去上课吧。”母亲催促道。

“好，晚上下班给你打电话。”我说。

回到教室，看着黑板，上面有这次写作的要求，围绕家里发生的故事，体现爱与美的主题。我不禁笑起来，想起这个秋天以来母亲做的事。

她本是随意问一个快递站的收费标准，快递说从东北寄到扬州，四块钱一斤。母亲给我打电话问贵不贵，我说很便宜。母亲说那就行。

于是，每隔几天，母亲就把园子里种的豆角、黄瓜、沙果……寄来一些，她说东西都是自家地里的，不用钱，就花点儿运费，比我在网上买便宜。

在母亲的影响下，常和母亲在一起的人也纷纷给远在他乡的孩子邮寄东西，母亲得意地说，数她邮寄的最多。

邮的东西有时完好无损，有时就坏掉了，有一回邮来的小果子几乎都烂了，打开纸箱，一股浓郁的发酵味道扑鼻而来。母亲也不泄气，不停调整邮寄包裹方法，比如用旧报纸把每一个果子都包上，以确保到我这里尽量完好。母亲乐此不疲，我源源不断地享受着母亲快递来的爱。

母亲最近谋划寄“大件”——她养了一年的鹅和鸡，她规划得好好的，给大姐几只，给妹妹几只，给大伯几只，给我几只。其他人都好说，离她很近，只有我，快递最少要三天。母亲说，不能提前杀，什么时候邮，提前一天杀，冻好，再加上冰袋，到我这里肯定没事。先邮一只鹅和一只鸡试试，如果到我这里冰没化，回头再邮。

母亲的鸡鹅都是精心喂养出来的。夏天，天还没亮，她就去了菜场，去批发蔬菜的地方收集菜叶子；秋天，去地里捡漏下的苞米，磨成面儿，和菜叶混起来喂鸡鹅。这样喂出来的鸡鹅身体壮，味道好。有人来收，母亲不肯卖，说留着给孩子们吃。母亲计划明年再多养一些。

母亲的爱，跨越了万水千山，来到我身边。母亲在，真好。

【作者简介】伞秋月，教育工作者，青年作家网签约作家，中国散文学会会员，扬州作家协会会员。

请来一碗叫幸福的抄手面

唐艳梅

在上一家公司上班的时候，楼下对面那道坡最里头再往左拐，一直拐到底，有一家四川抄手店。抄手是四川人对云吞的叫法，云吞是福建人的叫法，在我们老家，这些个薄皮里面塞肉馅的统统被称为馄饨。

公司楼下直直长长的一条街都是小饭馆，什么湖南大碗菜，四川泡椒蛙，山西莜面，陕西肉夹馍，江西黄焖鸡，云南过桥米线，客家土菜，应有尽有，即便是想要八大菜系也能勉强凑齐。这条街上大公司不少，饶是这么多选择，一到中午各家馆子里也是人满为患，好不火爆。

若是平时，必定是跟一大帮同事们朝最旺的那家馆子里钻，一边吃着一边聊着各种八卦。那天也许是心情不佳，中午就想着一个人吃饭静一静，于是一到饭点儿谁也没搭理就自己一个人下楼了。

走到门外朝对面那排馆子望了望，家家都挤满了人，嘈杂得很，干脆朝坡上走吧！坡子不长，走着走着前面就没路了，于是顺道左拐，远远看到尽头处有家小馆子“四川抄手”。我不大爱吃川菜，不过今天随便吧，懒得再走了。

一进馆子发现里面只有三张桌子，外面走廊上也摆了三张，其他五张都坐了人，只挨厨房最近的那张桌子空着。我觉得那里离厨房近必定油烟味重，正犹豫着要不要进去。

这时，老板娘热情地跑出来迎客。那是个长着白白的圆盘子脸、五十来岁、浑身收拾得很干净利落的中年女人，只听得她操着一口的四川腔喊道：“进来吃抄手呀妹妹，里面还有空位呢！”

这一声“妹妹”叫得我瞬间心花怒放，顿时对眼前这个女人有了好感，油烟味就油烟味吧，反正就一会儿，熏不坏人！我一坐下，老板娘立马手脚麻利地为我倒了一杯茶，顺手指着墙上的菜单问，“妹妹，你想吃啥子嘛，上面写的我们都有！”

我随意望墙上瞧了瞧说：“就一碗小份的抄手吧！”

“放辣子不？”

“不放，我不吃辣，一点儿都不要！”

老板娘立马笑眯眯地应道，“要得！”接着爽脆地朝厨房里喊了句，“小份抄手一碗，不放辣！”

厨房里立马有个男人的声音应道，“要得——”

那个“得”字尾音拉了好长，带着十分的喜悦，仿佛是接了一个大单似的。

老板娘从厨房窗口端了一碗面条朝其他桌走去，接着又有人要买单，她一个人要收桌子要端盘，还要收钱，看起来也蛮忙的。幸亏只是这几桌，不然还真得忙死！

不过这馆子看起来虽小，收拾得还算干净，桌子上一尘不染，筷子也整整齐齐地摆在筷子筒里，茶水也是不烫不凉恰到好处。最有心的是，厨房门口还挂着一块蓝色的扎染布，很古朴的味道。

这时厨房里面喊道：“小份抄手好啦！快些来端起撒！”

老板娘“来啰”了一声却身子不动，原来最外边的那一桌要买单，那个带着小娃娃的妈妈，一边哄着哭闹的娃儿，一边在翻钱包。

厨房那边很急，“喂，婆娘，快些端起走，客人要饿了！”

“哎哎，等一哈，马上就来！” 老板娘也急，那个妈妈更手忙脚乱了，娃娃又哭闹得厉害，干脆老板娘帮着把娃娃抱起，一边安慰着对方说，“不慌，没零钱下回拿也行！”

厨房这边一喊再喊，我的肚子饿得“咕咕”响，还是自己动手吧，站起来走到厨房窗口自己端过来吃得了。

只是，那男人也忒懒了点儿，明知道他老婆在外边忙得脚不沾地，他就不能帮忙端一下？还说四川男人勤快，这个可够懒的，他只管煮抄手，其他活全扔给老婆一个人干。我略带愤愤不平地吃着抄手。唔，这味道还算不错，很鲜香，馅剁得很细，汁的味道都煮出来了。

老板娘忙完走过来向我道了声歉：“妹妹，刚才辛苦你自己端啰！”

我笑笑摆了摆手：“没事！”

这时老板娘一撩帘子走进厨房，细声细气地对着里面的人说：“你累不累啊！剩下这点儿我来包！”

男人竟然不客气地回答道：“要得！”

在外面的我听了简直惊呆了，这男人真是绝了，就这点儿活，还这么理直气壮地丢给老婆！这女人也够宠男人的，不怕把自己累垮呀！

哎，真是一个愿打一个愿挨，没眼看了。

吃完抄手后嘴一抹付了钱就准备走，外面却忽然下起雨来。糟糕，明明知道这几天都是雨，出门竟然忘了带伞。店里的客人们都走了，只剩下我一个。怎么办呢？等还是不等？

“妹妹，不慌走，再坐哈！”老板娘忙来安慰我，“我可以借伞给你，不过现在雨大，打伞也会湿的，干脆再坐一哈撒！”

里面的男人也在劝：“妹妹，莫慌走起，等一哈雨就停的。”

接着又对他老婆嚷了起来：“婆娘，幺妹今天也忘了带伞。哎呀，我打伞去路口接她！”

说着窸窸窣窣地一阵摸索，门帘揭开了，只见里面出来一辆轮椅，一个白胖的中年男人坐在上面。

我愕然地望着他，一时说不出话来，原来他行走不便，怪不得没办法出来跑堂帮忙，怪不得他老婆问他累不累。原来是这样，我忍不住为自己刚才对人家的恶意揣测感到羞愧，

只是幺妹又是谁呢？

男人憨厚地对我点头一笑，双手转动着轮椅朝外走去，他腿上还平放着两把伞，看来是要出去送伞给那个什么幺妹。

老板娘劝他，“还是我去吧，你莫去了，下雨地滑，莫把你摔到了。”

男人“嘿嘿”一笑：“莫得事，我也想出去逛哈！”

话音刚落，一个女孩的声音飘了进来：“爸，妈，我回来啦！”

只见一个戴眼镜、面色白净、中等身材的女孩收了伞冲了进来，“我唧个那样憨啰，不晓得借伞啊，嘻嘻！”

女孩穿着最普通的白衬衣，脖子上还挂着一块工牌，看来也是在附近某家公司上班的。她冲我笑了笑算是打了招呼，随后钻进厨房里一阵大呼小叫的：“爸妈，今天拌了红油猪耳朵没得？我快饿死啰！”

夫妇俩一听女儿饿了，转轮椅的转轮椅，拿碗筷的拿碗筷，手忙脚乱地替她盛饭端菜去了。

雨还没停，男人坐在女儿身旁看着她吃饭，不时聊着天，老板娘则陪我聊了

几句。

“他们父女俩啊，感情好得很，总有摆不完的龙门阵！”

“嗯，阿姨，你们家姑娘也在附近上班吗？”我也觉得无聊干脆随便问吧。

“是的，在报社楼上那家公司上班，当文员，一个月赚几千块呢！”老板娘不无骄傲地说，“我们就她一个女儿，不放心，就跟过来开了这家店，一家子还能在一起。”

男人也抬起头来笑着说，“是哦，我们姑娘很有出息，从小就学习好，一路读书都很顺利，不要我们操一点儿心。”

女孩听了父母的夸赞羞赧地笑了笑，她摘下眼镜擦了擦上面的雾气朝我笑着说，“姐姐莫笑话，我就读了个普通的二本，现在也只不过是在XX公司做个前台，我爸妈呀就觉得很了不起了。”

我也笑了笑说，“前台也蛮好的，再说你还这么小，有的是机会上升！”

谁知女孩摇了摇头说，“上不上升的无所谓，我们一家三口的打算就是一起努力好好攒几年钱，够买一个铺面了就回老家开店去，嘿嘿！”

“我这姑娘，从小就黏着我们，从她大学开始，我们就跟着在她学校附近开面馆了。这些年，一家三口从没分开过。” 老板娘慈祥地看着自己的女儿，她丈夫更是一脸的宠溺。

真是幸福的一家三口啊！

第二次去那家抄手店已经是几周后了，那天拉了一个同事一起过去。到了店里忽然发现走廊上的桌子没了，于是问老板娘怎么回事，老板娘说城管不让摆在外面。

“那怎么办？生意少了一半哦？”等抄手端上来后，我关切地问了一句。

“是啊，一个月三四千的租金，只得摆三张桌子，实在没得钱赚啊！”老板娘叹了一口气。

“那你们干脆去关外换个更便宜的地方开店呗！”同事插了一句嘴。

“我们不想离闺女太远，可是又不能不赚钱！”老板娘面带忧愁，“租金又没得减一点儿。唉，不晓得啷个办！”

这时厨房里面传来谈话声，听起来像是他们的老乡过来了。

“我说你们两个呀，早点儿回老家得了。等幺妹每个月寄钱回去养你们，一个抱养的女儿，还搞得你腿都摔坏了，她养你们一辈子是应该的。莫要把她看得这么重!”老乡苦口婆心地劝道。

老板娘的丈夫气哼哼地说了声，“你莫要老提这些事，当初她还是个娃娃，哪里能说是她害得我？”

“当初要不是半夜摸黑背她去医院，你怎么会掉到山下摔伤腿了呢？她倒是命大，挂在树枝子上，你却成了这个样子！当初就不该捡!”

“哎呀，幺妹是我们的女儿，为她做啥子都是应该的。”

“再讲起这个女娃，人家老三家说把个儿子过继你们，偏不要，非要捡个别人的伢!”

“上回她的妈妈动手术，都是幺妹想办法去学校去社会上找的捐款，她还去卖了血换钱买补品。”

男人有些不耐烦，“你莫再吵了，我就问你，我们把这家店隔一层矮二楼出来，分租一块地方给你卖卤菜，要不要？”

听完他们的对话，我对这一家三口又有了更深的了解，原来女孩是父母抱养的，幼时半夜急病，养父抱她去医院不慎摔到山下摔坏了腿，从此坐上了轮椅。可这对夫妇对养女仍是毫无怨言，百般疼爱。而养女也同样深爱着自己的养父母，养母生病，想尽办法筹钱甚至还卖血买营养品给她。

真是相亲相爱的一家子啊!

后面的几个月，我要么出差要么忙着加班，只在某个中午匆匆去打包过一次抄手，也没看见小店动工改成二层。等再去的时候，发现店面已经换成卤菜馆了，仍然只是一层。卤菜店只占了原来一半的面积，另一半隔成了个凉茶铺。

于是问老板，“老板，之前的抄手店去哪儿了？”

“去了龙岗，重新租了个店卖抄手撒!”

“那他们的女儿呢？”

“换了工作跟过去了撒。”老板不理解地摇了摇头，“那一家子真是的哦，穷成那个样子，非要黏在一起!”

我听了觉得很不爽，于是忍不住说了一句，“一家人当然要黏在一块儿，不然像你这个样子，一个人守着一堆卤菜，只能无聊得赶苍蝇!”

“喂，你这个妹妹怎么说话的……”

我转身走了，为再也见不到那善良的一家子隐隐有些遗憾。

几年过去了，也不晓得他们攒够买铺面的钱回老家开店了没有，但是我相信，只要一家人永远在一起，再苦的日子也是甜的。

祝福他们！

【作者简介】唐艳梅，笔名堂燕南飞，现居深圳，青年作家网签约作家。

故乡与亲情（四则）

吴迎春

身边的故事：卖房风波

入秋以来，鹏城一次小雨都没下，干燥的空气中弥漫着工地上扬起的细微尘土，轰鸣的挖机声此起彼伏，远处拔地而起的一幢幢摩天大楼鳞次栉比。它们无时无刻不在提醒着人们，这座城市正在日新月异地变化着。步履匆匆的人们像是永远也停不下来，疲乏与迷茫是他们的底色。

大鹏走在熙熙攘攘的人群中，面无表情。微胖的身躯有些慵懒，白色的衬衫裹在他微鼓的肚皮上，显得有些紧绷，黑色领带这会子已被拉松，耷拉在胸口，黑色的西裤垂直而笔挺。这是他们的工服，标准的专车司机正装。

不得不承认，科技信息时代推动了人类的进步，服务提升的同时也让人们享受到了出行便捷的快感和优越感。

大鹏停好车，准备去一下菜市场。买点儿什么呢？哎！随便吧，还是多买一点儿土豆、包菜吧，耐放，也可以多吃几天，小梦也就不用自己带小宝下去买菜了……大鹏一边走，心里一边盘算着。

这条通往菜市场的巷子他几乎走了大半年了。可不是吗？屈指一算，已经搬到新房子快八个月了！哎……时光如梭啊！大鹏轻轻耸了耸肩，随即叹了口气。

来到菜摊前，短粗的卖菜大叔跟他搭讪：“老板，来点儿茄子？来点儿蒜苗？收摊菜，便宜卖喔，要来点儿？”

“多少钱一斤？”

“便宜，便宜，三块五，要吗？”

“不要了，还是来点儿土豆吧！”大鹏心里想着，过几天都要吃“土”了，还买时令菜，想想还是算了吧，吃不起哟！

随即，短粗大叔麻利地装了五六个土豆，大鹏顺手又拿起一坨包菜递给他，上称，扫码，给钱，掉头就走……

大鹏几乎每日重复着同样的动作。今天的大鹏一肚子心事，脚步似乎更加匆忙了……

“爸，你回来啦？有没给我买点儿零食？”一进门，大鹏的二女儿小美就迎上来兴致勃勃地问道。这孩子读小学五年级了，整天还像幼儿园孩子似的，很黏糊爸爸妈妈。

“没有，你只知道问吃问喝，你作业完成了？”大鹏没好气地说。

“哼，就知道你没买！”小美答非所问，嘟着嘴又去逗弟弟小宝了。

“回来了，今天买了些什么菜？”妻子小梦边问边接过大鹏手里的提兜。

“饭熟了没有？有点儿饿，赶紧弄出来吃吧，吃完有点儿事跟你商量。”大鹏也是答非所问。

“饭早就好了，就等你了。小美，过来端碗盛饭。”小梦永远这么贤惠，每天都是提早做好饭菜等着男人回家吃饭。

“好嘞……”小美一边应着一边麻溜地闪进厨房。

一家人吃过晚饭，小美进了书房写作业去了，小梦抱起小宝坐到了沙发上，大鹏也坐到旁边。

“你刚刚说有事商量？什么事？”小梦提起了话题。

“我今天问了一下房屋中介，咱这套房市价一百一十万了，打算挂出去卖了。”大鹏装作若无其事地说着。

“你打算卖房？好好的怎么想起卖房？”小梦惊愕地问着。

“不卖房，信用卡供不起了啊……”

“你不是说每月供得起吗？到底欠了多少？”

“老账新账一起算下来三十多万，还不算借妈妈的那几万块钱，也没算借你小妹的和小鹏他们的……我算了一下，每月辛辛苦苦跑的车费只够付一部分信用卡，另一部分信用卡的分期还款得用信用卡来还。这样一来，我们一年到头都是在帮银行‘打工’了！”大鹏喝了口茶，一口气全说出来。

终于一吐为快了，要知道大鹏平时对小梦可总是报喜不报忧的。

“啊！我还以为你就欠了几万块呢？车贷，咱们上月已经结清了啊？你平时不是说生意好吗？钱都搞哪里去了啊？”小梦由于激动，脸红红的，语速快得像机关枪。

“今年生意受疫情影响，坐滴滴的少了好多，以前科技园好几家大企业都有固定的‘企业打车’单，今年企业这边也缩减了，几乎都取消了，现在就一些早晚高峰期的小单子，一月下来也就万把块钱，除去油费、停车过路费等七零八落的，就剩个七八千，算不错的了，这还得天天从早上跑到晚上，一天不带歇的了。而我们月月要还接近两万贷款。大半年了，我只是没跟你说，都是这个卡套现，还那个卡……”大鹏说得脸红脖子粗。由于急，他拿起杯子喝了一大口水。

“哎！我上月就说给小宝断奶，我去上班，叫妈过来带伢，你要固执呀！现在可好，房都要卖了！卖了，你舍得？！我不舍得！这房子才装修几年，我们又才住了几天？屁股都没坐热呢！我不卖，要卖，你卖！”小梦埋怨道，心里像打翻了酱油瓶，五味杂陈的，差点儿没淌出眼泪来。

“你就算上班，又能挣几个钱？伢不吃母乳了，也还是得吃奶粉，还不是一样要开支？我卖房还不是迫不得已！你以为我想卖啊？”大鹏理直气壮地反唇相讥，心里也是七上八下不是滋味。

夫妻俩，你一句，我一句，愠怒中带着无奈……

一阵沉默之后，他们各自都陷入了沉思，空气也变得凝重起来。

想想当初买这个房子的时候，手里也就攒了几万块钱。那时候房价不高，才几千块钱一平方米，大鹏带着小梦一个楼盘一个楼盘地考察，一个中介一个中介地咨询。最后，俩人一致认为现在这个楼盘地段好，建筑风格好，当时“俏”得很！中介推荐这套，也是因为仅剩这一套了。大鹏他们毫不犹豫就交了定金。由于当初资金并不充裕，他们看中了这个楼盘可以延缓交房，还可以多办点儿房贷，而且楼层也还可以，所以当即就签约了。

买了房过后，短短五年内，妻子又备孕两年没上班，直到今年生了现在的儿子。去年大女儿又升了私立的实验高中，权衡之下送回老家读书。这期间，大鹏每天早出晚归挣钱养家，风里来雨里去，披星戴月，累了也不敢休息，生病了也强打精神硬撑着。

妻子在家也是能省则省，一块钱掰成两块钱花。疫情期间生了儿子后，整天青菜就着面条，肉都舍不得买一点儿。虽然疫情期间买菜不方便也是个原因，但是最主要还是没钱。大鹏几个月没出车，生活拮据得很。

房子装修后就在里面匆匆过了一个春节，椅子都没坐热，一租就两年。这不，今年9月份女儿小美开学才让租客退租，住过来的。倒也不是不可以继续出租，主要还是小宝一出生，原来租的房子就越发显得窄。小美一天天长大了，经常跟爸妈挤住一屋，换衣、写作业都不方便了。

当时，考虑再三才决定搬到新房住了。住进新房那天，小梦仔仔细细地擦拭着每一件家具，地板每天都要拖得亮晃晃的。有时候看着窗明几净、一尘不染的房子，幸福感充斥着每个感官，日子都觉得比以前长了很多……

可是好景不长，前不久，滴滴平台又推出“低碳出行”。为了响应国家节能环保政策，滴滴公司对新老汽车用户一律实行到期解约，更换指定的电动汽车。开会当天，大鹏及一大批车友怨声载道，甚至有的喊爹骂娘。但是就像那句老话“天要下雨娘要嫁人”，车是换定了，除非你不干！

接下来的日子里，大鹏依然早出晚归，面对温柔的妻子、可爱的儿子，他几次想说出专车新政策，都欲言又止，以至于后来，回家走到门口总偷偷调整状态，强颜欢笑，报喜不报忧。

时间一天天过去了，契约眼看就要临近，大鹏斟酌再三，在一个晚上给妻子说了自己的事。俩人商议半天，最后决定，卖车，然后买新车！怎么也要保住饭碗不是？

说换就换！大鹏跟弟弟小鹏一起跑了几家车行，看中了一款电动汽车。盘算一下，旧车换新车还得添加一两万才可以搞定，一咬牙，买！

提车当天，大鹏吩咐妻子小梦多炒了几个菜，与小鹏斟了几杯酒，兄弟俩把酒言欢，对未来充满了希冀。

可是，理想很丰满，现实很骨感！换车后，订单并没达到预期效果，而信用卡还款日如期而至。左一个邮件提醒，右一个短信通知，弄得大鹏应接不暇，焦头烂额……

斟酌再三，才有了开场那一幕。

夫妻俩进入了长久的沉默，暗夜里静得可怕，连一只蚊子飞来都能听见“嗡嗡”声。俩人背靠背睡着，各人想着心事……

第二天，小鹏夫妻俩来了。这是上周商量好了的，大鹏小鹏同一月生日，兄弟俩商量这周到大鹏新房一起庆祝。

两对夫妻唠起来了，从买房、换车、大女儿回老家读书、生儿子小宝一直聊到昨晚的决定。四人都感同身受，生活的压力大呀！日子还得继续！

小鹏一听，就开始替大鹏分析：就算现在这套房子出售了，把债务还清了，剩下四十万过日子，按目前哥嫂现状，还是一人挣钱养家，一年开销怎么都要十多万，就算哥还坚持一个人在鹏城上着班，但是，除去租房吃饭，一月能赚几千？这样算下来，四十万也就够花上四五年。那时候孩子大了，存款也用完了，房子也没有了，还不是三十年河西、三十年河东？

小鹏接着说："我为啥这么清楚，因为，我们是过来人，我当年卖房就是深陷债务，而想卖房填窟窿，自己过轻松一点儿，跟你现在想法一模一样，可结果呢？如今，存款无存款，房子无房子，还是继续打工。你们再好好考虑考虑。"小鹏说完，小鹏媳妇阿花也跟着劝说。

没有过不去的坎儿！大鹏两口子最后听取了小鹏他们的建议，一致决定，房不卖了！先贷点儿款做个五年分期，缓解眼前压力；大鹏每天多跑跑车，休息时间也再兼职做点儿其他的事，增加点儿收入；小梦尽快上班，老娘来带小宝。大家都吃点儿苦，共同渡过难关。

养家如针挑土，败家如浪淘沙。夫妻同心，其利断金。相信越努力越幸运，日子会好起来的！

我的乡邻我的村

生命中大部分事情都是脉络模糊的，你看不清它的起承转合，它就混为一团，变成了混沌，流向了远方。离开家乡有二十年了，村里总有那么些人、那么些事让我刻骨铭心。

一、孤苦无依的瞎奶

瞎奶，算起来跟我们家属于一大族，听爸爸讲，我的太爷爷那辈跟瞎奶家太爷的那辈是亲兄弟，在我们当地称"没出五服就是亲"。

她，养育了七个儿子，没有女儿，住在村西头。

她，到了暮年，一个人住着一间土坯房，是我童年的"避难所"。

她的大名我已记不得，因为在我的记忆中只记得我奶奶喊过她"娥姐"，我的伯父喊她"娥伯姆"，我猜想她的名字中有个"娥"字。

从我记事起，瞎奶大概就有七八十岁了，个子很高大，头发苍白，一双眼睛无论白天黑夜都睁着，眼窝深陷，眼白很多，瞳仁灰白。印象中，她经常手里拿着一根拐杖静静地坐在门口，有时候打着盹儿，有时候手里拿着簸箕择着豆子、花生米。她，耳朵特别灵。无论村里哪个人从她门前经过，她都能精准地说出是谁，弄得我一度认为她的眼睛不是真瞎。小时候，我问我的奶奶："瞎奶的眼睛是怎么瞎的？"奶奶说："你瞎奶本不止这七个儿子，当年闹饥荒的时候还有一儿一女，由于缺吃少穿，那女儿还不到几个月就夭折了，有个儿子当时四五岁，也弄不清是冻死还是饿死了……就是从那时候起，你瞎奶就经常哭，加上得了几次眼疾，时间长了就彻底瞎了……""唉，也是可怜啊！若都活着的话，同你爸爸一般大……"每逢提起这个事儿，奶奶总轻轻地叹口气。

20世纪90年代的农村早已分田到户，人人都能吃饱饭。可在我的记忆中，瞎奶总是吃了上顿没下顿。只记得她家的米和油是几个儿子轮流供的，每天烧饭做菜是由他的五儿子负责，而五儿子的境遇又是七个儿子里面最差的，快四十岁还未娶老婆。常言道：久病床前无孝子。何况一个瞎了几十年的老人！其他几个儿子早已成家立业，各管各的去了，照料老母亲的活自然落到老五的身上了。而老五又不是特别成器，经常游手好闲的，自己的日子还过得紧巴巴的，也是有这个心而无这个力了！其他几个儿子又是"妻管严"，几兄弟甚至为供养老人而反目成仇，老死不相往来！

二、深明大义的父亲

小时候的我最调皮，经常惹是生非，时常被"铁匠娘"的严母追赶着打，而瞎奶那间土坯屋就是我的"避难所"，每次我都能成功躲避妈妈的"教训"，这得益于瞎奶的"骗术"。每次都能听到瞎奶跟妈妈寒暄时温软的话语："娃儿没来没来……没见着，她那么乖，莫打啦！说说就可以，快莫打了……"

还有时候，她让我在她的床铺上睡一觉。记得她的床铺上虽然都是粗灰的棉布床单，缝着补丁的被子，但都收拾得妥妥帖帖、平平整整的。瞎奶其实是个极其爱干净的老人，她的屋子收拾得永远是一尘不染。印象深刻的是，我好几次去瞎奶那里，就听到瞎奶边哭边数落："唉，我又不死，死了就干净，想我一辈子儿孙满堂，到老了啊，成了人人嫌恶的精怪喔！呜……呜……"

瞎奶的遭遇，全村的说辞不一，有的人说瞎奶年轻时嫌贫爱富，待人不公。特别是对待几个儿子有失公允，爱的儿子放屁都是香，宠爱有加，不爱的儿子横竖都看不上眼，不闻不问，落此下场都是自作自受。然而，从我记事起，我的父亲和我的伯父就隔三岔五地送粮、送油，对待瞎奶像自己的亲娘。有时候，我听到父亲跟母亲理论时说："哎，你就别啰嗦了，她（瞎奶）那么大年纪了，跟俺娘一般大，也可怜得很，俺们也不能坐视不管，良心上过不去！这不是还没出五服，喊她一声大娘就应该敬她一天……"

三、竭忠尽智的伯父

我伯父当时是我们村的小队长，他对瞎奶更加孝顺，经常嘘寒问暖。不仅如此，还经常以大哥的身份去劝说瞎奶的几个儿子，并且晓之以理、动之以情，要他们和睦，好好对待母亲。后来，那几个叔伯也改了很多。伯父还时不时地安排那几个好逸恶劳的叔叔去村里揽活，指点他们生意经，找活路。正所谓：授人以鱼不如授人以渔，相比爸爸的宽厚、善良，我更加认同伯父的观念。然而，有些事情说不明道不清。那几个堂叔伯也很不自立，懒惰、愚昧、不思进取已根深蒂固，日子也是混得一年不如一年，一家不如一家。

可怜的、苦闷残弱的瞎奶，就这样年复一年地熬着，像一盏孤灯，一直熬到了九十多岁，直到2003年还是2004年的一天（具体去世日期已不记得了），我打电话回家，父亲告诉我，说瞎奶去世了，临走时很凄凉。弥留之际，她对我父亲说，好想吃点儿猪心肺，还有肉丸子。父亲听后，特意去买来新鲜的猪肉以及猪心肺，变着花样煲汤送过去给老人吃。老人泣不成声，泪流满面……父亲当时在电话中讲的时候，还颇有遗憾与怜惜。见此情景，我连忙安慰他："爸爸，不要想那么多了，人终究有死去的那一天，瞎奶一世凄凉，活了九十多岁也算是寿终正寝。凡事尽心了就好！你们的这种大爱，我们兄妹早已耳濡目染，您放心，我们一定遵守教诲，像你们一样对待所有的老人，决不辜负你们的期望，不给你们丢脸。"

四、奋发有为的利民叔

利民叔，人称"万元户"。他是我们村最早富起来的那批人里面最年轻的一位，20世纪60年代生人，中等个子，偏瘦，是一个极有生意头脑的人。他，20世纪80年代高考落榜，家里劝他去复读。他说："不去，读书也不是唯一的出路，书读得再多还不是要想路子挣钱养家？复读就能保证一定能考上大学？一定能功成名就吗？"

第二天，利民叔就自个儿去学校拿回了行李。回家后的利民叔也没闲着，整天手里拿着一本书看，他父亲见了就来气："你啊你啊，让你去学校读，你不去。不去也罢，回来就不要跟我在这'猪八戒戴眼镜——假斯文'！"面对父亲的呵斥，利民叔充耳不闻，只说："你别管，我自有分寸……"弄得他爹逢人便说自己的娃读书读傻了。

可不曾想，几个月后，利民叔就联系了几个年轻人到村子里来，听说是某某地方的"养蛙大王"。经过实地勘察，选定蛙池后，利民叔带着村里的同龄人开始忙活起来了。几个星期之后，"利民牛蛙养殖场"在村东头的几亩水田里落地了。

几个月后，牛蛙长势不错，一到晚上蛙声一片，甚是热闹！他谦虚好学，不到一年时间就牢牢掌握了养蛙技术。到了找销路的时候，他通过报纸、广播等讯息，几经周折跑遍了很多地方，大半年风餐露宿，终于闯出了"一条龙"的生意圈！短短几年他就富起来了，成为村里最早的"万元户"。

成了有钱人的利民叔，乐善好施，谦虚又诚朴。慢慢地，十里八村的人都来取经，他也都坦诚传授经验。他老爹私下提醒他要保守点儿，担心竞争的人多了会挤垮自己的生意，他每次都说："你不要管了，我自有分寸……"

"自有分寸"的利民叔其实是不甘心眼前这点儿成绩，他很快就又瞄准了"百货批发"，用手头的存款在集镇上开了第一家超市。

第一次，乡下人体会到了随意选购、出门结账、不好包换的惬意！他的超市一开张，许多传统的小卖部都"关张大吉"，纷纷效仿。然后，资金雄厚的利民叔又看准了家电市场，接连开了几家电器商城，生意做得风生水起，红红火火！

现在的利民叔早已不只是"万元户"了，家里盖起了别墅，已在城里购置了多套电梯房，成了十里八村有名的青年企业家。

富裕的利民叔，没有忘本。每年春节，他都会带着现金和生活用品奔走于各村，对孤寡老人以及留守儿童广施仁爱之心。利民叔是人们心目中真正的"万元户"、利国利民的有为企业家。

五、美好愿景

利民叔的故事讲完了，正如一本书上所写：赠人玫瑰，手留余香。无论是我那宽厚的父亲，还是"授人以渔"的伯父，都蕴藏了善意与大爱。在我们华夏的苍穹之下，我们一起在平凡的生活之中，有这样的一群人互予清淳，也互予芬芳，互相牵引，也互相濡染，义以生利，利以丰民。我也相信百善孝为先，夫妻幸福万年长！

孟子曰：“君子有三乐，而王天下不与存焉。父母俱存，兄弟无故，一乐也；仰不愧于天，俯不怍于人，二乐也；得天下英才而教育之，三乐也。”人各有志，我们不能指望别人同意你的见解与做人做事的道理。毕竟每个人的教育程度、成长环境、人生观和价值观都不一样。凭良心做事，但求问心无愧。如今，在城市包围农村的社会发展进程中，“空巢老人”“留守儿童”问题日趋严重。但是，我认为最难的还是人们的思想。思想上若能从根本上改变，多一些真诚、少一些虚伪，多一些勤勉、少一些懒惰，多一些付出、少一些索取，整个社会才更加和谐。

应征入伍未从军，默默无闻三十年
——记我的“教书匠”父亲

我的父亲是个老民办教师，在我们山村教书已三十多年，从1972年至2005年，父亲一直坚守在自己的岗位上。这期间也有人劝他下海经商，自谋生路，发财致富。他周边的同事、朋友也是来来往往，走了一茬又一茬，有的在城里安家落户，有的走上了仕途，官至县镇、省里。而父亲始终坚守自己的信念，踏踏实实地做了一辈子教书匠，寒来暑往，荣辱不惊。

父亲出生于20世纪50年代初。据说，生他的那一年，正值抗美援朝。爷爷为他取乳名“朝应”，大抵意思就是希望自己的子孙响应国家号召，为国争光、光宗耀祖之意吧。这个解释其实也是一个偶然的机会，我问爷爷而得知的。也不知道是受名字的寓意影响，还是命运的捉弄，父亲一生中有三次应征入伍的经历，但都因种种原因而失之交臂。

我的爷爷虽然是一个大字不识的地地道道的农民，但是他也是一个特别崇拜革命、崇拜毛主席那一辈先进革命者的人。在爷爷的熏陶下，要当一名光荣的人民解放军、为人民服务的远大理想，从小就在父亲的心里生了根、发了芽。

一、父亲的第一次应征入伍：满怀信心，以大局为重

那是1969年的夏天，高中毕业的父亲在家务农。实际上也不是正式的高中毕

业，那几年的高中时代就是“半农半学”时代。

一天，父亲在队上读报，那时候村上识字的没有几个人，父亲就是其中之一。父亲为人踏实勤勉，能识文断字，通晓百科。因此村上读报、写通知、登记农务账目，等等，都由父亲代劳。当他从报纸上得知国家正在征兵时，犹如饥渴的春笋遇甘霖。

于是，颇有主见和抱负的父亲，自告奋勇地去村支部填申请表，去县城体检。那时候因为没有路费，父亲便骑着家里唯一的一辆旧自行车，不顾饥肠辘辘、烈日炎炎，天不亮就出发，硬是在体检科下班最后一刻赶上了。一切程序完成之后，父亲才告诉爷爷入伍之事。几天后，结果出来了，跟预料的一样，什么都合格，征兵部点名要了我的父亲，说数据上显示我父亲的体格非常适合当兵。几天后，来征兵的一个干部上我家来了，跟爷爷商议，指定我父亲去当兵。这个消息让我父亲兴奋得一晚上都睡不着觉。一切就绪，就差村委盖章了，当爷爷拿着申请表去村部盖章时，在我们村驻点的徐姓干部拿出一堆文件，苦口婆心地给爷爷上起了课……

徐姓干部说我们村劳动力如何缺乏、生产力如何低下，说全村村民文化素养如何匮乏，等等。总之一句话，希望我父亲能留下来搞生产，搞农业发展。他还说，正所谓后生可畏，必须先把村的担子帮忙挑一挑，这也是一种锻炼；说父亲还年轻，需要历练，征兵的机会很多，以后一定会优先推荐的。也不知是徐姓干部的晓之以理、动之以情的话语打动了老党员爷爷，还是爷爷另有其他想法，从村部回来后，他就坚决不让父亲参军了，任凭父亲在家据理力争也好，撒泼打滚儿也好，爷爷就是不肯让父亲去了。临应征入伍的头几天，父亲就被爷爷锁在了柴房里。这一幕，父亲现如今给我们讲时，还能感觉到当时那种绝望、崩溃的心情。据说爷爷当时坚决不让爸爸去，好像另有隐情，现在也不得而知了。就这样，父亲的第一次征兵就此功亏一篑。

二、父亲的第二次应征入伍：忠孝两难全

第二年，又到了征兵季，父亲依然自告奋勇去填表、体检，一系列程序依然非常顺利，这时也没人拦了，那位徐大干部早已调到其他地方去了。父亲以为入伍是板上钉钉的事了。可天有不测风云，就在入伍的前一天，奶奶突然病危，医院给家里人说奶奶的病治不好了，来日不多了。

痛苦、纠结、束手无策，弥漫着整个家族，更是溢满了父亲的胸腔。

自古忠孝两难全。父亲在家相当于爷爷的重要支柱，更是奶奶的精神安慰，奶奶每天都要看着自己的孩子们，似乎痛苦才会减少一点儿。这个情况之下，可想而知，父亲的第二次入伍想法就这样“烟消云散”了……

虽然第二次没有去成，但是幸运之神也好像很眷顾我们一家人，奶奶在父亲以及爷爷、伯父们的四处求医下，又幸运地遇到一个医术高明的老中医，病情很快得到了控制，奶奶康复了。二十年后，一直到1989年的春天，奶奶才去世。与其说奶奶吉人自有天相，还不如说父亲的孝心感动了上苍。

三、父亲的第三次应征入伍：默默无闻放弃从军梦

每当父亲谈起这段往事，眼角似乎还泪睫如盈。这泪水有对命运交错、时光飞逝的叹息，更有对上苍的感恩。

节物风光不相待，桑田碧海须臾改。时间辗转到了70年代末，父亲已先后在村里当了几年会计，之后又被队上推荐到中学任民办教师几年。父亲做一行爱一行，做一行专一行，教书短短几年，年年评先进，得到了广大师生的一致好评。这时候又有一个政策，就是可以带籍入伍，回来后可以到地方上从事原来的工作。服军役的档案，现有的工龄，都会随时备案。父亲那“报效祖国，为人民服务”的心火又燃烧起来了。

他随即又报了名，可是仅仅是填了报名表他就撤销了。他经过深思熟虑后，还是放弃了应征入伍的念头，原因是学校师资正是非常紧缺的时候，一人身兼数职，还有些课程排不下。看着教室里一双双渴望知识的明澈眼睛，父亲心里默默想：我不能丢下他们。

于是，他悄悄去拿回了报名表。从此，那个当兵的念头彻底打消了。

四、父亲的三十载教书生涯：甘为人梯，桃李满天下

父亲先是在村中学教书，后来生源少，村村联合，中学就合并到镇上了，父亲就回到村小学教书。他虽然不是师专毕业，但是凭着自己的一腔热血，凭着一股韧劲儿，苦心钻研教案，悉心教导每一个孩子，把学校当成自己的家，把孩子当成自己的孩子，全心全意搞教学，村小学的毕业班一直都是他带，周日复始，这样一干就是三十年。

从我记事起，父亲就是以校为家。天还不亮，他就起床，抢着干完农活就去学校。他早早地抢在学生们还未到校前去到学校，他永远是第一个到教室，晚上最后一个回。寒来暑往，父亲一直这样坚守在他的岗位上，呕心沥血，任劳任怨，专心执教。他的备课教案、随手札记、备忘录，在家里堆了几大柜子。小时候，妈妈嫌占地方，几度想当废纸丢掉。可是父亲都舍不得，因为那是父亲的宝贝，是他呕心沥血、兢兢业业的工作成绩单！

曾几何时，我问过父亲，你这样年复一年、日复一日的，不厌倦吗？他总是语重心长地说:“平凡的日子平凡过，随遇而安。教书育人是我做事的本分，我也没有别的本事，只能当一个普普通通的教书匠。”就这样，一代代的学子经他这个教书匠的手走出了校门，走出了大山。

这些学生里面，有的成为医生，有的成为工程师，有的成为企业老板，他们的足迹遍布大江南北，行走在各行各业，他们在山外开拓着自己的广阔天地。而我的父亲，就像一块奠基石，默默埋在地底下！

这，就是我的父亲，一个曾经怀抱远大理想和抱负的“兵哥哥”，一个默默无闻的“教书匠”，我最敬佩的、最亲爱的好父亲！

树欲静而风不止，子欲养而亲不待
——忆我的伯父

我在家乡青年女作家李三清的文章中读到一句话“奶奶在，家就在”，让我想起了我的伯父。我们家何尝不是“伯父在，家就在”啊！

一转眼，伯父离开我们已四月有余，我却依然感觉他还活在人世间，他还在那个我们满怀期待的老宅子里，守着他的水田、菜地、猫狗。

我的伯父对于我家来说就是“顶梁柱”。他，承载了我们一家三代“当家人”的使命。然而，他自己却一辈子未娶妻生子，他为了我们这个大家庭付出了毕生的心血!

常常听我爸爸讲，我们家世代是贫下中农。爷爷一辈子不通人情世故，生性懦弱，处事迂腐，在那个物资匮乏的年代，由于爷爷这样的本性，村里但凡有一点点好的差事都落不到我家头上。反而一有最苦最累的、工分低的活就紧着安排到我家，伯父及爸爸受了不少排挤……

在 20 世纪 60 年代，大部分农民生活都很艰苦，我家就更显得清贫。听爸爸讲，他们小时候一家八九口人挤住在一间又矮又阴冷的房子里，无数个晚上伯爷爷（爷爷的哥哥，也是终身未成家）就带着爸爸或者伯父在打谷场上的草垛边，搭个棚子睡觉。寒来暑往，风餐露宿！

爸爸和伯父穿的衣服大多是奶奶用旧棉絮搓成棉线，再用纺车纺成棉布做成的。粗布衣服，夏天穿很热 ，冬天穿很硬。而且那些染料经过洗涤后，衣服的颜色便变得斑驳。

正是因为家境如此贫寒，伯父不忍看到一家人举步维艰，便只念了个高小（父辈们口中的“高小”相当于现在的五六年级）就辍学了。他小小的年纪就开始到处学艺，打短工补贴家用。最初，他跟着几位表伯一起学铜匠手艺，学了快两年后，机灵的伯父观察到此行当没有什么市场，便自寻门路。十四岁时就跟着熟人去咸宁赤壁市的一个码头做搬运工，在那里一干就是四五年。

在此期间，他利用他的勤奋、诚恳，用积攒来的钱在村上率先盖起了四间大瓦房 。从此，我们一家人的生活环境才得以改善。

每当伯父提起当年在蒲圻码头做工的经历时，我都看到他满脸洋溢着自豪的笑容，他对那里的人、事、物，如数家珍。他说，当年他在那边做工，由于头脑灵活，手脚勤快，为人实在，很快就受到了队长的器重，由最初的“小工”慢慢提拔成“带班的”。当了领导后，他的活儿不仅轻快，而且钱还比其他人多。

每到年底回来，他便给一家老小买新衣新鞋，当然，最重要的是带回积攒下来的钱，一家人才得以吃到荤腥。他还说村上现在混得很不错的一个韩姓爹爹和一个吴姓爹爹（我们村上按字辈称呼，将比我伯父年岁小还长一辈的称为爹爹）结婚没有好的“行头”，都是借他的新“中山服”拜堂成亲的。每次讲到这件事，伯父的笑脸上呈现出“好汉不提当年勇”“容颜已逝不复还”的神情。

可是，好景不长，在特殊年代，勤劳聪慧的伯父被扣上了“走资派”的帽子，让他回乡进“学习班”。为此，奶奶也去过一段时间“学习班”。听爸爸讲，那时候学校正要推荐他入共青团，因为伯父的这个“走资派”帽子而最终未成。这段“历史”伯父很少提及，我想，此事一定让伯父受到了重创，他不忍心，也不愿意再去触碰那个“伤口”罢了。

我印象中只有一次，因为年轻气盛的弟弟频繁换工作的缘故，伯父语重心长地说："现在的你们是多么幸运，只要肯干哪里都允许你去干，想起当年，我们凭自己的力气干活还要受到人家的管制。你们要珍惜啊，这么好的社会要努力去干，多攒点儿钱，把生活过好！"

伯父身材适中，相貌堂堂，精明能干，是我们老家远近闻名的"能人"。我懂事后，时常问姑妈及姑姑："伯父这么好的条件，为何一直单身？"她们禁不住我刨根问底，给我讲了伯父的故事：当年，由于家里穷，伯父在家又是老大，经人介绍认识了一户与我家家境相仿的人家，他家姑娘多，也是缺衣少食，愿意将家里的一个姑娘，许配给伯父做媳妇，只要肯收姑娘吃住，待到十八岁便成婚。在那个年代，这在我们当地也是十分常见的，我们村上就我得知的，就有好几对就是这样成婚的，如今都已儿孙满堂。

听姑妈讲，那姑娘长得挺俊俏，人也温顺，伯父挺中意的。她在我家生活了几年，一直也风平浪静，伯父还是常年奔波在蒲圻与老家之间，年底带着一家人的"活命钱"回家。

岁月辗转到了快成婚的头一年，那个姑娘被她的哥哥悄悄给领回去了。任凭爷爷奶奶好话说尽，对方就是不肯回来成婚了。从那以后，姑娘再也没回过我们的家……

姑妈们说，伯父当年已经给自己准备了结婚用具——一对木箱子、新的被面、衣服，等等。听到这件事，我感觉似乎在哪本小说里看过的故事活生生地在伯父身上发生了。替伯父惋惜的同时，也更加理解了伯父在劳作间隙的那份沉郁。

我问姑妈："后来，伯父就再也没有另寻一桩亲事吗？"姑妈说："哪有那么容易啊，你伯父性格要强，面薄，爷爷奶奶又老实巴交的，不像人家那样张家李家地去托媒说亲，一晃就过了那个最好的年龄了。"就这样，伯父就落单了。这，也许就是命！姑妈说。

后来，伯父就完全沉浸在操持家务上了，劳作之余还做牛生意，他做一行专一行，牛生意做得也是小有规模，以至于我们读书时代，家里的生活条件一直不差，隔三岔五伯父就会从集市上带回新鲜鱼肉改善伙食，每年新年必带我们兄妹上街购新衣服、新鞋。当时我们最开心的事情就是伯父带我们上街买衣服了，每每如今回想起来，还会对当年赶集的情形回味无穷……伯父的爱给我们的童年增加了很多难忘的回忆。

1989 年，我们的四间瓦房终于"退居二线"了。伯父用攒下来的钱在村上最显眼的地方重新盖起了六间带后院的红砖房，酷似北京的“四合院”。当时建这个房子，伯父颇费了些心血，他亲自挑选最好的工匠和材料，全是当时市面上最流行的，以至于新房落成后，很多乡亲来我家参观，都赞不绝口。伯父跟我们说，盖这个房子的耗资足以砌二层小洋楼，但是，鉴于爸爸他们说楼房夏天热冬天冷，没有瓦房住得舒服，才改变主意建这样一个四合院的。

伯父就是这样一个人，做任何事情都面面俱到，替他人着想。后来，过了几年，奶奶、爷爷相继在新房里过世了，用父辈们的话说，都走得满足，安详。因为新房都看到了，住过了。最大的功劳是伯父的。

1996年，我的妈妈因一场意外去世了，爸爸一度一蹶不振，家里的重担全部落在伯父肩膀上。他更加起早贪黑地做生意挣钱，供我们兄妹四个读书，庄稼活更是毫不松懈。还时不时鞭策鼓励爸爸。爸爸这才慢慢振作起来，继续在学校搞教学，共同撑起了这个家。

后来，我们四个陆陆续续地踏入社会有了工作，伯父的生活压力才小了很多。然而他还没有来得及享福，我们就又都到了谈婚论嫁的年龄。伯父和爸爸帮衬着我哥哥、弟弟，建房、买房、娶妻生子，帮衬着他们把日子过得都不错。这期间，每逢佳节，我们四个无论在何处有多忙，都会马不停蹄地赶回家中团聚。伯父总是忙前忙后张罗着好吃的招待着我们，听我们讲外面的事，听我们聊家常。每每此时，都让我觉得家的温暖。家是任何地方都无法替代的，因为伯父在，家就在！

我们四个小家庭，谁家有个大事小情的，总会第一时间告诉伯父，他总是给我们最中肯的建议，在我们情绪膨胀时告诉我们不要轻浮，要脚踏实地；在我们情绪低落时，帮我们设身处地想办法，给出恰当的建议。

曾几何时，伯父就是我的“主心骨”。在外面漂泊无定时，我一度想放弃，伯父总是及时给我鼓励和建议，让我迎难而上。

春蚕到死丝方尽，蜡炬成灰泪始干。随着年龄的增长，伯父的身体每况愈下，他那高大挺拔的身躯因过度的操劳变得干瘪、佝偻。自前几年开始，他每年要住几次院，身体上和精神上都受到了巨大的折磨。尽管这样，他也总是报喜不报忧，独自承受痛苦。

去年年底住院期间，医院下了好几次病危通知书，我们兄妹四人提出轮流回去陪护，他还是坚决拒绝，经常强颜欢笑说自己是“五保户”，吃药住院不花钱，让我们不要寄钱给他，不要挂念他。我的伯父就是这样一个人，心里处处想着别人而唯独忘了自己。

天有不测风云，人有旦夕祸福，2020 年的 8 月 18 日，伯父突发旧疾，经抢救无效永远离开了人世……

接到噩耗时，我无法接受事实！顿觉天塌地陷！因为，当日早上我们还通过电话，当时我在家里打扫卫生，手机开着免提，老公和儿子硕硕都跟他交谈过，我只是在一旁应和着，我清晰地听到他声音还很洪亮，他说："硕硕，快开学了，要努力啊，要听妈妈的话……"这也成了他留给我的遗言……写到此处，我已泪眼婆娑，若知当日他要离开，我为何不多听听他的声音，他的教诲……

伯父，您在天堂还好吗？我好想您啊！以前，无论何时何地，无论多苦多累，我只要想到您，心里便有了一根"定海神针"。如今，我们天人永隔，但是，您永远活在我心里，您就是我心里那盏灯，永远照亮我前行的路！

【作者简介】吴迎春，籍贯湖北红安，现居深圳市，供职于深圳某企业，青年作家网签约作家，业余文学爱好者。

有一种父亲，叫倔强

马玲

每个人都有两次生命，第一次我们无法选择出生，但第二次我们可以选择怎么生活。

“啪！”我被人打到了墙边，瞬时感觉头脑发蒙，紧接着脸上火辣辣地疼。我瞪着眼前打我的这个男人，他这张狰狞的脸，以及他身后哭泣的母亲。母亲对着我祈求似的摇了摇头，示意我不要再激怒他。而我选择忽视，继续瞪着眼前这个男人。

“小兔崽子，你还敢瞪我？”又一巴掌打下来，我眼前开始冒金星，母亲一个趔趄冲过来抱住我，“别打了，再打娃就要打坏了。”

“都是你惯的！今天我非要打死他不可！”酒气袭来，笼罩我全身，我已经不知道这是这个月来我第几次挨打，随着一声声咒骂落下来的拳头，在屋里灯光的影子下忽明忽暗，像极了难听的协奏曲，而我却开始想笑。

这个人，就是我的父亲。

我出生在这个北方的小村子里，出生时头顶就有三个“旋”。用我们村里的话说，一个旋横，两个旋拧，三个旋不要命。在我儿时的记忆中，父亲对我来说是个陌生的词汇，因他总是几个月回来一次，村里更有人说：“你爹在城里赚大钱呢，小心不要你和你妈了！”

直到有一天，他回来了就再也没有走过。听说是在城里闯了祸，赔了不少钱。此后就赋闲在家中，整天喝酒耍牌，对着我和妈妈颐指气使，家中重担也落在母亲身上。但母亲一直就没有什么主见，我心疼之余，又恨她的软弱。 即使是他回来后，我也没有感觉到任何拥有父亲的温暖，因为他不曾抱过我，亲昵我。也许是自己的失败，他把气撒在我身上，一不听话就是一顿家常便饭似的打骂。而我天生骨头硬，他说什么我偏不听。有时候被打到鼻青脸肿也不认输，换来的是一次又一次的打骂。

对于一个无法挑选父母的孩子来说，这一切都让我窒息。我甚至觉得他从来不希望我来到这个世上。

还记得在我上四年级的时候，一次躺在床上发高烧，母亲打电话催他回来找大夫。但他却说要打牌，迟迟不肯回来，等他回到家的时候已经是傍晚。那时的我已经烧到神志不清，躺在床上绝望中听着他对着母亲破口大骂。眼睛不知道是因为高烧还是什么原因变得模糊。就在迷迷糊糊之间，感觉有人在给我灌水，有人在给我擦手心、脚心，有人在我的动脉处插入什么，我已经感觉不到疼痛。庆幸的是，第二天我恢复了意识，温度也降了下来，但他仍旧是一副自己没有错的样子，仿佛昨天差点儿失去的只是一条小狗而已。那一刻，我终于下定决心，离开这个家，离开他。

高中毕业后，我不顾他要断绝关系的威胁，毅然决然来到了深圳，决心闯一番天地，从此再也不回那个令我窒息的家。我要把大把的钞票摔在他的脸上，然后带着母亲远走高飞。一番艰辛，我找到了一份酒吧侍应生的工作，当第一个月拿到钱的时候，我激动得快哭了。终于可以不用再看他脸色，任他打骂了。

只是有些心疼母亲，想起她蹲在父亲身后哭泣的脸，于是我寄回家一千块钱。每当我打电话回去，在母亲柔弱的声音背后，永远有一个声嘶力竭的喊叫：“让他别回这个家，死在外面，省得闯祸赖在老子头上。”而我每次都冷冷地说：“告诉他，我不会回去，要死也是他先死！”母亲则每次叹息着：“小浩，这是你爸。”

我则心里开始埋怨，如果母亲不这么懦弱，会不会我的人生就不一样了。

但母亲这些年受的苦，我都知道，不该这样埋怨。一切还是需要努力才能证明自己，从小不受宠爱的我这样告诉自己。

这一晃就是三年，中间吃了再多的苦，我也没有回过那个家，却总是定期寄钱。一次夜班，有个客人找碴，把刚来的一个小女孩骂到缩在角落里。那小女孩前两天刚来酒吧工作，一笑两个小酒窝，总是“浩哥浩哥”地叫我。如今看见她抖如筛糠，被骂得瑟瑟发抖不敢反抗的样子，记忆深处一些不堪的东西被唤醒：昏暗的老房子，拳头随着昏黄的灯光一明一暗地落下，像极了难听的协奏曲。我脑袋里的血全冲到一处，我抄起身边的酒瓶子就冲过去，打在了那个男人头上。那个男人不可思议地回过头，与记忆中的脸重合又分开。随后我头上也挨了一下子，有暖暖的液体从头顶流下来，我不知道是酒还是血，摇摇晃晃地坐在地上。女孩爬过来推搡着叫我的名字。等我醒来就躺在了翔哥的阁楼上，头被包扎起来。翔哥和女孩在旁边看着我，我稍稍坐起来，头痛欲裂。

“浩哥，你别动了，都怪我……”女孩哭道。

“浩子，你真行啊！”翔哥拍着我的胳膊大声说。

“对不起，翔哥，我会赔偿的……”

“得了，那小子三天两头在我这儿闹，也算给他个教训。不过，浩子，看不出斯斯文文的，性子挺烈啊！”我愣在原地。原来，暴力的种子是遗传的。我想逃离他，他却无处不在，甚至自己也变成了这副模样。

那件事情以后，女孩总是找我聊天喝酒。女孩叫丽丽，是个孤儿，因为受不了养父母的打骂，逃出来自力更生。那个客人经常对她动手动脚，所有人都视而不见，只有我愿意帮她。

我们仿佛深夜里两个孤独的灵魂，相互诉说着以前的故事。我说起我的家、懦弱的母亲、那个不想叫出名字的他，觉得自己第一次得到了救赎。后来，我和丽丽谈恋爱，一年后结了婚。结婚前夜，我对她许诺：“我会挣钱养你，对你好的。”

她说：“浩，我只想和你好好过日子。”结婚当天，父亲没有来，看着高堂上空着的那把椅子，我有点儿恍惚。如果不是在他的暴力下长大，我也就不会凭一时冲动救下丽丽，就更不会有现在的婚姻。多么可笑又可悲的巧合，令人绝望的就是你越来越想逃离的那个人，你却与他越来越相似。

一年后，我有了儿子，翔哥的酒吧开了分店，让我去做负责人，我也在深圳首付买了一间小房子，日子开始过得有滋有味，只是仍旧没有回过那个家。

他也只是在孩子出生那天露了面，看到他小心翼翼地抱着我的儿子，第一次，我从他脸上看到了类似于慈爱的笑容。如果你当初对我这样笑过一次，我们也不会这样。我心中悲凉的声音响起。想起自己还是小男孩的时候，那些渴望触摸他的愿望，幻想着自己被他拥抱的感觉。

母亲留下来照顾丽丽坐月子，他一个人执意要回老家，非说城里空气不痛快。我也不强留，毕竟我害怕被丽丽看到我们剑拔弩张的样子。

他走那天，我去送他。在地铁上，他小心翼翼，什么都不敢碰。看着他苍老的模样和两鬓开始花白的头发，我心中第一次觉得一阵悲戚。取了票，他头也不回地进站，连声告别都没有对我说。

生活仍旧继续，母亲在这里待了半年就嚷嚷着要回去。我极力挽留，让她就住在这里，妻子也同意。但母亲说：“你爸不行，他不吃我炸的油条过不好这一天。”我不再说什么，只是默默地送她去车站。在车站，母亲说：“小浩，这么多年了，回家看看吧，你爸……其实挺想你。”而我依旧沉默。

母亲走后，生活在忙乱中继续着。孩子一天天长大，我虽然忙碌，但心里记着儿时的阴影，所以一有时间就陪伴家人和孩子。

出生时我没得选择，但这次重生，我希望自己可以做得更好。

但生活就是这样，每当我以为我要好好开始的时候，生活总会横生枝节。

一天，我下了酒局，接到了母亲的电话，电话那头母亲隐忍又克制："喂？小浩，你，你父亲，病了……他，不让我告诉你。你有空就回来吧。”

我坐了一夜的火车回到了八年没回过的家乡。一进门，那个曾经耀武扬威的他正躺在床上，又黑又瘦，如果不是母亲在旁边，我甚至认不出来是他。于是我决定就在家照顾他。我告诉自己，我留下来不是因为所谓的父子情深，而是我心疼母亲，替母亲分担辛苦。

他躺在床上不能动弹，而我却有了“恶有恶报”的报复快感。每天照顾他的起居，他还是跟小时候一样时不时乱发脾气，闹着喝酒耍牌。而这次他已经没力气打我了。

慢慢地，冬去春来，夏种秋收。他可以拄着拐杖一步一步缓慢行动，有时候自己走到门口，坐在旁边的大石磨上看着来往的人，打着招呼。有时候他犯了倔脾气，非要一下子走到村口，而每次都是我和母亲半求半威胁地架回来。

当然，那个威胁的就是我。他则自嘲地说："风水轮流转，老子栽在小子手里了。”每次架着他回来，他嘴里骂骂咧咧。有时候妻子会带着孩子来小住，丽丽温柔贤惠，他挑不出任何毛病，只说嫁给我可惜了。然后就带着孙子坐在门口，一起搬个小板凳，我则站在旁边守着他们二人。儿子聪明伶俐，仰着头看一会儿爷爷，又看一会儿我，说："爸爸和爷爷长得一样，我和爸爸长得一样。”

他笑着抚摸儿子的头说："孙子长得跟爷爷一样，爸爸长得不一样。”

我则不理会他们。

一切逐渐稳定，而我终究要回去工作，翔哥那里一直给我留着空位，我心里过意不去。于是在一个清晨，我把这个决定告诉了他们。他夹菜的手停顿了一下，然后表情都没变地继续吃饭。而我看似不在乎他，但心里开始有了不舍，我强压着这份莫名的情感，母亲也眼眶湿润，嘱咐我多照顾自己。

“他还能照顾不好自己？”我看着他颤抖地说，“你好好活着，别不等我回来就死了！”他鼻子“哼”了一声，就算回答。

走之前我经过他的窗前，敲了敲玻璃就算告别，然后头也不回地走出了门口、街道、村口、马路，我知道我身后是站在门口眺望的母亲和在屋子里不知道什么情绪的他。

回去后，我仍旧每月寄给家里钱，也给家里装上宽带，买了电脑。有时候会和他们视频，但总是看不到他的身影，只有儿子喊爷爷的时候，他才会半露个头，一边嫌弃电脑有辐射，一边看着自己的孙子傻乐。

一切都安详有序地进行，只是我从来不喊他一声“爸”。我一度认为就这样下去吧，那些说得出的，以及说不出的，就这样吧。

2016年12月26日清晨，酒吧刚打烊，我决定先去翔哥楼上的阁楼补觉，电话却响起，一种不好的预感涌上心头。我接起电话，母亲熟悉又柔软的声音响起。我平静地听完，然后挂上电话，买了最快的一班飞机赶回了家。一路上看着窗外飞驰而过的深蓝，第一次觉得这个过程是那么漫长。

母亲将我领进他的房间，房间依旧昏昏暗暗，只是变得有点儿潮乎乎的，也许是浸透了人们的眼泪。可他们为什么哭呢?

屋里寂静到让我害怕，我看着床上躺着的人，瘦到没有了人形，在床单下像一个小孩子大小。我突然没有了走过去的勇气，周围传来抽泣的声音。是谁在哭呢？哦，是母亲！可她为什么哭呢？因为他死了！想到这里，我终于抑制不住自己，冲上去吼道：

“你不是说你死不了吗?

“你起来啊！你欠我和妈的还没有还！

“你凭什么死了?

“爸!”

我拽着他的手企图把他拉起来，但他的手是那么僵硬又冰冷。三叔拉着我往外走，安慰道：“浩子，你别这样，你爹他走的时候没受罪。”

呵，最后拍拍屁股走人的还是你，你还是这样不负责任。我挣脱开三叔的手，一个人蹲在地上，渐渐地变成了喃喃自语，“你明明说了你不死的……”不知怎么，又从声嘶力竭变成了号啕大哭直到筋疲力尽。

他死了，都结束了。然而我却突然明白，我的悲痛不是因为我恨他突然离开，而是我明白，我恨了这么多年，只是因为在乎他。

原来我把他给我的伤痛转化成了痛苦折磨自己。可我多想让他知道，我已经不怪他了，我只是端着自己的架子，在等他的台阶。也许是他抱着孩子的时候，也许是他生病的时候，也许是他笑着说“小不死的时候”，我就已经不怪他了。

不知过了多久，我逐渐冷静下来，双腿已经麻木。我爬向床边，跪在他的身前轻声说：“爸，你好好走吧……”

虽然不能选择出生，但我这次选择好好送走他。

第二年的清明，我带着妻儿和母亲来到父亲的墓前，春风拂动杨柳树，墓前零星开出了几朵不知名的花朵。母亲蹲在墓碑前，一边烧纸一边口中喃喃说着什么。而我仰面迎着微风，突然间，觉得他应该就在附近，嫌弃地看着他的儿子，指责他为什么不和母亲一样说点儿什么。我终究是你的儿子啊。想到这里我内心复杂却轻声笑了出来。

回家后，我在夜里做了一个梦，梦里父亲依旧对着我瞪着眼，只是这次没有了戾气，而像个小孩子一样质问我：“为什么不把老子爱喝的酒烧过来……”

在梦里，我哄着笑着骂着说“下次一定”。但醒来后，却已经泪流满面。

【作者简介】马玲，笔名土豆白，“85后”新媒体作者，自由撰稿人，青年作家网签约作家。

PART 3
小说世界

情为何物（两则）

赵勇

情债

“春芳带着孩子回来了！”

消息一传开，不仅轰动了全村，建强家更是炸了锅。

“就是不让她回家！”建强气呼呼地嚷道。

“春芳把你儿子带来了，那可是你的亲儿子，难道你不想见？”建强妈白楞儿子一眼。

一提到洋洋，建强不说话了。

玉梅坐在椅子上低着头不说话。玉梅是建强现在的妻子。八年前带着两岁的琪琪嫁到这里。建强对她和琪琪都挺好。她也很知足。谁知春芳回来了，平静的生活被打乱了。她如坐针毡。

建强妈可不管这些。她的宝贝大孙子好不容易失而复得。现在不让孙子回家，她哪里受得了呀？见两个人都成了闷葫芦，生气地说：“不管怎样，孙子我是见定了。我马上就把他接到家里来。”老太太说完就要往外走。

建强赶忙拦住妈，说道：“你把洋洋接来，春芳不跟着来吗？你让玉梅咋办？”

玉梅把头抬起来，眼里噙满了泪。说实话，她不愿意春芳和洋洋回来打破这个安静的家。看到建强犹豫的态度和老太太不见孙子不罢休的劲头，她的心伤透了，心想还是人家骨肉亲，她和琪琪始终是属于外人，与其被人家冷落，还不如自己主动离开，让人家破镜重圆，自己也还落个好名声。

她苦笑着对建强说：“建强，你也别作难了，我带着琪琪走！”

她说完，领着琪琪要走。建强拼命地拉住，说道：“你不能走，现在你就是我的合法妻子，我不能坏了良心，我要对你和琪琪负责。”

“那你的儿子咋办？你儿子的妈咋办？你让我和他们一起生活吗？我受不了！”说完玉梅委屈地哭了。

忽然，电话铃响了，是建强妹妹红杏打来的。他们村离这里有几里路，也听到消息了。红杏知道家里的情况后，就对建强说:“哥，先让她娘俩来我家来住两天吧，总不能让她们一直在大街上吧!”

建强一看没别的办法，也只好同意了。

晚上，建强翻来覆去睡不着，一想起春芳，气就不打一处来。他俩是在城里打工认识的，也算自由恋爱，结婚后虽然日子过得穷点儿，也因一些琐事吵过架，但感情一直不错。忽然，有一天她说她妈病了，要回家看看去，那时候正好是秋收。春芳说她自己带着孩子回娘家就行，不让建强去了。他不放心她娘俩，非要一块去。也可能是那几天太累了，他坐上火车不久就睡着了。等他醒来，春芳和孩子不见了，邻座的乘客告诉他那娘俩早已下车。他才知道被春芳骗了。独自悻悻地回家。建强老爸本来是个老实本分的人，把孙子当成命根子，孙子丢了就像丢了魂一样，水不喝饭不吃，最后成抑郁症，上吊死了。所以建强对春芳一直记恨在心，怎能容许她进家门?

第二天，妹妹打来电话，洋洋和春芳在她家过得很好，并说春芳亲口向她承认当年对不起建强，当时有个男人欺骗了她，她以为和那个男人能过上好日子。谁知等她真正见到那个男人后，才发现那个男人是酒鬼，并经常打她和孩子。她实在忍受不了，就离开了那个男人。这些年一直是她独自一个人抚养孩子。孩子大了，一直问爸爸在哪里?她才告诉儿子真相，并带儿子回来认亲。她知道建强已经成了亲，一家人过得挺好，就不奢求再进家门了，只求把儿子留下就行。毕竟儿子是建强家的根。

建强把红杏说的话告诉了玉梅，征求玉梅的意见。玉梅说:“洋洋是你的亲骨肉，父子连心。我也不是那样小气的人。洋洋来咱家，你放心，我一定把他当亲儿子对待。只要孩子能接受我这个后妈就行。”

建强听了玉梅的话，十分感动，一把把她搂在怀里，说:“娶到你，是我的幸运，我要一辈子对你好的。”

玉梅白楞建强一眼，说:“琪琪正看咱俩呢，也不知道羞?”

琪琪一边用手划着脸，一边做着怪表情，说:“羞，羞!”

几天后，洋洋终于回家了，他两岁就离开家，这个家对他来说很陌生。昨天晚上，他哭着不肯离开妈妈。春芳对儿子说，她当年对不起他爸爸，现在要把这个债还回去。要是洋洋不回家的话，就死给他看。洋洋只好答应。临走前春芳嘱咐洋洋要和爸爸、后妈好好相处，不要让她担心。

一家人看到一个大小伙子出现在面前，高兴得不得了，建强妈把孙子搂在怀里，眼泪扑哧扑哧往下掉。

红杏笑着说："洋洋，你回家了，你奶奶多高兴呀！你奶奶以前可没对我这么亲过。"

她又指着建强和玉梅说："赶快叫爸爸妈妈？"

洋洋怯怯地叫了声："爸爸……妈妈……"

玉梅笑着说："洋洋，以后咱就是一家人了。不要拿我当外人，我会像亲妈一样对你。"

建强指着小姑娘对洋洋说："这就是你妹妹琪琪，以后你和你妹妹好好玩，拿出当哥哥的样子。"

洋洋过去拉着琪琪的手，从兜里掏出个游戏机，对琪琪说："这是哥哥最喜欢玩的，你喜欢吗？送给你。"

琪琪高兴得不得了，说她最喜欢玩游戏了，谢谢哥哥。

建强和玉梅看到两个孩子玩得这么好，简直像亲兄妹，满意地笑了。

叶子

又到了初冬的季节，树上的叶子慢慢地飘落，荡在湖中，一簇簇打着旋儿，就好像留恋着谁，不忍离开。脑海里又浮现出她的身影。

她叫叶子，是深圳本地的姑娘，是我那年闯深圳时认识的。她细高的身材，大大的眼睛，波浪的长发，一颦一笑，总是给人以沐浴春风的感觉。我凝视着她，她也凝视着我，两个人一见钟情。

后来，我得知她家条件很好，就她一个掌上明珠。她邀请我去了她家，她家住在高档小区。进了门，屋里富丽堂皇，让我有些手足无措。他的父母坐在沙发上，礼貌地打了下招呼，问了我家里的一些情况。我说我是从农村来的，我的父母都是农民。她的父母听后好像不太高兴，有些冷淡。她父母那种居高临下的态度，让我备受压抑。终于结束了，我感觉就像做了贼一样，赶紧溜了出来，深深地舒了口气。

几天后，见到叶子，叶子满面愁容，准是在她父母那里受了委屈。

我说:“叶子，我知道你父母反对咱俩的事，我也觉得自己配不上你，咱俩分手吧。”

“我不分!”叶子坚决地说:“我看上的是你的人，不是你的家庭。”

“但是，我们很难摆脱世俗，这样下去我们都会很难。”

“我不怕!”叶子坚决地回答道。

几天后，叶子的父母果然让人捎信，让我不要再骚扰叶子了，叶子也被她的父母软禁起来。

有一天，叶子还是偷偷跑了出来，和我见面。刚说几句话，她父母就追来了，她妈动手打了叶子，叶子痛苦地捂着脸，眼泪流了下来。

看到叶子落泪，我心如刀割。叶子是金枝玉叶，需要人的爱护，而我出身寒微，不但要挣钱养活自己，还要给家里寄钱，因为我母亲常年患病，家里开销很大。叶子跟了我，只有受罪。一个人如果爱一个人，不在乎是否拥有，而在乎是否能让她幸福。于是，我决定离开。只有我离开，叶子才会幸福。就在那个夜晚。我做了决定，不辞而别，逃出了那个既让我伤心又让我魂牵梦绕的深圳。

后来听别人说，叶子找了我好久，也伤心了好久。最后找了一个留学生嫁到了国外……

只要她幸福，就是我最大的安慰，我暗暗祈祷。

一会儿风大了，那一簇簇叶子逐渐地飘向了远方。我的眼睛也越来越模糊……

【作者简介】赵勇，山东省高唐县人。青年作家网签约作家。华夏精短文学会会员。作品散见于《青年作家网》《乡土作家》《鲁西诗人》《首都作家》《现代作家文学》《河南文学杂志》等媒体平台。

安宁（长篇节选）

国辉

长篇小说《安宁》已于2020年5月由天津人民出版社出版，它以寒门单亲姑娘——80后安宁和同学们的高中生涯为内容，是80后农村孩子的《匆匆那年》，“这就是我们80后农村孩子的青春啊！”

本文节选的是学霸欧阳因家庭变故辍学的片段。

模考后欧阳请假了，返校后就脸色悲戚。到了政治课，居然趴在臂弯里。

安宁瞟瞟老师，轻轻捣她，“嘿。”

欧阳侧过头，脸色惨白，汗珠和泪珠大颗大颗滚下来。

“怎么了？啊？”安宁大惊，举手，“要不要去医院？”

“安宁？”政治老师问。

“老师，欧阳病了。”安宁指指欧阳，“她疼得脸上都是汗呢。”

“那你快陪她去医院，有情况及时回来跟老师说，没请假条你就说出事了老师担着。”老师疾步过来，也急了，“快！”

安宁赶紧扶着欧阳往森城医院去。见她左手扶腰，走路拖着脚，索性将左肩顶住她的右腋窝：“以前这样疼过吗？”

“没。”欧阳含糊不清回答，“啊，疼死我了，呜……”

森城医院永远人头攒动。

“结石。”年轻的医生拿着诊断书，“今天住一晚吧，观察下有没有继发性感染。”眼看笔尖就要落在《住院申请单》上，欧阳赶紧扑过去握住笔，“医生，我不用住院！”

医生本能地往后一仰，看看她俩的校服，“出了事？”

欧阳含泪执拗地重复，“出事不赖你！不用住院，我扛得住！我自己说了算！”

医生看看欧阳，叹气道：“观察肯定要观察，出事了可就不是你这么说了……这样吧，我跟科里说下，你们在输液室坐一晚吧，但是不可以喧哗啊，不然我要受处分呢。”

安宁赶紧道谢，又扶欧阳去输液。这一坐，人家的饭菜香气又勾得肚子“咕咕”叫。

政治老师见她俩久不回来，又派陈振宇来。

“安宁，欧阳怎么了？”陈振宇气喘吁吁地出现在输液室。

“结石，”安宁回答，又向欧阳嘱咐，“我去买饭，陈振宇先陪你。你想吃什么？”

“随便。”欧阳闭眼虚弱地答，“粥面条饺子什么的，清淡点儿。”

“好。”

陈振宇一扭头疾步追出来，“安宁，我去买，医生怎么说？”

安宁紧走几步再望望输液室，估计欧阳听不见了，“医生说住院，她不肯。”

“为什么？”陈振宇提高声音，看安宁皱眉，声音立即低下去，右手食指和大拇指捻了捻。

“嗯。”

“懂了，我回去募捐，你让她安心治疗。”陈振宇松口气，“我先去给你们买饭。”

“谢谢。”

吃完饭，安宁懒懒地瘫在椅背上，“欧阳，要跟爸妈说吗？”

“不要！”欧阳脸色铁青，恨恨地看着森城医院对面的森城中学，“我爸死了，妈也死了！”

“啊？”安宁被吓得坐直，“前几天你回家，听孙超说你爸病了？”

“不是病，是……没了。”欧阳忽然泪如泉涌，“那天上午我接到捎话，说我爸脑出血，中午赶回去人就凉了……他，上次月假还惦记我这次的成绩呢！”

“啊？”安宁赶紧找纸巾递给欧阳，“难受就哭出来吧，哭出来就好了。哎，生老病死都是天意，你也节哀顺变。”

“安宁你能想到吗？我爸很聪明，我虽在农村，但从没缺过钱。我本来想考上武大为爸妈争口气……你知道农村两个女儿很受歧视的！但我爸很疼我们……”欧阳说不下去了。

“所以你更要好好努力啊，”安宁拍拍欧阳的背，“我家也是两个女儿呢，我懂。你这次班级第二，年级第十，考上武大肯定没问题！”

“不，我要退学了。”医院的夜，弥漫着浓浓的消毒水味。欧阳深吸一口气，泪流满面。

安宁吓得铺天盖地的瞌睡都没了，“啊！你开什么玩笑！你是年级第十啊，第十啊！绝对是重点大学啊！哪怕借钱先读啊！对了！你妈呢？啊？爸爸没了，妈妈呢？”

“玩笑？找谁借？”欧阳凄然一笑，忽地眼里又满满的恨意，“我妈？哼，我爸走了不到十天她就招了上门女婿！我爸尸骨未寒！急啊！”

“欧阳，”安宁斟酌着话语，“也许你妈有苦衷？你知道农村供一个孩子读高中多不容易吗？你不是还有姐姐妹妹么，也读书的话，你妈真的撑不住啊！”

“撑不住我辍学啊，”欧阳气得直嚷嚷，“我说我退学让妹妹读书，还要怎么样！”

“你妈一定舍不得！”安宁也哽咽了，“你成绩那么好，你妹妹那么小，手心手背都是肉呢！她这么着急结婚一定是为了你们都能读书！欧阳啊！”

欧阳闻言泣不成声，“可我继父……”

“对哦，你继父不让读？”

“他愿意供我读书，但逼着我叫他‘爸’！我妹妹不懂事，叫了。”欧阳咬牙切齿，“我叫他滚，被我妈打了一巴掌！长这么大，我是第一次挨打！还是为一个野男人！”

“哎！”安宁想了想，“这样吧，我回去找同学们募捐吧，不要你出面。”

“募捐？能募捐一个月，能募捐三年吗？”欧阳直直地看着安宁，无力地摇头，“我跟你们同进同出，却要靠你们养，想过我的感受吗？”

“那你打算怎么办？”安宁木木地问。

“去深圳，”欧阳淡淡回答，“村里有人在那做普工，我去找她。”

“欧阳你会后悔的！你叫一声‘爸’又怎么了！我当初没钱读高中，都想要卖血呢！你算算啊，高中三年，就算一月回去一次，三年也就三十多次见面。到了大学，你可以远走高飞，想回来就回来，不想回来谁也拦不住！你都说你亲爸对你的成绩最看重了，你现在因为他的离去辍学，你让他在天之灵怎么安！欧阳我告诉你，我没叫过自己妈妈一声‘妈’，因为她去世时我还不会说话！后妈进门第一天我就叫‘妈’，这么多年不也过了啊！”

欧阳震惊地瞪大眼睛，“安宁，你真坚强！谢谢你跟我讲这些，‘家家有本难念的经’啊。”说完，疲惫地靠在椅背上闭目养神，“安宁啊，可我不是你……如果不读书，我妈就不用找上门女婿，妹妹也不用违心地叫另一个男人‘爸’，他就没资格在我家指手画脚了！”

“可是……”

“安宁，你也早点儿休息吧，我先睡了。”欧阳打断安宁，闭眼，眼泪滚滚。

安宁无言地来到窗边，凉风习习。这是第一次看森城县夜景，店铺大多关门了，只有小吃店还热火朝天地忙碌。暖黄色的路灯无言地立着，对面的森城中学灯火通明。不读书，连定居县城都是奢侈！因为每条路都像那一扇扇关闭的门，不会给你任何一条缝隙！可是，能否坚持读书，又岂是自己努力就能掌控的事？

打工打工，为什么农村女孩的命就是打工呢！成绩不好打工，成绩好没钱还是要打工！唯一的路就是读书，以后考上大学，留在都市，那时候才能有机会跃到新的阶层，才会成为都市的主人吧！可这条路，不仅仅要自己拼尽全力，还要钱！所以这根独木桥上的人随时都会滚下去。而掉下去的人，并不全是因为懒惰愚笨和不思进取！

安宁对欧阳的悲哀感同身受，却眼睁睁地看着，无能为力，恍惚得连校刊约稿都忘了。

“安宁，”陈振宇奉语文老师的命来催，“语文老师催稿子呢。”

“哦，知道了，谢谢。”安宁惨然一笑，谁知道下一个辍学的会不会就是自己呢？

陈振宇近在咫尺，安宁却觉得远在天涯。城里孩子怎么会懂没钱读书的苦呢？他们穿着耐克，阿迪达斯，Walkman里不是英语而是“喜欢看你紧紧皱眉叫我胆小鬼，你的表情大过于朋友的暧昧”，吃住都在家里，零花钱却不比农村住宿生的生活费少。农村孩子在意每一次考试，每一分分数；他们却敢勾肩搭背牵手，节假日互送鲜花和小礼物等。

农村孩子与城市孩子，在教室里同属于高一（9）班，一旦出了这扇门，同龄同学不同命。

“欧阳的事，我会尽力募捐的，”陈振宇见安宁情绪低落，安慰她，“我们班里的学生，一个都不能少！你也多劝劝她。”

“会的。”

语文晚自习，安宁写了《鹰》。

鹰想飞，麻雀说，“地上多好啊，有鲜花小草，还有虫子米粒。”

鹰没说话，麻雀们在草地上嬉戏时，它在练习；麻雀们争抢掉落地上的果子时，它在练习；麻雀们在春阳里叽叽喳喳时，它在练习。

时机差不多了，鹰决定去悬崖上试试。

“哎呀，要是摔下去怎么办？”麻雀赶来劝阻，“太危险了！飞那么高干什么，别忘了你妈妈就是被猎人一枪射下来的！你看我们在地上也很开心啊！”

鹰没有说话，更没有丝毫退缩。后退，助跑，一跃而下。腾空的那一刻，鹰仿佛看见了妈妈。它下意识地扑腾翅膀，越飞越高，渐渐成了一个小黑点。滑翔在天空，底下的一切都那么渺小。在天空，它的食物不再是小虫子，而是草原上奔跑的小动物。

还有，它的领地，是麻雀们永远到达不了的星辰大海，浩瀚苍穹！

鹰一直知道，它不是麻雀，它属于天空。

即便妈妈被猎人一枪打下来，即使也曾面临叵测的命运，虽然天空无痕，但我曾飞过。

在最该拼搏的年华里，我从来不曾辱没作为鹰的骄傲。

——谨以此文，献给欧阳

陈振宇将《鹰》打印出来登上讲台，“欧阳父亲急病去世，现在她面临辍学，我们高一（9）班马上要失去一位同学，大家说行吗？”

“不行！”大家一愣，争先恐后道，“不行！”

“好！这是安宁写给欧阳的诗，我念给大家听，‘鹰……它的领地是麻雀们永远到达不了的星辰大海，浩瀚苍穹！鹰一直知道，它不是麻雀，它属于天空……天空无痕，但我曾飞过。’”陈振宇趁热打铁道，“我有个不情之请，我们班里除了欧阳，还有六十四位同学，每个人每个月节省三元就是一百九十二元，完全够欧阳生活费。大家愿意牺牲一点儿，每个月省出三元钱吗？至于学费，我想好了，我们可以全班写联名信请学校减免，只要能让欧阳跟我们一起参加高考，所有的方法我们都要试试，好不好？”

“好！”

“没问题！”

“支持！”

“好，现在开始收钱。家里困难的不要勉强，万一不够一百五十元，我来补齐！”陈振宇的话音未落，一声“不要”决绝干脆，惊得大家循声望去，只见被刘班叫走的欧阳突然推门而入。

“不要！”欧阳深深一鞠躬，泣不成声，“我的事大家都知道了？谢谢大家，谢谢！这恩情，我欧阳铭记一生！虽然我很想……很想参加高考……但是现在我不能不担负起长女的责任……所以……拜托，请你们一定要好好高考，你们都上大学，我在远方也会开心……我会祝福大家……我已经决定明天去深圳，‘此地一为别，孤蓬万里征’……后会有期！谢谢大家！”

有女生哭出声，男生红了眼圈。

陈振宇清清嗓子：“欧阳，我们自愿负担你三年学费生活费，你不要有压力。我们每个人每月省三元，全班除了你还有六十四个人，每个月一百九十二元……”

“我们愿意！”全班同学都齐刷刷地站起来，有的太急带倒了凳子，有的不小心掀开了桌盖，“欧阳，留下来吧，我们愿意！留下来吧！”

欧阳又笑又哭，“陈振宇，你知道安宁每个月生活费只有一百元吗？你知道我们班大部分都是农村学生吗？这钱我不能要！”

“没关系，我愿意！”安宁含泪道，“欧阳，大家都愿意！老师，我们，还有你妈妈，包括你自己！都希望你能高考，留下来好不好？”

“可——我——不——愿——意！”欧阳跺脚大哭，“大家的心意我领了，可——我——不——愿——意！”一转身冲出教室。

水杉叶开始泛黄，办公楼依旧挺拔，教学楼依旧喧哗，艺术楼飘出了《梦中的婚礼》钢琴曲，宿舍楼晾着密密麻麻的衣裤，食堂渐渐飘出饭菜香，操场飘荡着体育老师的哨声，球场上生龙活虎的学子挥汗如雨，体育馆依旧庄严，小花圃的苗苗正在努力生长……欧阳拖着小行李箱走走停停，一眼一眼地将它们刻在心底。

安宁木木地跟着欧阳，说道：“欧阳，继父也不反对你读书啊，他就是要个面子对吧？”

“安宁！”欧阳狠狠咬牙，却忍不住颤抖，“你知道村里人的话多难听吗？”

“哎……管他们干什么？如果我是你……”安宁的话还没说完就被欧阳打断了，“安宁，你好好考！我下午的车，去深圳。”

安宁低了头，抬头时也不再劝了，“好吧，你也好好干，现在大学生都找不到工作，说不定我那时候还要你收留呢！”

“嗯。”欧阳依依不舍地递上放行条。这一刻起，她不再是学霸，而是社会闲散人员，“安宁，我告诉你一个秘密。”

“说。”

“我……喜欢陈振宇，原本……原本打算拿下班级第一就告诉他，可……”欧阳转过身去。

“欧阳！欧阳！”安宁赶紧拍拍她的背，“他也喜欢你啊！要不然又为你募捐又怕你退学！”

“谢谢你安慰我。”欧阳挤出一个微笑，“答应我，再难也不要辍学，你上了大学，我的大学梦也就在你身上实现了。再见！”言毕，头也不回地走了。

安宁呆呆地看着欧阳消失在人群里，喃喃道：“故天将降大任于斯人也，必先苦其心志，劳其筋骨，饿其体肤，空乏其身，行拂乱其所为，所以动心忍性，曾益其所不能……行拂乱其所为……行拂乱其所为……欧阳，我也不知道自己能在学校待多久，但是能待的每一天，我都会拼尽全力，我答应你！”

【作者简介】国辉，湖北姑娘，青年作家网签约作家。2020 年 5 月，出版长篇小说《安宁》（天津人民出版社），2019 年 3 月，剧本《安宁（上）》进入新华网和华谊兄弟联合承办的“2019 青年电影人培养计划”决赛；2020 年 8 月，剧本《安宁》进入“第四届平遥国际电影展·陌陌青云剧本奖”初赛。

在世间，孰是孰非

罗淑英

太阳吃饱了饭浑身满是力量，新铺的沥青马路在它的炙烤下散发出阵阵异味，几只无聊的知了加入狂欢乐队，躲在大道两旁高耸的梧桐树上整齐奏乐。

“大娘，要喝口水不？这个天实在热得很。我都有点儿遭不住。”小菊花看着垃圾箱旁佝偻着身子清理水果残渣的清洁工蒋大娘问道。

“我带的有，菊花儿。”大娘仰起瘦弱苍白的面容，一把揭开冒着雾气的遮阳帽，几根青筋凸起的干枯手背胡乱擦拭额角汹涌而出的热汗。“大娘，都中午了你家大爷还没给你送饭来啊？要不在我这将就点儿？”菊花一边撕着苞谷叶子一边整理摊位菜篮子里的葱子蒜苗，正值三伏天，这菜放一会儿就开始缺水耷拉着脑袋，再不喷点儿水就卖不出去了。

“老头子腿脚不好，今天的天气又闷热，可能在路上了，你先吃。”蒋大娘放下手头的扫帚，双眼紧紧望向农贸市场的大门，她的老李今天咋还没来。

“我在老家摘了一些李子，酸脆酸脆的，你试试。”菊花抓了一把透亮的李子塞进蒋大娘手里。蒋大娘小心翼翼地将几颗黄绿黄绿的李子放在自己装菜的塑料袋里，一会儿给老李吃，他最爱这乡下的李子了。

两人正说着话，外面传来吵闹声，“哎哟，痛死我了！”

蒋大娘听见了，好像是她家老头子的一声惨叫。

她慌忙跑出去，推开里三层外三层凑热闹的人，看到躺在三轮车旁边捂着腿的老头子。蒋大娘一把将老李抱在怀里焦急地喊着：“咋的了，这是咋的了？还流血了，老头儿？”

“他走路不看路，抬起眼睛走，走得又慢怪哪个哦？”三轮车的主人站在那里趾高气扬地指责此刻正躺在地上小腿直冒血的老李。

蒋大娘一眼盯着站在跟前的这个粗壮小伙子，眼里满是红色血丝，怒道：“你看不出来他的腿是残疾的？你就不能开慢一点儿？他走路从来都很小心，肯定是你开太快撞上他了！”

“确实，我看到这个老人家都朝边上让了，他还是没有减速直接开起去撞到人家了。”路人看不下去补了一句，“撞到人了不谈先送医院看看，还在这儿怪人家受害者，一个大男人还真干得出来！”“就是就是！”“人证物证都在，再不送老人家去医院我们就报警了！”

男人扫了两眼围观的人，又瞟了一下躺在地上的老头，很不情愿地将他抱起走到路边打车，蒋大娘急忙脱下帽子袖套跟着上了车去。

看着当事人走了，围观的群众都散了开去，一切又恢复原来的模样，卖菜的贩子们继续吆喝着，似乎什么也没发生过，街上的车辆没有一丝丝感情轰着油门来了又去。

“小伙儿，我们不会讹你，只是该你检查的费用，你还是要承担。我家老李从小就拖着一条腿走路，要是另外条腿还不行了，以后我们这个家还怎么过？”蒋大娘在纸巾上倒了点儿水轻轻擦着老李腿上开始凝干的血迹，动作轻柔眼里满是心疼，这个老实的男人可不能出事。

“你们只要不报警，我把他医好就是！”坐在副驾驶的男人根本没把这两个年迈的老人放在眼里，能约束他的或许就只有派出所穿着制服的那堆人了吧。

司机余光瞟了后视镜一下，绿灯一到，踩着油门继续向前开去。

“小伙儿，我不懂医院这些规矩，你去问下医生要怎么弄，我和老头儿坐在这里等你。”看着老李疲倦的样子，蒋大娘将他扶在医院走廊的椅子上靠着顺口气。

“真麻烦。”撞人的男子虽很不情愿，但还是去排队挂号了。

拍了片，因为骨折需要治疗，所以肇事男子为老李办了住院手续。弄完这一堆程序，已经下午五点了，看着老李安心地躺在病床上，蒋大娘才想起自己没有吃午饭，有点儿饿，于是出去买了三盒饭回来。“你也累了半天，吃点儿东西。”蒋大娘将手里的青椒肉丝盖饭递给埋着脑袋刷抖音的男子，男子看了一眼面前这个衣着褴褛、眼神却很坚定的老太太，便接下了盒饭。打开盒饭，几片青椒浮在上面，肉丝翻了几下也就那四五块儿。

“老头儿，没你喜欢的炒河粉，我买了洋芋肉丝盖饭，等你出院了，我给你弄河粉。”大娘把病床的餐板摆起来把饭放上去，再把打来的紫菜汤轻轻放在老李跟前。悄悄地从一个黑色塑料袋里抓出一把李子。“嘿嘿，是不是馋这李子了，牙口不好还喜欢这生硬的东西。”老李接过那几颗温热的果子，眼睛湿润没说话示意她快吃，蒋大娘这才转身端起自己那份饭大口大口吃了起来。

窗外的夕阳洒在床前，洒在了蒋大娘的身上，她的身子愈发佝偻，银发愈发耀眼。

“老太太，我回去一趟，屋头有点儿事。”吃完饭男子起身准备离开，“哎，你不能走，你走了我们咋办？”老李急忙抓着扶手坐了起来，满脸焦虑。

“我不会一去不回的，这点儿诚信还是有的。”“中午你就不承认，哪个晓得你怎样想的!”老李大声吼了出来，病房里的其他患者和家属全部看了过来。

“老头子，让他回去吧，他说了要回来就会回的。”蒋大娘收拾着餐盒仔细擦着病床上的餐板对老李温柔地说道。

夜晚十二点，医生来查床，蒋大娘在为老李按摩。“大娘，你儿子呢？大晚上的让他来守着，你休息一下啊。”“我们没得娃儿。”蒋大娘去厕所端来一盆水继续为老李擦洗身子。

“今天中午送你们过来那个小伙子不是你们儿子？”医生很是迷惑。

“不是，他把我家老头儿撞了送我们过来。我也不认得他。”

“我就说他跑路了吧，你还不信，傻婆娘。”老李想起就来气，这种撞了人还耍赖的人怎么可能跑了还回来。

“你呀，就不要气了，他不来就算了，我不是还在嘛，这不陪着你吗？”蒋大娘像看孩子一样笑着看向老李，继续为老李擦洗受伤的地方，老李看着眼前这个跟了他几十年的老伴儿，霜白的头发，满脸的皱纹，就像一棵接近干枯的枣树，这些年都没有让她过上好日子啊，一点点愧疚累积，在心里泛起层层涟漪。

第二天清晨，蒋大娘一睁眼就看见撞人的小伙子坐在床前，他在削苹果。看到蒋大娘醒了，小伙子切了一半苹果递给她。然后又从病床旁的柜子里提出一袋李子来。“这几天的李子吃起来最安逸，这一大袋够你们两个老人吃几天了。”

蒋大娘看着那一大袋李子，心里说不出来的滋味儿。“来试试。”小伙子给两老人一人抓了一把。

夏天躺在床上一动不动容易起痱子，伤口易感染化脓。又该翻身擦身子了，蒋大娘打着水过来拧干毛巾准备工作，小伙子一把接过大娘手里的毛巾。

“我来，我力气大。”不是商量的语气。“让我老伴儿给我弄，其他人帮我，我觉得不自在膈应。”老李铁着脸看向窗外。“翻过去，你要累死你老婆，那是你的事。”老李下意识听了话翻了过去，小伙子擦起背来得心应手啊。接下来的几天，小伙子都陪着这两位老人，直到医院允许老李出院。

出院那天，小伙子将两位老人送回住处，他又给俩人买了五斤青李，蒋大娘留他吃饭。“你这几天和我们在一起，你家人晓得不？”通过几天的相处，老李也放下了最初对这小伙的成见，两人没事也拉拉家常。

“那晚上我回家告诉他们了，第二天一早就去取了钱过来找你们。在别人眼里或许我是个坏到骨子里的人吧。”小伙子看着隔壁角落忙碌着的蒋大娘说道。

大娘家没有厨房，一间屋即是客厅也是厨房更是卧室。菜倒进锅里满屋都是油烟味儿。

“那天我撞了你，说实在的，我真的不想负责，我没多少钱，也怕别人讹我。”“你们就别再提那天的事情了，给我剥点儿蒜、择一下菜，就阿弥陀佛了。”蒋大娘插了一句。两个老爷们便在大娘的安排下开始忙起来。

“在医院，听挨着你病床的大爷说，你们没有孩子，咋回事儿啊？”小伙子还是按捺不住内心的好奇问了出来。

“我这一辈子啊，欠我们老头子的就这件事情，没有给他生一个孩子，这是我一辈子的遗憾。”沉默了好一会儿，大娘才开了口。“说这些干啥？我们两个就够了，多了都是负担。”老李喝了一口茶朝着蒋大娘方向嘟囔道。

当年老李家穷，再加上小时候被大人用板凳打废了一条腿，没人愿意嫁给他。蒋大娘也是在他三十六岁时，乡亲帮忙搭的线。

蒋大娘原来有一夫家，因出嫁后三年未能生育被赶回了娘家，是一个被家庭抛弃的女人。两个可怜的人碰到一起，生活才开始有了味道。

两人还算勤快，早些年在老家种点儿高粱红薯存了一些钱，想着大城市的医院有科技搞不好可以治好蒋大娘的不育不孕症，就搬到了城里。大娘在一家农贸市场打扫卫生，老李平时就拖着一条腿四处拾荒，要到中午了就做好饭菜给蒋大娘送去，冬去秋来，比闹钟还准时。每到中午，挨着卖菜的邻居都会打趣这个幸福的老太太。

唯一遗憾的是，医院各方面检查也做了，各种药都吃了，蒋大娘还是没能怀上一男半女。每当看到别人家孩子环绕膝头，心酸便荡漾胸口。老李看到她愧疚的面庞便无数次安慰她，命里有时终须有，命里无时莫强求。两人在一块儿平淡地过完这一辈子也就够了，有你有我有一日三餐难道还不知足吗？

小伙子其实并没有完全说实话，他刚开始确实不想承担撞人的责任，更想一走了之。他曾经当过小偷扒手，也打过人进过牢房。出来后遇见了他现在的老婆，包容他过往的一切，于是开始当菜贩子拉点儿货赚点儿生活费。日子过得十分清贫，他撞了老李，第一反应是脱了干系跑路，后来路人说要报警，他又怕了，他的媳妇儿和孩子还在家里等他回去吃饭，他曾答应他的媳妇儿以后不再犯事，重新做个顶天立地的汉子。

那天，他看见蒋大娘那双盯着他赤红的双眸，想起了待在家里等他回去的媳妇儿，如果他被人撞了，他的媳妇儿也会同这个老太太一般心疼和愤怒吧。

溜回家后他把发生的事情同他媳妇儿说了，本想着肯定被骂，没想到媳妇儿竟然把平时攒的钱都拿了出来，还叮嘱他必须照顾好老人直到恢复健康，看着两个孩子在屋里欢快地打闹，桌上有妻子热好的饭菜，他点了点头，第二天一早又去取了钱赶往医院。

“行了，我不说了，吃饭了。”蒋大娘把几个自己精心准备的菜端上桌子。

随后，一盘洗干净的脆李被推到老李面前，“来，你最喜欢的李子。”

“大娘，如果空闲，你俩可以多去我家玩，我媳妇儿可贤惠了，她和孩子们肯定会喜欢你们的，对了，我从小没有父母，你们不介意的话就当我干爹干妈吧。”

屋里弥漫了饭菜香味，闷热的屋里一把破旧的风扇“咯吱咯吱”地摇晃着。

【作者简介】罗淑英，贵州省仁怀市人，贵州省诗歌学会会员、仁怀市作家协会会员、青年作家网签约作家。

信任

张林朝

人世间没有十全十美的人和事。都或多或少存在一些缺憾。

郑浩就是一个有缺憾的人。他今年二十整，照古代的说法，这个年龄叫及冠，已是顶天立地的男子汉了。一米八的个头，长得周周正正的，很是帅气，见着郑浩的人，无不夸他一句：这小伙子长得真精神。

可他却有个夜游症的毛病。这毛病在临床上被称为梦游症，或称作梦行症，是一种特殊的睡眠障碍，主要表现是，在睡着的时候突然起床，在未清醒或者说在大脑仍处在睡着的状态下，进行各类活动，同时还伴随着喃喃自语。这一切的行为，他本人是不自知的。医学研究发现，这种病症多见于儿童，且男性居多，随年龄的增长，症状逐渐消失。可郑浩的症状一直到二十岁了，非但没有消失，甚至比以前更重了。

最初，街坊邻居都不知道郑浩有这毛病。有人半夜在村里遇上郑浩夜游，还以为他有什么事，走路急急地，和他打招呼，他跟没听见似的，也不理人家。慢慢地，半夜里遇见郑浩夜游的人多了，人们就开始议论起来了。

关于夜游症的说法，最开始还是村里的医生说的，说郑浩这种行为就是夜游症。后来，全村人都知道了郑浩的确是有这毛病。

郑浩父母听人说，夜游的时候，他整个人是处在另一个世界，这个时候不能叫他，不能吓着他，如果他被吓着了，或者把他从夜游的状态叫醒了，就有可能得上更重的病，就永远也治不好了。郑浩父母对这种说法深信不疑。所以，每每郑浩夜游的时候，父母总是跟在他后面，不叫他，也不拉他。

曾不止一次地，郑浩在前面走，父母在后面跟着，突然郑浩调头往回走，父母被吓得不知所措，可郑浩与他们走个对脸，却跟没看见一样，自顾自地走着，走得还很快，像是有什么急事似的。后来，父母发现，郑浩夜游的时候，是不认人的，他是什么也不知道的。其实，最初很多村民半夜里遇见郑浩，都大声叫过他的名字，每次跟没听见一样，说明他夜游的时候，根本就叫不醒他。

村庄里出现这种稀奇古怪的事，自然就成了人们茶余饭后的谈资。关于郑浩的毛病，有人议论说这是他父母有毛病造成的，因为他母亲生下郑浩后再没生过孩子。也有人说，郑浩这个样子，完全是他父母从小惯的，是他们老两口护短护的。医生都说了，这种病通过引导是可以改善的，要正确对待，不能担心害怕。可他父母担心别人看不起他家郑浩，极力否认郑浩有这毛病。并挨家挨户地去给人家说好话，意思是不叫人家把郑浩的毛病传出去。其实人们都知道郑浩父母的想法，就是怕影响郑浩成亲。街坊邻居们也都通情达理，也很同情郑浩这一家人。自从郑浩母亲挨家挨户地说好话后，再也没有人提郑浩夜游的事，甚至有外村的人打听，村民也都说不知道有这回事。

可往往事有不巧，怕什么来什么。郑浩说了几个亲事，都没成，有的的确是因为女方认为他家穷而没看上，可有的看中了他的高大帅气，但听说了他有这毛病，才不得不断了这门亲事。

郑浩父母本来就是老实巴交的人，加上郑浩有这毛病，平日里在村里跟低人一等似的，几桩亲事没成，郑浩母亲生闷气，这一气气出了毛病，卧床不起。这是心病，什么药也不管用，不到半年人就走了。走时才刚刚五十出头。这么一折腾，郑浩父亲也病倒了，也是不到半年就去世了。

郑浩本来就因为自己有这个毛病自卑，平时很少与街坊邻居来往，独来独往的。也因为这个毛病，在学校时常常半夜起来去操场跑步而被不知情的同学们说笑，因此，心理压力过大而无法上学。父母相继去世后，郑浩更是天天闭门不出，除了白天独自下地干活，整天待在家里，不出去串门，也不想叫别人去他家串门，完全把自己封闭起来了。一来二去，郑浩似乎不存在了，成了村上可有可无的人了。在村子里，几天见不着郑浩，也不会有人吃惊，更不会有人想着去看看他。

日子就这么一天一天地过着。

一天，郑浩正在院子里喂鸡，突然听见隔墙邻居郑大宝说："媳妇，咱家锄头呢？夜黑我放在楼门后边的，咋找不见了？"

过了一小会儿，郑大宝媳妇从屋里出来，小声说："我没见，会不会是郑浩夜游时顺手偷走的？"

听到郑大宝媳妇这句没根没据、没有来历的话，郑浩差一点儿晕倒。他定了定神，四下里看了看，确认自家院里没有不属于自家的工具时，非常生气，很想过去与郑大宝媳妇理论理论，可转念一想，人家是在自家院里说的，又没在大街上吆喝，犯不着为这事生气，再说了，远亲不如近邻，平日里郑大宝对自己还是很关照的，两家关系也非常好，不至于为了一句没影的话闹矛盾。郑浩这样想着，准备回屋，这时，他却又听见郑大宝说："咱家楼门关着，不可能是郑浩，除非他翻墙过来。"

郑大宝边说边往墙根儿走，他是想看看墙上是否有翻墙的痕迹。

郑大宝是个大个头，比郑浩还高，两家中间的那堵墙不到二米，郑大宝站在墙根儿，踮一下脚就能把头伸到墙头上，郑浩家的院子尽收眼底。郑大宝根本就没想到郑浩此时会在院墙对面站着，他刚把头伸过去就与郑浩对个照面。他非常尴尬，支支吾吾地说："弟啊，干啥？没下地呢？"

郑浩笑笑，说："没呢，在喂鸡。听嫂子说你家锄头丢了？"

郑大宝吞吞吐吐地说："啊，啊，没丢，估计是放哪儿了，我再找找。"说着，郑大宝转身走了。

郑浩想，因为自己有夜游的毛病，人家这样怀疑，也是应该的，只要自己没拿，就不怕人家怀疑，身正不怕影子斜，自己只当没听见。可接下来郑大宝媳妇说的话叫郑浩着实生气了，她说："说不定真是他偷的，咱得防着，有这样的邻居真是倒八辈子霉。"

郑大宝跟郑浩隔墙说话时，郑大宝媳妇去了趟茅房，按说她是能听见郑大宝和郑浩说话的，可她刚从茅房出来就说了这么一句话，而且声音还不小，郑浩以为她这分明是故意叫自己听的。

郑浩站在院子里，气得默默地流泪。

郑大宝看着媳妇，眼瞪着，指了指隔墙，大声吆喝着媳妇，说："瞎说啥，郑浩兄弟会是那种人吗？我肯定是放错地方了，再找找。"

"啊，啊，我说，不会是咱兄弟拿的，定是放哪儿了，再找找，再找找。"郑大宝媳妇顺势附和着，回屋去了。

没过几天，村里就有人传着说郑浩在夜游时还有偷东西的习惯。更是有人善意地说，郑浩就是偷也是在夜游时偷的，他有那毛病，不是故意的，大家看紧自家的门就是了。

郑浩有口难辩。更不愿和街坊邻居们来往了。

郑大宝和郑浩他们两家房后是条大河。夏天里，一下大雨，这条大河就爆满，沟满河平的，很吓人。

不过，大河涨水时，也给村民们带来了不少好处。每每大河涨水，都会从上游冲下来很多东西，以树木居多，村民大都捞树木当柴火烧锅做饭。当然，也能捞到一些成材的树桩子，粗的能当梁，细的能当椽子。

郑大宝家离河最近，“近水楼台先得月”，每每发大水，郑大宝能最先占据有利地形。郑大宝每年打捞上来的东西最多。

这天夜里，前半夜开始下大雨，一直没停。到了后半夜，郑大宝侧耳听了听，对媳妇说：“河水涨上来了，能捞东西了。”他边说边准备起床。

从小在河边长大，经年累月听河水的声音，使得郑大宝听觉上有一种非常奇特的感知功能，他躺在自家后墙根儿的床上，耳朵贴着后墙，仅凭听河水的声音，就能在大雨声中感知到他家房后河水的水位，照他自己的说法，就是他能听到河水中一种特有的窣窣的声音，这种声音由模糊不清到听起来开始清晰时，就是水快要涨到岸边了。而他所听到的那种特殊的声音，就是水中树枝等杂物相互碰撞、摩擦的声音。每每这个时候是最佳的打捞东西的时候。

于是，他急急忙忙带上打捞东西的专用工具——一根头上绑个大铁钩的长竹竿，身上披一个塑料袋可出门了。

在郑大宝家房后的位置，河床稍稍向外拐了个弯，因此，恰好河水在那个地方形成一个回旋的慢流区，但这种回旋，表面看上去河水的冲劲不大，其实河水下面却暗流涌动，一旦被旋进去了，水性再好的人也不可能再游上岸来。此时，河水刚刚涨起来，回旋到岸边的都是些杂草、小树枝等，郑大宝先是捞起些小树枝，突然他看到一棵大树随着回旋，漂到他面前不远的地方，于是，他尽可能把竹竿伸到最远，竹竿头上的铁钩刚刚钩住那棵大树，他还没有来得及使劲儿，突然，脚下一滑，掉进了河里。就在这时，有个影子去拉他，没能拉住。郑大宝被洪水卷走了。那个影子旋即也消失了。

说来也巧，这个场景恰巧被远处一个也正在打捞东西的人看到了。因为当时还下着大雨，那人也正忙着打捞东西，影影绰绰的，看不清当时的情况。郑大宝滑下水的时候，也因为太过突然，他自己连声呼救都没来得及喊，就消失在急流中了。

天亮以后，郑大宝媳妇去河岸边看郑大宝打捞东西，只看到岸边堆放着的一堆杂树枝，没见着郑大宝本人。郑大宝媳妇往上下游看了看，也没见人，突然感觉不对劲儿，脑海里猛然产生了不祥的念头，她断定郑大宝一定是被洪水冲走了，大哭着，疯了似的往回跑。她哭喊着叫邻居们帮她找郑大宝。

村民们自发地组织起来，顺着河往下流找，找了十来里也没见着人，想着，人一定是没了。

第三天，村里突然传出话来，说，有人看见是郑浩趁郑大宝打捞东西时，一把把郑大宝推进河里了。

这一下可不得了了，消息一传到郑大宝媳妇耳朵里，她不由分说立马报了警，警察按照正常办案程序，展开调查走访活动，先是询问了那个说他当时看到情况的村民，他说："我也只是恍恍惚惚看了一眼，雨太大，根本看不清楚。我也没说是郑浩。我只是说我影影绰绰看到好像有个人推了大宝一下。"

郑大宝媳妇很肯定地说："就是郑浩干的，前几天我说过他偷俺家锄头的事，他怀恨在心，趁机把俺家大宝推到河里了。"

警察询问郑浩那天晚上的情况，郑浩说："我在睡觉哩，我连夜里下雨都不知道。"

听郑浩这么一说，郑大宝媳妇气愤地说："就是你，前两天我说你偷了俺家锄头，你怀恨在心，就趁机把大宝推下河了。再说了，你自个儿半夜下地干活你都不知道，推人的事，就那么一下子，你当然不会知道了。"

警察正在办案，制止了郑大宝媳妇毫无根据地随便乱说。

听郑大宝媳妇这么说，郑浩非常生气，但也只是苦笑了一下，很无奈地摇了摇头，说："我真没偷她家锄头。唉，不能因为我有毛病，就说什么坏事都是我干的。"

警察在走访中也了解到郑浩有夜游症的毛病，慎重起见，警察叫郑浩待在家里，不要离开村子。郑浩什么也不说，天天待在家里不出门。

警察一刻也没闲着，他们在走访村民、询问郑浩的同时，也不停地与下游的派出所联系，询问是否在河里救上来过落水人员或在河里发现可疑的尸体。

人们在焦急地等待了大概一个星期后，郑大宝自个儿走回来了。

原来是这样的：郑大宝从小在河边长大，水性特好，他被冲进河里的瞬间，下意识地紧紧抓住手里的竹竿，因为当时竹竿头上的铁钩已钩住了那棵大树。他在水里挣扎了很长时间才爬到那棵大树上，之后，他就紧紧抱住大树，顺河一直往下漂，到了天大亮的时候，他已漂了几十里了。下游村民发现他后，连树带人拉上了岸。他本人并无大碍，只是身上多处擦伤，加上一夜的挣扎，整个人没了一丁点儿力气。他在当地卫生院住了两天，恢复了体力，这才回来。

警察问他落水的情况时，他说的第一句话就是："我该感谢郑浩老弟。"

在场的人对此无不惊讶。警察吃惊地问："为什么？"

郑大宝说："当时我正一心要把那棵大树捞上来，根本就不知道郑浩是什么时候站到我身边的。我滑进河里的瞬间，转了个身，突然看见郑浩猛地一下往前倾着，是在伸手抓我。他是想把我抓住。可是，太快了，他根本就没能抓住。"停了停，又说："我在水上漂的时候，心里还在捉摸，郑浩当时那反应是特别快的，我想他不应该是在夜游，夜游的话，他不可能会有那么快的反应。"

接着，郑大宝又说："得亏郑浩当时没能抓住，若是抓住我的话，他不但不能把我拉上岸，反而我会把他带下水去。"

郑大宝看着警察，又看看围观的村民，兴奋地对媳妇说："走，咱一起去谢谢郑浩老弟。"

媳妇不好意思地说："你不知道，没找着你，我怀疑是郑浩趁夜游把你推下河的，我没脸见人家。"

郑大宝听媳妇这么一说，有点儿生气地说："郑浩是个好人，他不会干坏事的，我们不能老怀疑人家。"

媳妇不好意思去，郑大宝和警察一起到隔壁去看郑浩。这时，郑浩还关着门在屋里睡觉呢。

看见郑大宝站在面前，郑浩也很吃惊，一脸懵然地看了看警察，又看了看郑大宝，小声说："我没推你！"

声音特别小，像是自言自语。

【作者简介】张林朝，河南郑州人，籍贯河南南阳。青年作家网签约作家。2018 年 7 月，出版个人非虚构日记集《故土亲情》；短篇小说《另类》入选《岁月之歌：全国青年作家优秀作品选》。

将错就错

宋东涛

此刻，她正坐在窗前，出神地望着窗外！

窗外一片春光明媚、桃红柳绿的热闹景象。她最喜欢春天，可以任意游走天地之间，和桃花打招呼，与微风中飘扬的花瓣轻轻起舞……

可眼下，这一切都失去往日的生机！

生命中从未纠葛过的人和事，撕扯着她的心，颠覆她的人生。

岁月一直眷顾她。

她算不上很优秀，确很幸运。她出生在一个医生家庭，父亲是外科医生，母亲是药剂师。从小到大，父母对她呵护有加，在这种受尊重、有自由、平等相处的氛围中，她快乐成长。虽然资质平平，在拥有高学历父母的教导下，顺利进入不错的大学。大学毕业前夕，她通过努力争取到去德国读研的机会！日子像极了阳光下的水缸，纯净通透。

就在她忙活出国时，意想不到的事情悄然而至……

如果不是一个叫翁静的女人，没有任何征兆地闯入她的世界，她会一直像阳光下的向日葵，快乐、简单！

女人是找了她十六年的亲生母亲！当然最初听到这个消息时，她觉得不置可否，当作一个蹩脚的笑话，心里却隐隐有些焦虑！

尽管当作笑话，该来的还是要来，现实面前，任谁也无法逃避。

二十二年，一个草长莺飞的春日下午，某市医院三楼产房里迎来了三个小生命。两个可爱的小公主和一个小王子，小公主们还来不及认识自己的父母，就在匆忙间错换人生！

最先发现问题的就是她的亲生母亲——翁静！

如果就这样一直错下去，谁也不清不楚，反正生活是幸福的，偏偏真相在翁静一家面前揭开。

那是孩子五岁时发高烧，脑部受创一度昏迷，在抢救过程发现孩子的血型与出生证上不符，此前出生证上明明是“O”型，此刻却是刺眼的“A”型。两个“O”型的人无论如何也生不出“A”型孩子。为此年轻的父亲在重病的孩子面前大声咆哮，质问已经六神无主的母亲。病好后的孩子智力没有问题，只是走路不太稳，口齿不清。翁静为此经常带她去做康复，康复期疗程长，要痊愈可能会很久，或者不可能痊愈。

翁静是一名幼儿老师，因为经常带孩子看病，就辞职了，经营了一个小吃档口卖早点。

孩子出院以后，丈夫经常和翁静吵架，问题焦点当然是这个没有血缘关系的孩子。

渐渐地，他就很少回家了。

小区里知道事情的人越来越多，翁静背后没少被指指点点。翁静没有时间考虑这些空穴来风，一心盼着孩子康复。

可后来全变样了！

丈夫找到新女朋友。

不久，法院传来传票，丈夫将翁静告到法院，要求赔偿精神损失费。双方委托第三方进行亲子鉴定，一周后，鉴定书的结果始料未及——孩子和这对夫妻均无血缘关系！

这一年，孩子已经六岁了！

事实证明翁静没错，但她和丈夫已经不可能回到最初。丈夫除了一声无限感慨的“对不起”之后，转身离去，就从翁静的世界一划而过，仿佛痛楚和苦难与他无关。

小女孩很漂亮，名叫林晓晓，经过这一年坚持不懈的康复，除了走路稍有些跛，口齿伶俐多了。

翁静从来没有怀疑过孩子不是自己和丈夫亲生的。

这下她真的有些不知所措！

翁静找到当年生产的医院，央求找出当年的科室记录，找到自己的孩子！

现实是谁也不愿意为自己的过失买单，她无法那么快找到答案。

翁静守着晓晓，虽然贫穷，但把全部的爱倾注给这个抱错的女儿！

可是，在她的心底，一直想揭开谜底。她一边抚养晓晓，一边不放过寻找自己孩子的机会。

当皱纹爬上她不再年轻的脸时，晓晓也十八岁了！

那天晓晓过生日，她照例去买两个小蛋糕。回家的路上，不小心被汽车蹭到，其实也无大碍，但司机还是坚持送她去医院。医院回来后，她回答晓晓曾经在六岁时问到的问题：生日为什么买两个蛋糕？她从未告诉过孩子残酷的真相。今天，翁静觉得该告诉晓晓，既然长大了，理应清楚自己的身世。她告诉晓晓，无论怎样，晓晓都是她在这个世界上最疼爱的宝贝！

从这以后，找回自己的孩子，不单单是翁静一个人的事情。

晓晓懂事好学，高中毕业后就读市医学院的医学护理专业，三年毕业，她凭借过硬的专业技能，回到出生医院成为一名护士。

晓晓吃苦耐劳，科室里谁有事都找她顶班，她也从不推辞，逢年过节，值班表上她总是在加班最多的人。其实晓晓的心里藏了一个心愿——帮助妈妈找回自己的孩子！

功夫不负有心人，当年的事情在细心的晓晓面前，揭开真相！

现在的护士长——当年的小护士告诉她：当时因为医院线路老化，跳闸，大概停电五分钟，恰恰这三个孩子刚刚放进保温箱，慌忙中她从保温箱里抱错了孩子。当她发现可能会存在抱错的情况时，心存侥幸，并没有第一时间报告护士长，她想没有那么巧的吧……

事情一经关注，快五十岁的护士长将要面临处罚，可这样结局又能怎么样呢？物是人非，一切都成定局。亲戚朋友知道这件事后告诉翁静，找到了又能怎样？过得好何必打扰，过得不好下半辈子在纠葛中难以自拔，不如接受现实，更何况孩子都已成年。千万不要落个鸡飞蛋打，自己孩子不愿认，抱错的孩子被领回，下半生不是更痛苦！

晓晓不这样想，她已经二十二岁了，母亲养育她的点点滴滴已深深刻在生命里，任谁也不能分开！她觉得这个真相是送给母亲最好的礼物，至于自己的亲生父母不重要。

历尽千辛万苦，终于找到了，找到了母亲的亲生孩子！

这个消息对翁静来说无疑是激动开心的，可对于准备出国留学的亲生孩子来说，如五雷轰顶，是天崩地裂般的噩耗！

街头巷尾都在议论这件事，凡是牵扯到的人均被推向了伦理道德台。看到新闻的人或者怜悯、惋惜，或者看看热闹，众说纷纭，猜测各种结局。管他的，这种事人们往往热议一阵，渐渐就会遗忘，因为头条里有更多稀奇古怪的事等着大家关注！

翁静想见见自己的孩子，对于外界的任何声音无暇顾及，她只是想告诉孩子这一切而已！再不行就只见一面！

很快，约好见面的日子。那天，翁静和晓晓怀着忐忑的心情，早早到达约定的地方。那天，等了很久，等到一位对方的亲戚带来的口信：错了就错了！他们将错就错，认了！

很快，她也出国了！养父母征求过她的意见，他们不谋而合——不见！

显然，她无法接受、也不愿接受这样的事实！

她不曾见过翁静，心里倒是有些怨恨，甚至有些不愉快。可不知怎的，梦里总会有一个女人朝她喊——女儿，她看不清女人的脸，模模糊糊的轮廓看不真切。

寒来暑往，几年一晃而过，她学成回国。父母为她接风。宴席上，有一个陌生人交给她一封信。

信是晓晓写给她的。信里说：翁静妈妈在她出国后不久，带着遗憾走了。原来，母亲在晓晓十八岁生日那天，因为被车子蹭到，去医院做全身检查时发现乳腺癌早期，她没有精力和财力治疗，只有放弃。这些年，晓晓一直被蒙在鼓里，直到生命的最后一段时间才得知，可是，错过了最佳治疗期，只能眼睁睁看着母亲遗憾离世。末了，晓晓写道，母亲一辈子有两个心愿：一个是找到自己的女儿看一眼；一个是把晓晓交给亲生父母！但是她终是没等到见到自己的孩子，就匆匆离开了……

母亲这一生太苦了！而今生今世，晓晓只有一位母亲——翁静妈妈。

她喉头发紧，哽咽着：是的，错了，错过了……

【作者简介】宋东涛，笔名东风无痕，古都西安人，语文教师，青年作家网签约作家。

狗儿

张雪

狗儿是我近邻，所以我对他的身世知根知底。

狗儿父亲是吴瞎子的胞兄弟，也是老大，身患痼疾，体弱乏力，即便壮年，也不能从事重体力劳作。严重的肺结核常使他咳嗽不止，嘴里有吐不尽的浓痰；可他无时无刻不叼着老烟管，廉价的劣质烟叶熏得他周身散发出呛鼻的烟草气息，一副病恹恹的模样。

狗儿出生未满月，母亲撒手人寰，从此，久病卧床的父亲与兄弟二人艰难度日。彼时哥哥尚小，凭靠稚嫩的双肩挑起全家生活的重担。大集体体制下的农村生活缺衣少食，靠可怜的工分吃饭，吃糠咽菜，缺粮断炊，已是司空见惯，父兄尚可勉强应付，襁褓之中的狗儿嗷嗷待哺，扯着嗓门哭叫要吃的，身高不足一米的兄长无奈之下，只得抱着狗儿向本村的婶子大娘要奶吃，虽说此举能解燃眉之急，然终不能长久，狗儿吃了上顿短了下顿的事时有发生，无奈之下，本房族人邻居便将两种劝言摆在狗儿父亲面前：其一，将狗儿送养，选一户夫妻不能生养、生活殷实人家，既能解决狗儿的生存问题，也能借机改善家庭的生活条件；其二，集吴氏全族之力，仰仗狗儿父兄的志气，拼上居家性命，也要为家庭赢得口碑。据说，准备接养狗儿的人家已经托人上门洽谈过继手续问题了，狗儿父兄冲冠一怒，恶言秽语，赶跑中间人，断送了狗儿的光明前程。

狗儿一岁多才学会走路不久，父亲离世，狗儿随兄长度日。狗儿的兄长是地道的庄稼汉，小学未毕业辍学在家务农，如果不是吴氏族人从中作梗，他宁愿狗儿能送养成功，自己不去落一个有胆识敢担当的男人美名，他何尝不知道自己的能力，狗儿跟着他，不被饿死已属万幸，何谈觊觎读书求学，当然狗儿兄长本也没有让狗儿读书识字的打算，狗儿到了上学的年龄，也只能眼巴巴地看着同龄伙伴高高兴兴背着书包，一蹦一跳上学去，在哥哥的呵斥中到荒郊野外捡拾枯枝、庄稼秆，以备烧饭取暖之需。

人但凡能在这个世上活着，必定有其活着的理由和本领。

狗儿从小就显示出来其非比寻常的强大生命力。别人家的孩子一天吃几次奶，尚不知足，号啕不止，狗儿吃一次奶却能管好几天不哭不闹；数九寒冬，别人家的孩子里里外外穿上好几层棉衣还冻得直哭，狗儿一件破棉袄照样风里来雪里钻，没棉鞋穿，脚指头冻破了，走路一步一个血印，也从没见他叫喊过，这就叫适者生存吧。渐渐地有人发现狗儿对疼、痛、冷、热反应迟钝，总要比正常人慢半拍，远不止于此，狗儿对饥、饱、喜、怒、爱、恨、累、闲等对比强烈的反应均不灵敏，狗儿生来就是个怪人。

狗儿兄弟自幼在苦水里泡大，什么样的苦都吃过，什么样的罪也都受过，尤其哥哥吃苦耐劳的特质似乎与生俱来，衣不遮体是常态，食不果腹更是常见，难得的是如此艰苦卓绝之地竟出落了一个敦敦实实的阳光后生。农村实行土地承包责任制后，生活境况渐渐有了起色，哥哥娶妻生子，一个完整的家初具雏形，就在族人暗自庆幸狗儿的生活困境即将迎来转机的时候，一出突如其来的闹剧悄然而至，彻底改变了狗儿的人生。

狗儿应急反应滞后，并不影响身体的正常发育。得益于父母亲的强大遗传基因，十五六岁的狗儿长得有模有样，身材匀称，五官端正，见人从未开口三分笑过，除因小时冻疮脚部留有残疾，走路微跛之外，与正常人并无异样。邻里乡亲下田劳作，偶尔见狗儿脸皮红润，面部有粉刺疙瘩，便开他的玩笑。

“狗儿早饭吃鸡蛋了吗？”狗儿只是笑，不言语。

“狗儿，你嫂子对你好还是对你哥好？”

狗儿木讷，害羞，脸红得盖了层红布。

“狗儿该娶媳妇了，书记家的丫头，你看得上吗？”

村部常书记的小女如花似玉，天仙似的，远近闻名。

田间妇人们一阵欢笑。

开玩笑的人继续手里的农活，家里午饭没做，还有一大堆衣服等着要洗，戏谑之语早已忘于脑后，可思维慢半拍的狗儿回家，在自己的小床上躺下，心则不能平静。

狗儿心里想睡，眼睛就是闭不上，手摸了摸脸，粉刺疙瘩有些烫手，鼻翕下不知何时长了软软的绒毛，胸前肌肉富有弹性，内心如沾了露珠的蜘蛛丝在微风里触电般的颤动，这种新奇、绝妙的感觉狗儿从来没有经历过，常书记丫头那姣好的面容频繁从眼前闪过，只是一伸出手去踪影全无，只有黑漆漆的屋顶一片。

嫂子发现一夜之间，狗儿变了一个人一样，喊他吃饭，他忸怩地瞧着自己笑，问他笑什么也不言语，哥哥也觉着狗儿与平时不一样，可又说不出他哪个地方不对，也就没把这事放在心上。

鲁迅先生在《阿Q正传》中说“中国的男人，本来大半都可以做圣贤的，可惜全被女人毁掉了”。女人不经意间开了狗儿一句玩笑，唤醒了狗儿沉眠于冰山之下的情欲，嫂子理解不透，哥哥看也不出——傻小子也有爱情的春天。

狗儿有事没事都会往常书记家跑。

狗儿不敲常书记家门。

狗儿不进常书记家门。

狗儿躲在正对常书记家大门老远的一棵大榆树下，深情地张望，常书记的丫头出来，他看到了，兴奋地一跛一跛回家；常书记的丫头没出来，没看到，他会一直坚守，不吃也不喝，直到晚上常家关门熄灯，才失望而归。

饭桌上不见狗儿的影，嫂子说：“狗儿又不知道去哪儿疯了！”哥哥开小四轮拖拉机忙于运输和耕种，顾他不上：“随他！”

邻居告诉嫂子：“狗儿天天给常书记看家护院呢！”“狗儿不会真的看中常书记的丫头了吧！哈哈哈！”

嫂子不信。

哥哥不信。

邻居不信。

全村人都不信。

喇叭手腮帮子鼓得像气球，眼睛睁得像灯泡，常书记丫头出嫁，不使出看家本领亮亮绝活，里子面子都说不过去，围观者众，老少云集，人头攒动，叫好声不绝于耳。平日里最热衷于看热闹的狗儿却不在其中。

狗儿起得比谁都早，常书记家大门未开，狗儿就来到了他的老位置大榆树下，他瞧得见常书记家门前的一草一木，他瞧得见常书记门前的人来人往，他瞧得见常书记门前彩球飘飘，他瞧得见常书记门前气拱门高耸，他甚至瞧得见喇叭手朝着他的方向卖力地吹，似乎是在邀请他前去叫好助威。

狗儿知道今天是常丫头大喜的日子，无论如何都要见她一面，好像过了今天，常丫头就不再是他的人了。“你眼睛一合我就死了，你眼睛睁开我就活了， 你眨眼的时候我死活千百回。”这就是常丫头在狗儿心中的位置。

上头的鞭炮响过，化了妆的常丫头比平时漂亮百倍，笑容满面，孔姓新郎抱着常丫头从红地毯上走过，经过狗儿面前，心上人那妩媚的笑颜永远定格在狗儿的心底。

自此，常书记门对着的老榆树下再无狗儿的身影，乡亲们如醍醐灌顶，狗儿爱情的悲剧大白于天下。

见了狗儿，邻里乡亲说什么的都有，“癞蛤蟆想吃天鹅肉！”“别看他呆子一般，心比天高！”“神经有问题！”

经历了爱情风波，半月有余，狗儿再次出现在众人面前，已是面目全非：目光呆滞，面部蜡黄，发如乱草，口水直流，脚跛得更加厉害，走路没有准头。人心要是死了，人基本上也就废了。

狗儿无论如何变，终究还是哥嫂的兄弟，嫂子稍有怠慢，哥哥不答应，可哥哥出车在外，狗儿要指望嫂子的照料，也不现实。族人邻里见了，于心不忍，隔三岔五地给狗儿点儿吃的，狗儿勉强活命，好在农村经济条件有了很大改善，谁家都不缺他一口，奈何狗儿思维一根筋，谁给他吃，他就缠上谁，弄得大家乡里乡亲尴尬得很。

哥哥待狗儿不薄，狗儿挺知足，好景不长，哥哥在一次同行聚会时，酒后不适，在村诊所吃药输液均没有效果，村医宽慰他去县人民医院做彻底检查，检查结果印证了村医的诊断：肝癌晚期。三个月之后，哥哥带着对家人的一万个不舍含恨离世，狗儿失去了最亲近人的挂牵，彻底废了。

新上任的村书记亲自到狗儿家，带狗儿去县人民医院体检，拿材料、拍照片、建档案，为狗儿办理残疾证、低保证、保险单，并给狗儿嫂子明言：待狗儿不周，取消低保！嫂子惶恐，每日每餐照料狗儿，精心、细致。

新任村书记，正是当年抱着常丫头走进婚车的孔姓新郎。

【作者简介】张雪，曾用名彭向东，笔名一江春水，江苏徐州睢宁县职业高级中学教师，青年作家网签约作家。

小花奇遇记

易文建

一、被赶出家门

夜幕已经降临，深秋的风悄悄吹拂丽景小区路边的木棉树。路灯开始泛起柔柔的黄光，照着匆匆下班赶路回家的行人。从小区的窗口透出无数的灯光，七栋603门的饭厅彩色的灯光特别引人注目。

这间饭厅的墙壁镶嵌着黄色大理石，四面都有山水画，显得典雅高贵。一盏金碧辉煌的吊灯从白色的天花板垂下，吊灯上的无数个玻璃的圆灯发出彩色的光芒。

饭厅淡粉红地板中间放着一张棕色的自动旋转大圆桌子，八张和桌子一样颜色的高背椅子围绕桌子有序地摆放着，桌子和椅子被擦得闪闪发光。

女主人阿红煮好了一碟腊肉放在饭厅的桌子上，然后转身去厨房炒青菜。

小花——阿红家一只黑白相间的花猫，它正在饭厅的桌子底下闭目养神。

小黄——阿红家的一只黄色宠物狗，它正蹲在饭厅门边，眼睛紧紧盯着桌子上的腊肉。它看见女主人阿红走开了，马上三步并作两步跳上凳子，伸长嘴巴，两口就把一碟腊肉吃完了，然后跑到阳台去看夜景了。

等阿红煮好了一碟青菜，从厨房端出来，看见桌子上的一碟腊肉已经一干二净时，气得肺都炸了。她怒气冲冲地环顾四周，看到小花正在桌子底下搔耳朵，她立即跑到阳台找来一把扫帚使劲拍打小花。小花“哇、哇、哇”地跳起来往门外跑。

阿红一边追赶，一边骂：“你这只死猫把一碟腊肉全偷吃完了，今天非打死你不可。”

小花一直跑到阳台，看见微微侧过头的小黄，小花瞪了它一眼，心想：小黄，你太过分了。上次我拼了命抓来的老鼠，被你抢去吃掉了。这次明明是你做错的事，却要我来承担后果。这个时候你应该站出来承认错误啊。小黄斜了一眼狼狈的小花，若无其事地转过身继续看夜景。

眼看阿红就要追上来了，小花来不及“争辩”，只能往前伸长脖子，往后伸长腿，尽量往阳台不锈钢的缝隙钻出去，然后纵身一跳，刚刚落到了五楼芳姨家露天花园的被子上。小花运气好，幸好遇上芳姨晒被子，否则，它从六楼阳台跳到五楼花园，不死，也受伤了。

二、被芳姨抱回家

“唉哟，唉哟。”听到小花悲惨的叫声，正在厨房做家务的芳姨，赶紧推开花园的门。芳姨身高一米六左右，身材略胖，皮肤稍白，身穿着浅红色的衣服和蓝色的裤子，和楼上花枝招展、涂脂抹粉的阿红比较，芳姨更显得朴素大方。她看见小花在红色棉被上打滚儿，赶紧跑过去轻轻地把猫抱起来。

“哎呀，好可爱的小花猫呀，摔伤了没有啊？你真走运。如果不是我今天回家迟，忘了收被子的话，你就没有命了啊！”芳姨抚摸着小花的头，心痛地说。

听到花园外面的动静，一个身材魁梧，身穿深蓝色西装的男人走了过来。这是芳姨的丈夫王明，他急忙问：“老婆，发生什么事啦？”

芳姨指着怀里的小花猫说：“啊，你看这小花猫，也不知道是从哪一层楼掉下来的，都不知道有没有摔伤了？”

芳姨大声地在自己家的花园里喊：“谁家的小猫掉下来啦？”她叫了几次，没有人答应，又担心小猫摔伤不及时医治会危及生命。她就对丈夫说：“不管这小花猫是谁的，我们还是先把它送到兽医那里去看看再说吧！”王明说：“好吧，你抱小花猫下楼，我去车库开车等你。”芳姨夫妇俩带着小花猫来到兽医站 。兽医给小花猫做了详细的检查，没有发现它有什么地方受伤。芳姨深深地松了一口气：“哎呀，还好，没伤到这只可爱的小花猫。”

等芳姨夫妇带小花猫看完兽医回家已经是晚上十点了，他们在小区保安处问了一下，有没有谁家丢了小猫。保安告诉他们：没有听说谁家不见猫呢。芳姨只好把猫又抱回家。

因为这几天天气转凉了，夜晚温度比较低，芳姨不放心把这小花猫放在花园里。她对王明说：“老公啊，反正我们家小白猫的窝比较大，就把这只小花猫和我们的小白猫放在一起吧，今天先让小花猫在这里过夜。”

“好啊。”王明说。

小花来到小白猫的窝里，这里虽然没有自己的窝那么豪华，没有丝绸面料的被子和睡衣，只有普通的被子和睡衣，但是整洁、干净，也挺温暖的啦。

小白见到小花进来了，热情地迎上去打招呼，伸出自己的右腿踢一踢小花的左腿，把自己的头伸过去蹭一蹭小花的脸，笑眯眯地说："好朋友，欢迎你来到我家做客。我叫小白。"小花也伸出自己的右腿踢一踢小白的左腿，把自己的头伸过去蹭一蹭小白的脸，有点儿尴尬地说："我叫小花，住在楼上的。"于是两只猫就蹲在窝里互相问长问短。

小白问小花："你怎么来到这里的？"

小花告诉小白："因为女主人阿红误会我偷吃了家里的腊肉一直追打，我从阳台摔下来，被芳姨抱去兽医站看了医生，到现在主人家也没有来找我，芳姨只好把我抱回来了。"

小白说："你家的那个女主人怎么那么厉害呀？"

小花说："是啊！平时对我也很苛刻的，稍有不顺我就要挨打挨骂。"

小白说："我们家的主人芳姨对我可好了，平时对我呵护有加，有什么好吃的、好穿的都留给我。我平时有一点点鼻塞、咳嗽她就带我去看医生，从来没有骂过我，也没有打过我。"

小花向小白投去羡慕的目光。

它们聊了很久，夜已深了，两只猫互相依偎着睡觉了。

三、芳姨贴招领启事

小白一会儿就睡着了。小花怎么也睡不着，它想阿红会不会来找自己呢？应该不会来的。它想到阿红以前对它的种种不好：平时总是小黄吃饱了，然后自己吃小黄吃剩的；以前阿红家很多老鼠全部都是自己抓的，小黄什么都不用做。有一次自己感冒了，阿红问都没问一句，是隔壁的黄姨给它吃了一点儿药。想到这里，小花的心很不舒服，暗暗流下了眼泪，泪水打湿了枕头……

小花转过去又转过来，怎么都睡不着。这个夜晚很漫长啊，好不容易天亮了，芳姨走进来看看它们睡得好不好。小花听到芳姨的脚步声，赶紧假装睡觉，还发出"呼噜呼噜"的声音。芳姨看见它们睡得那么好，就出去了。

半个小时后，芳姨给它们送来了热气腾腾的早餐，本来小花没有心情吃东西，但是，它从来没有见过这样香气四溢的美食，于是，它和小白一样津津有味地吃早餐。

吃过早餐，小白和小花，在花园里面散步、做游戏、猜谜语，好开心啊！

芳姨在吃早餐的时候对王明说："老公啊，这只猫也不知道是谁家的，可能别人找得辛苦呢。我们这栋楼有三十三层，每层四户，整个小区几千户人家，我们没有时间去逐家询问。等会贴一张招领启事在保安室的门口吧？"

王明说："好啊，等下我就写好，你出去买菜的时候就把它贴出去。"

王明吃完早餐后，写了一张招领启事，就去上班了。芳姨把那张招领启事贴到了保安室的门口，并且再一次叮嘱保安同志帮忙找一下是谁丢失了猫。

招领启事贴出去后，很多进进出出的小区居民都去看看。阿红去买菜的时候也在小区门口看到了这张招领启事，并且她仔细地读了每一个字。但是她读完招领启事后，既没有记下联系电话，也没有跟保安同志说是她家丢失了猫，而是若无其事地走向菜市场去了。

四、小花开心的一天

一个半小时后，芳姨买菜回来经过小区门口的时候向保安同志询问："有没有人来打听过猫的事情？"

保安同志告诉芳姨："没有人来打听过猫的事情。"

芳姨觉得很奇怪：谁家丢失了猫也不来找？她担心小花不习惯，不知道现在怎么样了。她把菜放到厨房后，急匆匆地绕过走廊来到花园，发现小花和小白正在做游戏，没发现小花有离家的失落感，才放心地回厨房做午餐。

芳姨忙完之后，准备了一些猫粮送给小白和小花吃，她把猫食放在地上，摸摸小花的背，宠爱地说："为什么你家的主人不来找你呀？"

小花好像听懂了芳姨的话，可怜巴巴地看着她，用右前腿抓抓头，低头沉思了一会儿，然后抬起头看着芳姨，似乎在说："主人不会来找我了，谢谢你收留我。"

芳姨似乎明白了小花的意思，把它紧紧地抱在怀里，轻轻抚摸着它的头说："小花，你就安心在我们家吧，反正有小白陪你玩，你就当这里是你自己的家。"小花笑眯眯地望着她点了点头。

吃完午餐后，小花和小白晒了大约半小时太阳，然后回猫窝睡午觉。下午三点，小白睡醒了，但是小花还睡得很香呢。

"小花应该很累了，昨晚一宿未合眼。不要吵醒它，让它继续睡吧。"小白想。它轻手轻脚地走出猫窝，自己来到走廊看风景。

下午五点半。芳姨又端来美味可口的晚餐，她没看到小花，看见小白正在向她使眼色。芳姨知道小花肯定是不习惯，昨晚没睡好，现在还在猫窝睡觉。她放下猫食，来到猫窝把小花抱出来。小花闻到饭香，缓缓睁开眼，从芳姨怀里跳下来，走到装猫食的碟子旁边，和小白一起吃晚餐。

晚餐后，小花和小白一起在花园看夕阳。

一抹殷红色的夕阳照在南山上，湛蓝湛蓝的天空浮动着大块大块的白色云朵，它们在夕阳的辉映下一会儿变成了火焰一般的嫣红。小花觉得它从没见过这么美的夕阳，觉得自己像置身于轻纱般的梦幻中，此刻已经渐渐淡忘了在阿红家的所有不快。

夕阳西沉了，夜幕降临。小白带小花到家里逛逛，熟悉一下家里的环境。当它们来到厨房时，突然，一只老鼠从它们的身旁窜了过去，小白飞快地跳了起来，紧紧地抓住老鼠，死死地咬住老鼠的脖子。小花也一个箭步冲上去，一口咬住老鼠的尾巴。它们把这只老鼠变成了一顿美味的夜宵。

小花和小白吃完夜宵后，休息了一个小时，就回猫窝睡觉了。这是小花有生以来最开心一天，想想芳姨的热情，想想小白的友好，想想捉老鼠的乐趣……小花在梦中也笑醒了。

五、冤家路窄

一天、两天、三天过去了，三个月过去了，阿红还是没有来找小花。

小花已经把芳姨的家当作自己的家，芳姨也把小花当作自己家里的一分子了。

小花和小白天天做做游戏，晒晒太阳，捉捉老鼠，过着自由自在快乐的生活。小花渐渐长大了，长胖了，长得更漂亮了。

有时候，芳姨也会带它们到小区里玩一下。有一次，小花看见阿红，阿红瞟了它一眼，好像不认识它了。

冬天，天气冷了。白天越来越短了，黑夜越来越长。

有一天夜里，小花和小白睡得正香，突然从芳姨的房里传来隐隐约约的哭泣声。它们竖起耳朵仔细地听，那哭声断断续续越来越大，听起来很凄惨。小花纳闷着：芳姨为什么会哭呢？哭得这么痛苦，一定发生了什么大事？芳姨的父母应该没什么事吧，上个月听芳姨打电话的时候知道她的父母过得挺好的。芳姨的一个儿子在外留学，也没听说什么不好。这哭声一次比一次更撕心裂肺。小花真想走过去安慰自己的主人。可是芳姨的房间门关得紧紧的，也没有听到芳姨丈夫王明的声音。真奇怪！

第二天早上，小花和小白肚子饿得不得了，也不见芳姨送早餐来。平时，芳姨八点钟上班前自己没吃早餐都会先让小白和小花吃饱。

小花越想越觉得不对劲儿，就转到厨房看看，结果看到厨房没有人，又去客厅看看也没有人，又去阳台看看也没有人。在房间里不但没看到芳姨，连芳姨的任何东西都没看到。它只能又回到猫窝门口冥思苦想。

快到中午了，小花和小白饿得难受了。它们就看看花园里哪个角落里有老鼠，想抓老鼠充饥。等它们东张西望搜寻老鼠的时候，一只大黄狗突然出现在它们面前，“汪汪汪”地对着他们嘶叫，好像这里是它的家了。不一会儿，后面跟着一个打扮得像狐狸精一样妖艳的女人，她站在小花的面前，小花“咪呜咪呜”地惊叫着。这不是楼上的阿红吗？怎么走到这里来了呢？

没过多久，阿红端来了一大盆香喷喷的食物，小花和小白正想凑上前去，谁知道那只大黄狗飞快地冲到盆子前面，左一脚右一脚就把小花和小白踢开了。小花仔细一看，原来就是楼上阿红家那只偷吃了腊肉的家伙。

到了傍晚五点半，小花和小白还没吃上东西，阿红又来给大黄狗送食物了，看也不看一眼小白和小花。小花和小白已经饿了一天，实在是受不住了，它们商量着想办法出去找食物，但是出不去啊。两个月前，芳姨为了防止它们自己跑出去，把家里的阳台和花园都装上了密密麻麻的铁丝网。它们就想了一个办法：蹲在门口，看谁开门就马上跑出去。到了晚上六点，阿红已经做好了饭菜放在桌子上，小花和小白看着垂涎欲滴，但是你看那个阿红正在骂：“你两只死猫，快点儿滚出去，不要吃我的东西。”阿红骂骂咧咧的时候，王明提着手提包进来了，小花和小白趁王明还没来得及关门，迅速从门缝里逃出去了。

六、夜宿废品店

小花和小白跑到楼梯转角处回过头来看，因为他们担心阿红和王明会追出来，但是它们没有看到阿红和王明出来，只听到阿红对王明说：“老公你回来啦。这两只讨厌的猫走了更好，你就把猫窝整理一下，以后让我们的大黄狗休息。”

“好啊，等下吃完饭，我就去弄好。”王明回答。

小花纳闷着：阿红现在成了王明的老婆？芳姨到哪里去啦？要是芳姨在这里

多好啊！可这是别人的家事，我哪里管得了？我现在和小白还不知道要流浪到哪里去呢？我们已经饿了一天一夜了，最关键的是要把肚子填饱。

小花和小白一路小跑来到了小区门口，看见左边几个垃圾桶旁边有一些残羹冷食，赶快走过去狼吞虎咽地吃起来。

这时候，一只大黄狗突然出现在它们面前。那个妖精似的阿红跟在大黄狗的后面。小花一眼就认出了大黄狗，狠狠地瞪了它一眼："猫窝被你占了，猫食被你吃了，我们吃这些别人的剩饭剩菜，你也来抢。"

大黄狗也恶狠狠地看着小花："我就抢你的，我就不让你吃。"一边说，一边用脚去踢小花和小白。小花知道自己不是这只心狠的大黄狗的对手，只好和小白一起走出了小区。

它们来到小区门口的路灯下，小花四处张望："我们该去哪里呀？我们从来没有离开过这个小区。"

小白说："我也不知道啦，我们只能沿着路灯一直往前走，走吧。"

它们沿着小区路灯一直往前走，大约走了两公里，又累又饿，看到有一个废品收购站还没有关门，它们就在那门口的一个纸箱旁蹲下来。

夜晚十点了，平时，它们已经睡在温暖的猫窝了。可是，今天它们太饿了，没有睡意。它们只是无精打采地你看着我，我看着你，似乎谁也想不出什么办法。

这天也太冷了，凛冽的北风呼呼地怒吼着，偶尔有一两个夜归的行人，都把头深深地埋进大衣里，只露出两只眼睛。夜越来越深，气温越来越低，小花和小白只能依靠在一起互相取暖。

大约一个小时后，废品店的老板出来准备关门，看到两只可怜的猫依偎在纸箱旁边，马上走到店里的煤气炉边，煮了一大盆饭菜，放到两只猫的面前，看着两只猫吃饱，然后他就用这个纸箱，在废品店大门左边的角落里帮它们搭了一个临时的窝，并把两只猫抱进窝里。

七、又一个新家

老板将小花和小白安顿好在废品店里面临时搭建的猫窝之后，拉下了闸门，关了灯，才放心地回家休息。

小花听到那一扇拉闸门"啦啦啦啦啦"地关上了之后，向废品店四周看了看，对小白说："这里虽然没有芳姨家的猫窝舒服，但是也总算有个地方遮风挡雨了，今天晚上我们能在这里睡觉，已经很幸运了。”

“是啊，这个废品店的老板真好，肯收留我们。”小白说。

“今天很晚了，睡觉了。”小花说。

“嗯。”小白答应。

小花和小白进入梦乡不够一小时，突然被一阵“窸窸窣窣”的老鼠声音惊醒了。小花第一个冲出猫窝，小白紧跟其后，走到废品店最里面的角落，它们看到五六只老鼠正在啃一个纸皮箱下面的什么东西。看到两只猫来了，几只老鼠赶紧四处逃窜，有几只老鼠从窗口的排气扇逃跑了。小花眼疾手快咬住了跑在最后一只老鼠的尾巴，小白一个箭步冲上去咬住了老鼠的脖子，直到老鼠再也动弹不了，它们饱餐了一顿夜宵。

本来小花和小白，今天就已经很累了，抓了一只老鼠，就更累了。吃完老鼠后，它们回到猫窝，很快睡着。

第二天早上九点，它们听到老板回来拉开闸门的声音，才从猫窝出来。老板看到地上乱七八糟的老鼠毛，知道两只猫除了一害，高兴地摸了摸两只猫的头，对它们说：“两只猫猫，谢谢你们。今天的早餐，可要奖励你们多两片肉。你们可以帮我捉老鼠，以后就在这里住下。我给你们提供食宿。”小花点了点头，用前爪搔搔额头，似乎在说：“谢谢老板肯收留我们。别客气，抓老鼠是我们的职责。我们保证把敢来你店的老鼠赶尽杀绝。”

第二天晚上，等老板关灯关门走后，它们又听到老鼠“窸窸窣窣”的声音。这些老鼠也许是吸取昨天晚上的教训，听到一点儿猫的动静，赶紧从排气扇的窗口全部逃走了。

第三天晚上，第四天晚上，再也没有听到老鼠的动静了。

第五天吃完早餐后，老板还用砖头给它们砌了一个更加牢固，更加温暖的窝。

不知不觉，两个月过去了，春天来了，废品店门前的榕树上又长出了很多新芽。小花和小白有时在树下打滚儿、晒太阳，有时爬上树又爬下来，有时在周边散散步。它们似乎渐渐习惯了在废品店的生活，基本上都不用抓老鼠了，因为老鼠知道它们在这里，都不敢来了。

八、恶有恶报

一天早上，老板做好猫食放在猫窝的前面，小花和小白正准备出来吃，忽然看见一只流浪狗走过来抢它们的食物。老板看见了，赶紧抡起一条木棍：“不要抢我猫猫的食物，你赶快走。”那只流浪狗用乞求的眼神看着老板，瘫软在老板的面前，看样子已经饿得没有了力气，四肢却还在毫无规律地颤抖，仿佛是一个得知自己被判死刑却还抱着一丝侥幸的逃犯。它的眼睛上结了一层厚厚的眼翳，几乎看不清了。身上的长毛脱落得差不多了，露出了瘦骨嶙峋的身体，上面还密布着一条条不知什么时候留下的伤痕，以及一团团令人作呕的瘌疮疤。

老板看了流浪狗那可怜的样子，不忍心一棍打下去，用脚轻轻地踢了一下后腿：“你走吧。”那只流浪狗含着泪，调转头就走了。小花突然看见了流浪狗尾巴上那一朵红色的梅花，那是阿红给大黄狗做的记号。小花明白了它就是那只冤枉自己在阿红家偷吃腊肉的大黄狗，它就是在芳姨家抢占自己猫窝的大黄狗。它怎么变成这个样子了呢？

吃完早餐，小花和小白像平常一样，在店门口的榕树下做游戏。它们正在扔一个桃子核，小花本来就要接住了，突然看到一个熟悉的身影从旁边经过。是阿红，没有化妆，一副落魄的样子。

小白一眼看穿了小花的心思：“昨天我听到一个卖废品的人说：阿红贪婪成性，好吃懒做，王明的工资不够她花销。王明为了满足她的贪欲，挪用了公款被查处，他的所有财产充公。阿红在王明被抓的时候疯了。”

“哦，原来是这么回事。真是恶有恶报啊。”小花想想当初阿红将自己赶出家门的情景，还是伤心不已。

九、重遇旧知

三月来了，春姑娘穿着美丽的衣裳，舞着和煦的暖风，花枝招展地笑着走来，给大地披上了新装。一缕缕金黄色的阳光撒向刚披上新装的大地，照耀着草上晶莹透亮的露珠儿，也温暖着正在废品站门口的榕树下晒太阳的小花和小白。

忽然，小花看见街口有一个熟悉的身影挑着一担东西从这边缓缓地走来，人影越来越近了。啊，原来是芳姨挑着一担废品。

“芳姨，早上好，很久没看见你了，这么久去哪里了？”老板看见芳姨来了，赶紧友好地上去打招呼。

芳姨放下担子说：“我和王明离婚了，在前面两公里外的地方租了一间房子住。我平时去商场打扫卫生，比较忙，再说一个人也没有那么多废品。今天刚好休息就收拾了一下，把这些废品给你送过来。”

“不要你送，以前你家里条件好，现在你自己一个人打工，生活也不容易。我称一下，给你钱。”老板说完，就去拿秤称废品。

芳姨卸下担子后，一眼就认出了小花和小白，把这两只猫抱在怀里。

她对老板说：“陈老板，这两只猫是我家走出来的，我不见它们大约有半年了，看样子小花都已经怀孕了，小白要做爸爸了。”

陈老板说：“去年冬天一个寒冷的夜里，我收留了它们。一直没有人来找过它们。它们很乖，我这间店原来有很多老鼠，自从这两只猫在这里住下，这店里以及附近再也没有老鼠出没了。”

“我离开王明家那天，最舍不得的就是这两只猫，但因为我当时还没有租到房子，所以没有把这两只猫带走。我租好房子的第二天晚上，准备去接两只猫，听说猫已经逃跑了。我伤心了很长时间，去过很多地方找，也没找到。今天终于见到它们了，我很开心。”芳姨轻轻地摸着小花鼓起的肚子说。

陈老板说：“下个月我这间废品店的租期到了，我要去深圳帮我弟弟管理公司。我正愁不知道怎么安置这两只猫，遇到你可好了。”

芳姨瞬间高兴得像三岁的小孩连声说：“谢谢，谢谢。”一只手抱着小花，一只手抱着小白，哼着轻快的小调回家去了。

【作者简介】易文建，笔名缥缈、小文，籍贯江西省萍乡市，现居广东云浮市，中学语文高级教师，青年作家网签约作家，云浮市作家协会会员，广东省小小说学会会员，中国寓言文学研究会闪小说专业委员会会员。

满纸欢欣满心悲
——记时间里的那场大雪

严宏志

一

忽地，想起崇祯五年冬的那场大雪了。

按现在朝廷的要求，那年应该是天聪六年。但原谅我，下不了决心随旧朝而去，就姑且留这么点儿念想。

前朝灭亡后，我在《快园道古》里说："世乱之后，世间人品心术历历可见，如五伦之内无不露出真情，无不现出真面。"这是我的真感受。听闻有人私下嘲笑我："既心怀旧朝，世道沦丧，何不弃世而去？"其实，前有理学大家刘宗周绝食而死，后有好友祁彪佳自沉于湖。我是有过死志的，但正如我在《陶庵梦忆·序》所言，"每欲引诀，因《石匮书》未成，尚视息人世。"说我懦弱也好，怕死也罢。我不做清朝的官，姑且苟活于世，是想着不能就这么去了，我想把《石匮书》写完。

忠孝两亏，仰愧俯怍。

聚铁如山，铸一大错。

——这是我对自己的评价，无须作假。

二

自天启七年八月崇祯皇帝继承大统，先戮魏忠贤及其党羽崔呈秀尸，后削阉党冯铨、魏广微之籍。崇祯二年，定逆案，自崔呈秀以下分六等论罪。这些举措清除了魏忠贤那阉贼和客氏的势力，使得朝野上下精神为之一振。

崇祯五年六月，黄河于孟津决口，军民商户死伤无数。百姓流亡，到处乞食，无路可走，便聚而造反。

八月，朝廷命朱大典巡抚山东，救莱州。先杀叛敌陈有时，后兵分三路，金国奇、陈洪范、王之富等诸军皆带三天粮至沙河，孔有德迎战，被打败，二十日莱州城围始解。

九月，高迎祥、罗汝才、张献忠等啸聚山西，分路出击，连续攻克多个州县。朝廷乃令宣大总督张宗衡、巡抚许鼎臣分地守御。十四日，李自成攻陷修武县，杀知县刘凤翔。

……

崇祯五年，虽皇帝勤俭勤勉，兢兢业业，然疑心日甚，两年前永平四城失守时，秦良玉慷慨誓众，袁崇焕昼夜驰援，忠义之举犹如亲见，但旋即秦良玉率兵回乡，袁崇焕已被处死。整个大明可谓内忧外患，风雨飘摇。

不过那些事我大多只是耳闻，离我甚远。倒是眼前父亲的病情，让我担忧。

三

那是崇祯五年的冬天，十二月，我居西湖。

大雪已经接连下了三天，湖中行人、各种飞鸟的声音都消散了。正如唐时河东先生所言："千山鸟飞绝，万径人踪灭。"久处室内，整个人就如孤山上的树，干枯，冰冷。这一天晚上，戌时，正是更定的时候，心头微动，喊上家仆，撑一叶扁舟，穿着皮衣，带着火炉，欲往湖心亭观雪。

大雪飘飘扬扬，水面平静，湖上冰花一片弥漫，远处的孤山边缘柔和起来，只见得到依稀的轮廓，天和云，山和水，浑然一体。

天地间，入眼处皆是皑皑白雪，月光并不明亮，依稀的月映在天地间的雪上，如泼了一地水银。寒气清冷，沁入肌骨。

此刻，能清晰见到的倒影，只有西湖长堤在雪中隐隐露出的那一道痕迹，只有湖心亭的一点儿轮廓，只有我的一叶小舟，只有船上米粒般的两三个人罢了。

在小舟之上极目远望，茫然一片。这景致无以用笔墨传达。苏子在黄州赤壁时于舟中写下"寄蜉蝣于天地，渺沧海之一粟"，当真不假。那一刻，面对那一场大雪，确有宠辱皆忘、人生彻悟之感。

那日，我到了湖心亭上，不想已有两人铺着毡相对而坐，一个童子正在炉子前忙碌着，酒炉里的酒烧得滚沸。苏子夜游承天寺，感叹"但少闲人如吾两人者耳"。他还有张怀民，眼下我却无友人可邀，所以，此时此地，得见游人，且行事如我所想，不能不说是奇事。

我心里很是喜悦，那两人看见我，也很高兴："在湖中怎么还能碰上你这样有闲情雅致的人？”咦？这也是我想同你们讲的呢！

言罢，他们邀请我一同喝酒。我尽力喝了三大杯后告辞。问他们的姓氏，原来是金陵人，在此地客居。有意多问一句详情，想到“人生如逆旅，我亦是行人”，无须多言，如此甚好。

北风吹，夜渐深，雪愈急，且回转。

等到下船的时候，船夫喃喃自语地说：“不要说相公您痴情于山水，还有像您一样痴情的人呢！”

四

崇祯二年，带家班去兖州为父亲祝寿，舟过北固山，抵金山寺，已二更，进寺里，想到韩世忠于金山及长江退金人的一出戏，就喊家仆拿来锣鼓灯笼，到大殿，唱、念、做、打。众僧人醒后，不知是人是鬼，不敢阻拦。

崇祯五年的冬日，冰天雪地，万籁无声。年末，父亲去世。

后来想，那一年，实在不是什么好年景。东北建虏，中原闯逆，渐趋势大，大明已有破败之相。

过了几年，李自成进了紫禁城，崇祯皇帝自缢殉国，大明没了。

再后来，清兵来了，旦夕之间，国破家亡，书生无用，四处逃难，家人离散。

顺治二年闰六月，好友祁彪佳沉池殉国。

同年九月，山水知己王思任殉节。

如今年老，繁华不再，锦衣不再，大明不再。如余康熙四年撰《自为墓志铭》所言：“劳碌半生，皆成梦幻。年至五十，国破家亡，避迹山居。所存者，破床碎几，折鼎病琴与残书数帙，缺砚一方而已。布衣疏莨，常至断炊。回首二十年前，真如隔世。”

当真恍如隔世啊，那场大雪，居然已经那么久了吗？

就记下来吧，且让后来者看看。

再也没有如那天一般的大雪了。

后记

教学生《湖心亭看雪》，有所感，写此篇，遥寄六休居士。

附：张岱《湖心亭看雪》原文：

崇祯五年十二月，余住西湖。大雪三日，湖中人鸟声俱绝。

是日更定矣，余拏一小舟，拥毳衣炉火，独往湖心亭看雪。雾凇沆砀，天与云与山与水，上下一白。湖上影子，惟长堤一痕、湖心亭一点、与余舟一芥，舟中人两三粒而已。

到亭上，有两人铺毡对坐，一童子烧酒炉正沸。见余大喜曰："湖中焉得更有此人！"拉余同饮。余强饮三大白而别。问其姓氏，是金陵人，客此。

及下船，舟子喃喃曰："莫说相公痴，更有痴似相公者！"

【作者简介】严宏志，笔名昱之，黄冈市作协会员，语文教师，青年作家网签约作家。

村口（外一则）

王珏

我老家在华北平原上一个古老的村落里，村子历史非常悠久，村里最气派的建筑是村口向南边的土地庙。庙顶是灰色的青石板，建筑的边角被不规则的黄褐色石头包围着，斑驳的痕迹述说着曾经的沧桑。

土地庙院门外，有一株一抱多粗的槐树伞样地张着，迎来送往的人都习惯地站在这里傍着老槐树。老槐树威严不可侵，那是因为它见过这村里所有人的祖先。

老槐树粗壮的根伸进了庙前的石阶和甬道下面，使得石板高低不平，有的根须又穿过被压出两条深深车辙的土路，继续向前把根须探入西面已经干涸的池塘，像老人的胡须随风在池塘边悠荡。

老槐树隔着池塘，斜对着村口西侧紧靠池塘边上的一户人家，石头砌成的围墙像是悬在峭壁上。一株枣树探出墙外，没熟透的大青枣挂满枝头。

我和伙伴艺，来到墙根儿下，捡起土坷垃向枣树抛去，大大的青枣砸落下来，我一边捡一边吃，大青枣已经有些甜了。

忽然，一个娇羞的声音："谁呀？没熟呢。"

我和艺仰头望去，高高的墙头一个女孩儿探着半个身子，垂着眼。

艺紧张得结巴起来："是、是、是锁儿，我、我没拦住。"

女孩儿看见是我，脸红得像苹果，肩头系着两只辫子的红色布带飞着："哦，锁儿啊。"

女孩儿离开墙头了，我和艺还仰着脸，枣儿也忘了捡。

那天以后我几乎天天去老槐树下玩。土地庙早就改成了学堂，不时传来朗朗的读书声。艺也常来和我一起抽烟，把烟荷包放在树下的石条上，我学会了用他的火镰"嚓嚓"地打火点烟。

孩子们放学了，二十几个不同年龄段的孩子，最大的也有十几岁。常常玩着就猛然看见峭壁石墙里出现了那个女孩儿，肩上两条红色布带飞着，她向这边张看。在看孩子们放学？我向她招了招手，她脸又红得像苹果，艺也偷偷看。

不一会儿女孩儿不见了。

我学着当地口音问艺:“她叫莫耶（什么）？”

艺说:“她叫玉。”

我和婶子打听玉，婶子说:“她家里给她寻的是她未来嫂子的兄弟，那个满脑袋秃疮的小子。真糟蹋了。为了她哥哥，换亲呗。”

村里土路上两道又宽又深的车辙从村口冲出来在老槐树下劈开四道车辙，两道车辙绕过池塘向西北去了，两道车辙愣愣地奔了东南。

几天后我走了，过了一年还是离开时的季节我又回来了。我还没忘记到老槐树下的石条上和艺坐着抽烟。石条好像比前几年更光滑了，庙里依旧传出朗朗的读书声。斜对面峭壁石墙上只有那株枣树向外探着身子。

夕阳西下时我又忍不住来到村口，艺坐在老槐树下的石条上抽着烟袋，我走去石墙根儿，捡起一块儿瓦片。

艺急急地喊:“锁儿，别!”

晚霞映照在枣树身上，大大的青枣在枝头上珠圆玉翠，我将瓦片抛向干涸的池塘中间。

忽然，头顶传来一个娇羞的声音:“谁呀？”

我扬起脸望见玉向外探着头，美丽的脸庞宛如一轮初升的明月伏上石墙。

她认出我，脸红了，像苹果:“锁儿啊！么当儿来地？”

我笑了:“今天中午。”

玉说:“得功夫就家来。”

她又望了一眼石条上的艺，肩头辫子上的红色布带儿飞了一下。

以后每到傍晚，我习惯了去老槐树下和艺抽烟聊天。艺总是比我去得早，自然比我望见玉的机会也多。

艺十九，玉十八。

我问过艺:“喜欢玉？”

艺苦涩地说:“有么法儿唉，我妈死地早，没给我生个妹子。唉!”

八月中旬，我要走了，走前的傍晚又看见了玉，我们多待了一会儿，我依依不舍向她招手，她也抬起手在胸前摇了摇。

那天早上，我坐着马车出了村口，艺在老槐树下递给我一兜大枣:“玉给的。”

我向峭壁上的石墙望去，玉正在向这边摇着手臂，脸红得像苹果，肩头两条红色布带向上飞着。

我勉强笑着向玉和艺摇着手臂久久地不想离开。

马车跑了起来，离村口越来越远，车前车后离得最近看得最清楚的是土路上宽宽的深深的车辙。

眼镜湖闲话

我住的小区围栏外面，有两个并排的水塘，每个水塘的面积大约有六七十亩。两个水塘的形状，都是圆圆的，一个水塘多是芦苇，一个水塘多是莲藕，远看近看都很有湖泊的味道。中间有一条不太宽的甬道，把两个水塘均匀地分开，水域亦不相通，形状就像放在地上的一副大眼镜。我来这里没多久，就给这两个水塘取了一个名字，叫作眼镜湖。

分开两个水塘的甬道东西长约百米，中间有一座土山，上面有一架木制的凉亭，似乎从来没有刷过油漆，周身仍然是原木的浅褐色。

围着水塘的四周和甬道两边，栽种着水桶粗细的垂柳，长长的柳树枝懒懒地垂向地面，只要有一点儿风，她们就随风飘扬。眼镜湖的地势比周围平均要低五米左右，水也很深，是人工挖出来的地下水。

南面的水塘可以垂钓，一天收费二十元。水塘里有几大片高过人的芦苇，叶子宽宽的，茎秆挺挺的，你挨着我，我挤着你，亲亲密密的。

北面的水塘无人管理，除了有一些芦苇以外，更多的是莲藕。也就是两三年的功夫，这个水塘的水面，除了一些边角芦苇茂盛外，其他大部分水域被莲藕占领，这个水塘成了名副其实的荷花塘。

两个水塘分别属于不同的两个村子所有。水塘的前身是两个村子废弃的砖厂，砖厂西北角地势高的地方有一片坟地，可以想象当初这里没有改造建设时的荒凉。

种有莲藕的那个水塘，据说是被村里抵押给了银行几十年，后来也没安排什么项目，长年放在那里，有人就种上了莲藕成了两个水塘里最漂亮的一个。

后来这里开发成小区，有人刻意把水塘改造成一个小公园，成了小区楼房销售宣传时的一大亮点。

每年夏至前后，北面水塘荷叶张扬，荷花盛开，一塘的红红绿绿。鱼儿在荷间游弋，几只比雏鸡大点儿的野鸭子在水里钻进钻出，燕子不时在荷花头顶掠过，岸边柳树上的麻雀和小绿叶鸟，叽叽喳喳地欢唱，几只喜鹊也总是围着水塘飞跃。

眼镜湖的美丽景色和幽静环境，吸引着小区的人们到这里来环湖散步、遛狗、垂钓、写生、练嗓子，还有一些人特意到湖边烧烤，一家人围在一起，快乐飞扬。小区外面的人，知道这里风景优雅，有的特意开车过来，写生、垂钓、烧烤、谈情说爱。这些人大部分都集中在莲藕水塘北岸，既不用付费又没人约束。附近大学生也来这里聚会烧烤，离开的时候还把垃圾带走了。也有人到处乱扔垃圾，没多久，岸边多了几块儿“禁止烧烤”的警示牌。

我也试着钓过几次鱼，只钓上来一些小鲫鱼和小白条。但根据我多年钓鱼经验，这个水塘里一定有大鱼。于是我蒸了一锅窝头，用棒子面、碎豆饼和麻酱渣滓蒸，蒸出来香气四溢，忍不住趁热吃了一个。

每天，我到眼镜湖水塘边，在固定的位置掰碎两个窝头扔进去，打鱼窝子。第八天，清晨六点多钟我拿着鱼竿儿，去老地方，准备收获大鱼。没想到我打窝子的位置，已经有人在钓鱼了，旁边还站着一个旁观者。两个人正在议论，站着的人说：“你钓的这条鱼，得有五六斤。”

钓鱼的人说:“不止，估计在七斤以上。我遛了二十分钟才把它拽上来。”

我看到在他的鱼桶里，有一条大鲤鱼，约有一尺半长。

我心里想：得，像打麻将一样，让这家伙截和了。不知道这家伙是运气好，还是一直在观察着我。我看了一会儿，苦笑着离开了。如果在他旁边下杆垂钓，好像我眼红那条大鲤鱼似的。从那以后，那个位置天天有人抢在我前面去占领，即使我天蒙蒙亮时去也已经有人了。天不亮时我是不敢去的，怕掉湖里。

本想另外开辟一个地方垂钓，后来一想，打窝子的地方是垂钓最佳的位置，那里面密集的芦苇有个豁口，其他地方没有，开辟新地方还要下水清理芦苇和水草，我怕破坏了水塘风景，哪怕是一域之狭，仍然不忍下手。

钓鱼的人越来越多，把连片的芦苇拔得一撮一撮的，于是，芦苇没有了“荡”的感觉。

没过多久，岸边又多了几块儿“禁止垂钓”的警示牌儿，这让我垂钓的想法彻底没有了。

没有多久，一个老板在水塘里下粘网，鱼倒粘了不少，人却没有上来。

荷花塘被搅和得一塌糊涂，那时我才发现，水下像松枝样的水草更是茂盛，成堆成团的，在这样的水塘里，鱼是不缺食物的。我捡回了一把水草放在鱼缸里，水草在鱼缸里，只要有阳光照射，生长得也很快。被搅和得乱七八糟的水塘，很快就又恢复了。

于是，岸边又多了几块儿“禁止下水”的新的警示牌儿。

据说荷浑身都是宝，就连花、叶子、茎秆儿都有去热清火解毒的作用。

我不喜欢有人管理的那一塘芦苇，即使是春夏也会让我有秋的感觉，看着拥挤，动着慌张，听着焦虑。我喜欢荷的繁茂、张扬，也喜欢她漂浮水面的恬静、娇羞和舒展，清晨挂着晶莹剔透的露珠，微风吹拂，在阳光下闪闪灵动。

现在眼镜湖四周围上了铁质围网，有风景进了牢笼的感觉，没有写生，没有垂钓，没有烧烤，更没有人下水，眼镜湖昼夜都像是被埋在寂静里，唯有蛙声时骤时稀。

【作者简介】王珏，本科学历，党校退休干部，喜欢文学写作，曾出版有长篇小说《那时年华正好》《啮草坡头卧夕阳》。